El Castillo de Averhoff, 2019

◂ *S/T*, 2019
Vista de La Habana desde Mantilla

S/T, 2019
El Calvario

El Cristo de La Habana, 2024

S/T, 2024
El Malecón

S/T, 2024
Lanchita de Regla

S/T, 2024
La Habana Vieja

***S/T*, 2018**
Solar habanero

IBEROSTAR
HOTEL PARQUE CENTRAL

◂ ***S/T***, 2018
Parque Central

S/T, 2023
Concha y Cristina

◂*S/T*, 2017
Plaza Vieja

Estadio Latinoamericano, 2024

ICRT
YARA

habana libre

◀*La Rampa*, 2019
El Vedado

S/T, 2020
Vista desde el edificio Focsa, El Vedado

La Zorra y el Cuervo, 2019
El Vedado

IR A LA HABANA

colección andanzas

Obras de Leonardo Padura
en Tusquets Editores

SERIE MARIO CONDE

Pasado perfecto

Vientos de cuaresma

Máscaras

Paisaje de otoño

Adiós, Hemingway

La neblina del ayer

La cola de la serpiente

La transparencia del tiempo

Personas decentes

*

La novela de mi vida

El hombre que amaba a los perros

Herejes

Aquello estaba deseando ocurrir

Regreso a Ítaca

Agua por todas partes

Como polvo en el viento

Los rostros de la salsa

Ir a La Habana

LEONARDO PADURA

IR A LA HABANA

Fotografías de Carlos T. Cairo

Coordinación editorial de Claudia Acevedo

TUSQUETS
EDITORES

Obra editada en colaboración con Editorial Planeta – España

Coordinación editorial de Claudia Acevedo

El capítulo 2 apareció en *Corriere della Sera* (agosto de 2015), y el 3 en IPS (ambos, fueron recogidos en *El alma de las cosas*)

Los capítulos 4, 5, 6, 7, 8, 9, 10 y 11, en *Juventud Rebelde* (y, salvo el 8, fueron recogidos en *El viaje más largo*)

Diseño de la colección: Guillemot-Navares
Fotocomposición: Aurelia Ediciones

Bajo el sello editorial TUSQUETS M.R.
Avenida Presidente Masarik núm. 111,
Piso 2, Polanco V Sección, Miguel Hidalgo
C.P. 11560, Ciudad de México
www.planetadelibros.com.mx

Primera edición impresa en España: octubre de 2024
ISBN: 978-84-1107-519-0

Primera edición impresa en México: octubre de 2024
ISBN: 978-607-39-1893-0

Impreso en los talleres de Impregráfica Digital, S.A. de C.V.
Av. Coyoacán 100-D, Valle Norte, Benito Juárez
Ciudad De Mexico, C.P. 03103
Impreso en México - *Printed in Mexico*

Índice

Preliminar

Este es un libro que siempre quise escribir. Solo realizando semejante ejercicio de exorcismo podría satisfacer una de mis más persistentes obsesiones. Y suelo ser bastante obsesivo. Este libro es el canto de amor a la cuidad en la que nací y vivo, escribo y padezco, el sitio del mundo al que pertenezco, como una bendición o una fatalidad inapelables: como el agua que en esta isla nos rodea por todas partes. Es un libro que comenzó a escribirse, sin yo saberlo, hace ya más de cuarenta años, cuando garabateé mis primeros textos narrativos y periodísticos de atmósfera, ambientes, personajes, historias y lenguaje habaneros. O quizás empezó a redactarse mucho antes, la primera vez que escuché a mis padres decir «hoy vamos a La Habana» y entendí (o no entendí) lo que su intención expresaba. ¿Ir a La Habana? ¿Acaso Mantilla, mi barrio, no estaba en La Habana?

A lo largo de todos mis años de vida, gastados en un porciento abrumador en esta ciudad y en mi barrio, la pertenencia habanera ha sido un proceso en movimiento que, como un péndulo, ha pasado del descubrimiento a la asimilación, del deslumbramiento al rechazo, del amor a momentos de aversión, de la complicidad de la cercanía a ese estado de extrañamiento cuando se produce el choque entre lo deseado o recordado y lo realmente encontrado, esa sensación que me gusta llamar «ajenitud». Pero siempre con la certeza de la posesión.

De esa relación compleja y dialéctica trata este libro en el que he buscado fijar mis conexiones con la ciudad, tanto a través del desarrollo de mi propia vida de habanero periférico como en los modos e instantes en que he procurado expresar ese proceso con mi literatura. Por ello, junto a la reflexión diacrónica sobre una existencia citadina de ya casi siete décadas, he creído necesario apoyarla con las evidencias literarias capaces de ilustrar la concreción artística de semejante posesión y pertenencia: de ahí los fragmentos de novelas y relatos que acompañan al ensayo biográfico y que, espero, lo iluminen y complementen su lectura.

En la segunda mitad del libro, como complemento necesario, he querido reunir una serie de textos periodísticos, escritos en diversos momentos (desde la década de 1980 hasta casi ayer mismo) en los que recorro historias, personajes, lugares y preocupaciones habaneras, en un ejercicio de revelación y conocimiento que resultó indispensable en todo el proceso de acercamiento a mi espacio urbano vital.

Es necesario advertir que, para llegar a este volumen, antes cumplí otras faenas bibliográficas que me fueron conduciendo a lo que ahora se podrá leer. Bajo el sello de Aurelia Ediciones se editaron en el 2019 la selección de textos reunidos bajo el título de *La Habana nuestra de cada día*, ilustrado con un ensayo fotográfico del artista visual Carlos Torres Cairo y que concebimos como un homenaje íntimo a la villa que cumplía sus quinientos años de existencia. Luego, en 2021, editamos el pequeño volumen *La ciudad y el escritor*, cuyo cuerpo central era una larga entrevista que me había realizado el arquitecto Orlando Inclán para su programa de radio «Hablando de Espacio», y que también contó con fotos de Torres Cairo. En ambos volúmenes debo reconocer el trabajo de edición de Claudia Acevedo, ahora encargada de limpiar de excesos y entusiasmos o negaciones este volumen que, confío, sea solo provisionalmente definitivo. Porque la vida —la mía y la de la ciudad— espero que no se detengan. Al menos por un buen tiempo.

Tanto le hablé a mi editor español Juan Cerezo de mis peripecias habaneras cotidianas (que lo llevaban de la risa al asombro), tanto lo hice leer mis percepciones de la ciudad, que lo entusiasmé hasta el punto de que tomara la decisión de dar el sentido a mi relación con La Habana que finalmente ha adquirido *Ir a La Habana.* Así que la partida de nacimiento de esta aproximación a mi ciudad le pertenece también a Juan Cerezo, actual cabeza de Tusquets Editores, la casa con la que trabajo desde hace casi treinta años y que tanto ha hecho por mi producción literaria. Receptivo a mis obsesiones, Juan concibió el espíritu que debía tener el libro y me puso en el camino de darle el carácter híbrido que hoy tiene, con la pasión que hoy contiene.

Mientras, fue mi Lucía de siempre (López Coll, por más señas) la que se encargó del exhaustivo trabajo de buscar en catorce novelas publicadas los instantes que mejor apoyaran, iluminaran, complementaran el discurso ensayístico que yo iba escribiendo. Pudieron ser más y otros momentos de esas narraciones, pero Lucía, que ha visto nacer y crecer todos mis empeños literarios, supo cuáles eran los más apropiados al fin que cumplen en el cuerpo del volumen, y lo hizo de manera muy satisfactoria. Y en la realización de ese trabajo, mientras yo escribía lo que sería el texto central y ella lo iba revisando, también fue Lucía quien me propuso la estructura que ahora tiene su contenido, la forma definitiva del texto, sin duda la más adecuada para este empeño. Por eso, puedo hoy apropiarme de la dedicatoria que, en un poemario suyo, le dejó a Lucía el poeta visionario Eliseo Diego: «Para Lucía, tan lúcida».

Y por supuesto, tras este trabajo, confiriéndole pertinencia, están los textos sobre esta ciudad mía que cubanos y forasteros fueron legándonos a lo largo de dos siglos: desde el barón Alejandro de Humboldt, en los albores del siglo XIX hasta las novelas y ensayos de Cirilo Villaverde, Alejo Carpentier y Guillermo Cabrera Infante, entre muchos ilustres que contribuyeron a crear, fijar, definir la imagen, la historia y el espíritu de La Habana, sin olvidar las miradas reveladoras de varios de mis colegas contemporáneos, como Abilio Estévez o Amir Valle, por cometer el desatino de solo mencionar a dos de los varios posibles. A sus visiones habaneras me sumo, como el último en la cola, pero con el derecho inalienable que me da esa pertenencia que me define, como persona y como escritor.

Y nada más..., ahora vamos a La Habana.

Siempre en Mantilla, y en abril de 2024

Primera parte
Cómo llegué de Mantilla a La Habana

1
La ciudad y sus fantasmas

Un día, seguramente caluroso y posiblemente de 1965, un grupo de mis amigos del barrio y yo —recuerdo a Jorge el Conejo, Danilo el Gordo y a Felicio el Negro— nos atrevimos a realizar al fin una siempre planificada cacería de fantasmas y misterios: así, armados de palos y de piedras, como exigía la aventura, nos habíamos arriesgado a entrar en el lóbrego y en ese momento abandonado recinto donde, desde la segunda década del siglo XX, se levanta el llamado Castillo de Averhoff. Aquella intrépida incursión, que, para nuestra decepción, resultó infructuosa (al menos en su intención fantasmal), en cambio me reportó como ganancia una visión que resultaría premonitoria y que entonces no fui capaz de descifrar, porque no podía descifrarla y porque la premonición solo se cumpliría en un futuro que aún tardaría décadas en llegar.

Este edificio, ubicado en lo que en aquellos años todavía era el lindero meridional del poblado, es una especie de alcázar, ecléctico y plebeyo, concebido como morada burguesa. Con su estilo más o menos inglés, sus tejados rojos y suelos de mármol y unas ridículas atalayas más decorativas que funcionales, el castillo se distingue no solo por su estructura singular y anacrónica dentro de la fisonomía de la zona, sino también porque corona la única colina de

Mantilla, el barrio del sur habanero en el que nací en 1955 y donde aún vivo, en 2024.

Hasta los días de la Revolución de 1933, cuando sus propietarios huyeron de la ira popular y lo abandonaron, el inmueble había servido como finca de recreo de la familia Averhoff-Sarrá, y, desde su misma inauguración, la inflamada imaginación de mis coterráneos había convertido el sitio en nido de leyendas de orgías (al parecer reales) y luego en morada de sanguinarios orangutanes torturadores, y los habituales zombis y fantasmas inquietos que suele haber en los castillos.

En algún momento de la expedición, sin ningún motivo todavía discernible que no fuera la demostración de mi valentía, recuerdo con alarmante nitidez que me separé de mis compañeros y subí al tenebroso piso superior del edificio. Allí, luego de espantar murciélagos y otras alimañas, trepé por una ventana desvencijada para salir a una especie de terraza que, por su ubicación, quizás había sido concebida como el privilegiado mirador del inmueble. Y en ese momento sufrí una verdadera conmoción: ante mis ojos, encandilados por el sol, de sur a norte, de este a oeste, desde mi vecindario periférico hasta el mar de la envolvente bahía que mira a la corriente del Golfo y el estrecho de la Florida, se extendía sin interferencias el plano abigarrado de la ciudad en la que había nacido (eso lo sabía), la ciudad donde viviría (eso era lo que, supongo, esperaba que sucediera y debía suceder), la misma en la cual, contra todo pronóstico, se asentaría y desarrollaría algo que el niño mataperros* mantillero de entonces ni sabía ni esperaba ni suponía que llegaría, porque nada en mi vida anunciaba que me podría suceder y me sucedería: la posibilidad de escribir mi literatura.

* En Cuba los niños mataperros no matamos perros. Son los que vagan por las calles haciendo sus correrías.

Pero ahí, exhibiéndose, tentadora, asediada por el sol del trópico, estaba La Habana, toda La Habana, abierta como un abanico, intrincada como un misterio, incitante como una invitación a descubrirla, a poseerla, a emprender la fiesta innombrable en la que he bailado durante todos estos años, que van siendo muchos, los años que he dedicado a esto, a escribir en la ciudad, sobre ella, con el espíritu, el idioma, la historia visible y oculta de este sitio mágico y entrañable al que pertenezco.

> Lástima de lugar, ¿verdad?... Pero fíjese que todavía esta ciudad tiene algo mágico, como un espíritu poético invencible, ¿no? Mire, aunque las ruinas circundantes sean cada vez más extensas y la mugre pretenda tragárselo todo, todavía esta ciudad tiene alma, señor Conde, y no son muchas las ciudades del mundo que pueden vanagloriarse de tener el alma así, a flor de piel...

1989. *Máscaras* (1997), pág. 137*

* En cada fragmento de las novelas que voy citando aparecen indicados: el año al que se refiere el suceso o comentario extraído, el título de la obra, el año de publicación y la página citada, según la edición de la colección Andanzas de Tusquets Editores.

2
Un mantillero va a La Habana

La circunstancia geográfica y sentimental de haber nacido en Mantilla, el barrio que se desparrama desde la colina coronada por el castillo de Octavio Averhoff, mucho ha tenido que ver con la relación física, espiritual y finalmente literaria que he sostenido con este espacio urbano y con la gente que lo puebla y lo ha poblado, confiriéndole una identidad muy definida y dándole, de muchas formas, un carácter a mi propia personalidad, a mis maneras de entender y practicar la vida.

Porque cuando nací, en 1955, y ya cuando tuve uso de razón y empecé a tener nociones del mundo en que vivía, de manera natural incorporé a mi lenguaje una importante precisión que desbordaba una simple cuestión espacial, pues advertía de la condición geográfica aunque también espiritual de mi barrio: en mi casa a cualquier desplazamiento desde Mantilla hacia los centros comerciales, institucionales e históricos de la ciudad se le decía «ir a La Habana».*

La expresión, que todavía uso, debió de haberse acuñado al menos un siglo antes, cuando Mantilla era apenas un caserío extraviado a la vera del Camino Real que conectaba

* En otros puntos de la ciudad, también se solía usar esa misma frase respecto al desplazamiento hacia el centro urbano.

el mar del norte y el del sur de la provincia (la maldita circunstancia del agua por todas partes) y ni siquiera tenía categoría de término municipal, y mucho menos una iglesia o cualquier entidad oficial. Esa fue la época —o tal vez ocurrió antes— en que un tatarabuelo de apellido Padura, quizás vasco, quizás ya cubano, sentó sus reales en este territorio y, con dos o tres familias más, dio origen al asentamiento periférico que crecería casi al mismo ritmo que la estirpe marcada con ese apellido llegado a Cuba no se sabe cuándo ni cómo desde las montañas de Vizcaya.

> Mario Conde nació en un barrio bullanguero y polvoriento que, según la crónica familiar, había sido fundado por su tatarabuelo paterno, un isleño frenético que prefirió aquella tierra estéril, alejada del mar y de los ríos, para levantar su casa, crear su familia y esperar la muerte lejos de la justicia que aún lo buscaba en Madrid, Las Palmas y Sevilla. El barrio de los Condes nunca conoció la prosperidad ni la elegancia, y sin embargo creció al ritmo geométrico de la estirpe del canario estafador y absolutamente plebeyo que tanto se entusiasmó con su nuevo apellido y su mujer cubana de la que tuvo dieciocho hijos a los que hizo jurar, a cada uno en su momento, que tendrían a su vez no menos de diez hijos y que incluso las hembras les pondrían a sus vástagos como primer apellido aquel Conde que los haría distintos en el barrio.
>
> 1989. *Pasado perfecto* (2000), pág. 101

En aquella geografía precisa habían nacido sus abuelos, su padre, sus tíos y él mismo y deambular por aquella Calzada, que vino a tapizar el antiguo sendero por el que viajaban hacia la ciudad las mejores frutas de las arboledas del sur, era una peregrinación hacia sí mismo hasta límites que pertenecían ya a las memorias heredadas de sus mayores. Desde que el Conde naciera hasta entonces aquella ruta había cambiado más que en los doscientos años anteriores, cuando los primeros canarios fundaron un par de pueblos más allá del barrio y comenzaron el negocio de la cosecha de frutas y verduras, al que luego se sumarían algunas decenas de chinos. Un camino de polvo y unas casas de madera y teja en la guardarraya fueron acercando aquellos confines del mundo a la agitada capital y, justo por la época en que nacía el Conde, el barrio ya era parte de la ciudad, y se pobló de bares, bodegas, un club de billar, ferreterías, farmacias y un paradero de ómnibus, moderno y competente, encargado de hacer más cercana aquella participación citadina conseguida por el barrio. Entonces las noches se fueron haciendo largas, iluminadas, concurridas, con una alegría pobre pero despreocupada de la que el Conde solo tenía algunos recuerdos desgastados por el tiempo.

1989. *Vientos de cuaresma* (2001), págs. 84-85

Con mis padres, primero a bordo del indestructible Chevrolet 1952 y luego del vistoso Plymouth 1958 «cola de pato» que hasta hace poco formó parte de la familia, desde muy niño yo empecé a «ir a La Habana», ese sitio pletórico de atractivos, al cual sentíamos que pertenecíamos y a la vez no pertenecíamos. Y desde entonces conocí la Habana Vieja o colonial; recorrí el centro urbano comercial desplegado por las calles Galiano, Belascoaín, San Rafael, Monte y la antigua Calzada de la Reina, con sus elegantes tiendas por departamentos y atractivas vidrieras; visité la capital turística de clubes sociales y espacios festivos propicios para banquetes y celebraciones cumpleañeras; y también sufrí La Habana atemorizante de los hospitales y clínicas a las que necesité ir en algún momento. De aquellos recorridos infantiles, a fines de la década de 1950 y principios de 1960, se me han quedado prendidos algunos recuerdos que todavía hoy puedo evocar con absoluta transparencia, a pesar de que, de la mayoría de los sitios que los engendraron, ya hace décadas apenas quedan trazas de cómo fue su antigua existencia o, peor, simplemente se esfumaron.

Porque, como es sabido, en 1959 se había producido en Cuba el triunfo de la revolución de Fidel Castro, un proceso histórico que muy pronto y mucho cambiaría la vida del país y, por supuesto, la vida de la ciudad y de sus habitantes. Pero en los albores de la década de 1960, La Habana en revolución aún se desplazaría durante un buen tiempo por el esplendor luminoso que había alcanzado su clímax en los equívocos días de la década anterior, cuando pretendió convertirse en el Montecarlo del Caribe, el corazón de las Cien Millas de oro que cubrirían una parte del litoral norte de la isla que da la cara al estrecho de la Florida. Es La Habana que ya era una gran metrópoli cuando Miami apenas existía y que por entonces se proponía ser más atractiva y asequible al turismo que Las Vegas, pues, como la ciudad naciente en el desierto norteamericano, tendría todas las atracciones imaginables, pero con el decisivo añadido de poseer las privilegiadas condiciones geográficas que podía brindar una villa tropical flanqueada de playas de arenas muy blancas, al borde del mar cálido del golfo de México y con una historia y muchas tradiciones a cuestas. Era La Habana en donde Ernest Hemingway vivía y bebía daiquiris gigantescos en El Floridita, en la que Nat King Cole cantaba en Tropicana *(The most famous cabaret in the world),* que recorrían Marlon Brando, Ava Gardner y Errol Flynn y donde se filmaba

Nuestro hombre en La Habana, y que, en una época de dura represión política y galopante corrupción institucional, crecía en función de la industria del turismo y el ocio..., una empresa comercial muchas veces regentada y organizada por la mafia bajo la mirada avispada de Meyer Lansky, establecido por largas temporadas en la capital cubana, donde el cerebro comercial de la Cosa Nostra tenía casa, amores y sueños de grandeza.*

Recorrer en Navidad las zonas comerciales de la ciudad para contemplar las vidrieras montadas con productos brillantes, engalanadas con luminarias, muchos juguetes apetecibles, árboles nevados, nacimientos del Niño Jesús y hasta barbudos Santa Claus de más reciente importación, trazó una muesca indeleble en mi memoria infantil, un recuerdo que viene acompañado por los colores de luces y objetos y la sensación del frío que solía hacer en diciembre (¿adónde se fue el frío de diciembre?). Y aunque seguramente estoy equivocado, sigo convencido de que nunca, en mis muchos recorridos por el mundo, he vuelto a ver y sentir el hechizo de semejante belleza concentrada, capaz de deslumbrar con su avasallante poder a un niño de pocos años. Todo era atractivo, magnético, prometedor de placeres y quiero creer que verdaderamente hermoso.

A la vez, visitar la pobrísima casa de mis tías en el corazón de la Habana Vieja y sentir la energía intensa y variopinta de lo que por tres décadas había sido (y ya en 1960 dejaba de ser) la muy animada y estridente judería habanera, con restaurantes, comercios, cines, cafeterías y heladerías de toda laya y todavía

* Además de *Nuestro hombre en La Habana* (Carol Reed, 1959), dos visiones de esa ciudad de la década de 1950 han recorrido el mundo en producciones de Hollywood: *Habana* (Sydney Pollack, 1990) y la segunda parte de *El padrino* (Francis Ford Coppola, 1974).

en activo y eficiente funcionamiento, implicó para mi sensibilidad de niño un aprendizaje acelerado de lo que era la vida más real de la ciudad más viva y auténtica, con sus calles estrechas, incluso sombrías, de las que siempre emanaba el vaho dulzón del gas butano que mi olfato nunca ha olvidado. Allí la belleza brillante y diseñada de las vidrieras de la zona comercial era sustituida por el más intenso abigarramiento físico, espiritual, cultural, étnico, religioso, mercantil, un entramado de progreso y tradición, de miseria y éxito que perfilaba uno de los rostros más auténticos y excitantes de la capital cubana. Allí el dinero se contaba en centavos y rara vez en pesos, y lo que eso implicaba para una parte de mi familia también lo aprendí... Y luego conocería que ese había sido el rincón urbano por donde se había exhibido en su caballo blanco y con sus perros labradores Alberto Yarini, el mismo sitio al cual había llegado escapando del fascismo y donde viviría varios años el personaje de Daniel Kaminsky, un judío hereje.

> Varios años le tomaría a Daniel Kaminsky llegar a aclimatarse a los ruidos exultantes de una ciudad que se levantaba sobre la más desembozada algarabía. Muy pronto había descubierto que allí todo se trataba y se resolvía a gritos, todo rechinaba por el óxido y la humedad, los autos avanzaban entre explosiones y ronquidos de motores o largos bramidos de claxon, los perros ladraban con o sin motivo y los gallos cantaban incluso a medianoche, mientras cada vendedor se anunciaba con un pito, una campana, una trompeta, un silbido, una matraca, un caramillo, una copla bien timbrada o un simple alarido. Había encallado en una ciudad en la que, para colmo, cada noche, a las nueve en punto, retumbaba un cañonazo sin que hubiese guerra declarada ni murallas para cerrar y donde siempre, siempre, en épocas de bonanza y en momentos de aprieto, alguien oía música y, además, la cantaba.

> [...] Como era de esperar, cuando Daniel Kaminsky cayó en la ciudad de las estridencias, durante mucho tiempo recibiría los embates de aquel explosivo estado sonoro como una ráfaga de alarmas capaz de sobresaltarlo, hasta que con los años consiguió comprender que en ese nuevo mundo lo más peligroso solía venir precedido por el silencio. Vencida aquella etapa, cuando al fin logró vivir entre ruidos sin escuchar los ruidos, como se respira el aire sin conciencia de cada inhalación, el joven Daniel descubrió que ya había perdido la capacidad de apreciar las benéficas cualidades del silencio. Pero se ufanaría, sobre todo, de haber conseguido reconciliarse con el estrépito de La Habana, pues, al mismo tiempo, había alcanzado el empecinado propósito de sentir que pertenecía a aquella ciudad turbulenta adonde, por suerte para él, había sido arrojado por el empuje de una maldición histórica o divina —y hasta el final de su existencia dudaría respecto a la más atinada de esas atribuciones.
>
> 1939. *Herejes* (2013), págs. 17-18

De lo que tampoco podía tener entonces la menor idea o sospecha era de que semejantes visiones, percepciones y sensaciones de la ciudad, a las que podría agregar las imágenes ya asimiladas de mi barrio periférico y natal, pronto comenzarían a vivir su agonía hasta esfumarse o transformarse en una versión urbana que año tras año se iría despojando de sitios, de referencias, de posibilidades y de muchos de sus atractivos originales, no siempre sustituidos con alguna alternativa satisfactoria, en lo que ha sido un largo proceso que podría calificar de decadencia, más que de evolución o cambio. Un primer paso en un dilatado tránsito hacia la deconstrucción y un extrañamiento que podría calificar de urticante sensación de «ajenitud», que, sibilina y progresivamente, se han instaurado en mi ciudad o al menos en mis percepciones sobre ella.

Porque pronto comenzaría a ver cómo las luces se iban apagando, las vidrieras languideciendo, las calles y edificios agrietándose y tanta gente muriendo o huyendo o apenas sobreviviendo, en lo que ha sido un doloroso proceso que aún hoy, más de seis décadas después, no termina, o más bien se acelera... Y es que mientras yo crecía y comenzaba a tener raciocinio, a mi alrededor se iniciaba el desarrollo de una travesía social, histórica, política y económica llamada Revolución que, como su nombre lo advierte, trastocaría las cosas, las revolvería, las voltearía: y La Habana sufrió ese vértigo de huracán que lo cambia todo, altera las fisonomías y a su paso arrasa con tantas cosas. Y yo he vivido y contemplado ese dramático transcurso cada día, mes y año de mi existencia, con mi barrio y mi ciudad, en mi barrio y en mi ciudad, hasta este presente que, con tantos cambios reales y proyectos nunca realizados a cuestas, no consiguió construir el futuro luminoso que nos prometieron.

> Aquel paseo en solitario por el barrio era un placer que cada cierto tiempo el Conde se concedía [...] Avanzando hacia su casa, de cara al viento y dejando que la brisa arrastrara minutos vacíos, el Conde sintió otra vez la comunión sentimental que lo ligaba a aquella calle mal pintada y sucia en la que faltaban ya muchos jirones de sus propias remembranzas: el puesto de fritas del Albino, junto a la escuela donde estudió varios años; la panadería demolida, a la que cada tarde iba en busca de un pan tibio y generoso; el bar El Castillito, con su victrola cargada de voces que siempre encontraban algún borracho dispuesto a hacerles la segunda; la guarapera de

Porfirio; la sociedad de las guagüeros; la barbería de Chilo y Pedro, devastada por el único incendio realmente feroz en la historia del barrio; el salón de bailes, convertido en escuela, donde un día de 1949 se produjo la misteriosa conjunción sentimental de aquellos adolescentes que hasta entonces ignoraban cada uno la existencia del otro y que unos años después serían sus padres; y la ausencia notable de la valla de gallos donde se forjaron todos los sueños de grandeza de su abuelo Rufino el Conde, convertida ahora en un solar yermo de donde habían desaparecido los jaulones, el olor de las plumas, el círculo de los combates y hasta las estampas prehistóricas de los tamarindos que él había aprendido a trepar bajo la mirada experta del abuelo. Sin embargo, hasta en la tristeza de sus ausencias, en sus desolaciones, en sus nostalgias irrecuperables aquel ámbito era el suyo porque allí había crecido y aprendido las primeras leyes de una selva de siglo XX tan esquemática en sus dictámenes como las reglas de una tribu en plena edad de piedra: había aprendido el código supremo de la hombría que estipulaba que los hombres son hombres y no hay que pregonarlo, pero hay que demostrarlo cada vez que sea necesario.

1989. *Vientos de cuaresma* (2001), págs. 84-85

3
La ciudad y el tiempo

Una ciudad son muchas ciudades en el tiempo y en el espacio y, a la vez, es una sola, en un espacio más o menos preciso y a través del curso indetenible del tiempo. La experiencia de todos mis años habaneros me ha permitido ver cómo se concreta en la realidad urbana una sucesión de ciudades, desde la brillante y turbia que vi en mi niñez en los albores de la década de 1960 hasta la desvencijada y empobrecida de este primer cuarto del siglo XXI, pasando por la pretendida ciudad socialista que sirvió de bisagra entre una y otra imagen física y de catalizador de comportamientos humanos de la capital cubana.

Aunque muchos lo saben, no es ocioso recordarlo: La Habana es una villa de medio milenio de existencia que fue fundada en 1519 a la sombra de una ceiba (árbol sagrado) y al borde de una bahía con una morfología muy propicia para resguardar los navíos de la maldición cíclica que barre al Caribe, el huracán —fenómeno que los aborígenes cubanos consideraban una fuerza demoníaca—. Por el mar que baña esa bahía asomada a la corriente del golfo, a La Habana le ha llegado todo: su prosperidad y sus miserias, su carácter y su fisonomía física, sus emigrantes y las más diversas costumbres.

Apenas tres décadas después de fundada la villa, en 1555, el pirata francés Jacques de Sores llegó por el mar, tomó lo que todavía era apenas una aldea miserable, la saqueó y la incendió. Se hizo palpable entonces que, si se pretendía que La Habana fuese no solo un sitio de tránsito sino una comarca capaz de conectar el Nuevo Mundo y el Viejo Mundo, en lugar de iglesias para catequizar a unos pocos y paleolíticos indígenas, la nueva población necesitaba fortalezas para defenderse. Y comenzaron a levantarse baluartes militares: en pocas décadas se erigieron los castillos de la Real Fuerza, el de La Punta y el del Morro, a uno y otro lado de la bahía, a los que se uniría, ya en el siglo XVIII, la impresionante Fortaleza de San Carlos de la Cabaña. No por casualidad el escudo de la ciudad tiene en su centro tres torres: las de sus tres viejas defensas militares.

La Habana de los baluartes y las flotas de Indias, con tanta población flotante como avecindada, vivió por tres siglos mirando al mar, en función del mar. Las imágenes legadas por los dibujos y grabados de la época casi siempre la miran desde el mar o miran hacia el mar. Las técnicas de construcción, las artes de la navegación y la industria de los astilleros fueron la expresión de la riqueza cultural de una ciudad que, en tres siglos, no produjo un solo escritor o músico notable.*

La Habana del siglo XIX, sin embargo, en pocos años cambió la perspectiva que la perseguía desde su fundación y miró hacia dentro y fue como si una ciudad sustituyera a la precedente y su carácter se transformara. De esa villa de entre siglos, todavía olorosa de brea y alquitrán

* Sobre la vida habanera de los siglos XVI al XVIII, ver el muy esclarecedor estudio *Cuba/España, España/Cuba: Historia común,* del historiador cubano Manuel Moreno Fraginals.

y calles convertidas en lodazales donde flotaban las bostas de vacas y caballos, dejó sus apuntes el naturalista alemán Alejandro de Humboldt, que la visita en 1801 y 1804, y la describe en su *Ensayo político de sobre la Isla de Cuba*, publicado en francés en 1807 y en las notas de *Diario «Habana 1804»*. Es también La Habana a la que llega del Saint-Domingue en revolución el masón Victor Hugues en *El siglo de las luces* (1962), una de las grandes novelas de Alejo Carpentier.

Pero aquella villa marinera, plagada de lodazales, mosquitos y fetideces, era ya una ciudad al borde de una profunda transformación física y económica. En unas pocas décadas del siglo XIX el espacio urbano rompió el cerco de las murallas almenadas que la asfixiaban y, en trepidante progreso, creció al ritmo ascendente de los precios del azúcar, el tabaco y el café, cuando Cuba se convirtió en la azucarera del mundo y llegó a ser el territorio más próspero de todo el imperio español (ya bastante desvencijado hacia 1830). Entonces, en esa Habana boyante y en expansión, que comienza a labrar su majestuosidad, se produce un extraordinario, quizás irrepetido fenómeno social, histórico, político y, en esencia, literario, cultural y espiritual: se decide construir, a la par de la urbe de piedra y madera, la ciudad simbólica del país que alguna vez se consolidaría como nación y Estado independiente. Levantar en la ciudad una ciudad hecha de palabras. Con una programática visión del presente y del futuro, se alienta y hasta financia la escritura de una literatura, en especial de una narrativa, que le diera al espacio urbano la necesaria entidad psicológica y cultural, histórica y presente que la completara no solo como conjunto arquitectónico, sino también como conglomerado humano diverso y que fuera a la vez esencia distintiva de una nación que se pretendía fraguar y, en su momento, independizar.* Es La Habana por la que pasa, como el huracán humano y cultural que fue, el poeta José María Heredia, el primer hombre que le cantó a la patria cubana que ya él mismo y algunos otros criollos soñaban con emancipar y forjar, el sitio donde también ejerció magisterio, sacerdocio y filosofía el presbítero Félix Valera, considerado como el primero que nos enseñó a pensar, y donde José de la Luz y Caballero funda la prestigiosa pedagogía cubana.

> Aunque muchos años tardé en descubrirlo, ahora estoy seguro de que la magia de La Habana brota de su olor. Quien conozca la ciudad debe admitir que posee una luz propia, densa y leve al mismo tiempo, y un colorido exultante, que la distinguen entre mil ciudades del mundo. Pero solo su olor resulta capaz de otorgarle ese espíritu inconfundible, que la hace permanecer viva en el recuerdo. Porque el olor de La Habana no es mejor ni peor, no es perfume ni es fetidez, y, sobre todo, no es puro: germina de la mezcla febril rezumada por una ciudad caótica y alucinante.
>
> Aquel olor me atrapó desde la primera vez que, ya con facultad de conciencia, llegué a La Habana. Andaba yo al borde de mis catorce años, creyéndome adulto, y pude distinguir la singularidad de aquel olor, pues conocía las exhalaciones de medio mundo americano: desde el hedor pantanoso de Pensacola hasta el efluvio tortillero y a polvo seco de México, pasando por los recios aromas de las ciudades costeras y altas de Venezuela

* Véase: José Luis Ferrer «Nación y novela en Cuba». Tesis para el Ph. D. en español, Deparment of Foreing Languagues and Literatures, University of Miami, Florida, 2001. (En 2018 se publicó una versión corregida y aumentada de este texto con el título *La invención de Cuba. Novela y nación: 1837-1846,* Editorial Verbum, Madrid, 2018).

—tierras de emanaciones puras—, por el vaho caliente y dulzón de Santo Domingo o por la fragancia a marisco fresco de Veracruz. Pero La Habana me abrazó con una maravillosa amalgama en la que el olor incisivo de los chorizos gallegos compite con el del tasajo montevideano; el del cagajón de caballo con la brisa del mar; el del negro de nación y sus emanaciones ácidas, con el de las señoritas blancas (o que pasan por tal) perfumadas con dulces lavandas francesas; el de las aguas estancadas con el del aceite recio que se quema en las lámparas; el de las telas nuevas, caras y europeas, con el de los perros sarnosos, señores de la noche y los basurales; el del orine de las vacas lecheras, que trotan moviendo sus ubres hinchadas, con las emanaciones maravillosas de las casas de citas, donde flota un aliento de aguardiente y hierba buena, ya mezclado con el que exhalan los cuerpos negros, mulatos, blancos, moros, amarillos de unas mujeres capaces de satisfacer todas las exigencias de la imaginación viril... Y, flotando en el cielo, los efluvios del jazmín y el del tabaco, el de la brea y el de los quesos, el del pescado fresco y el del vino derramado, que se amalgaman con el de todas las frutas que el prodigioso clima tropical convoca en los mercados habaneros, perfumados por las piñas, mangos, guayabas, papayas, guanábanas y esos plátanos deliciosos, de los más diversos tamaños y colores...

1818. *La novela de mi vida* (2002), págs. 19-20

En un ámbito cultural donde jamás se había escrito una novela (al menos ninguna considerable y publicable), junto a esos poetas y pensadores, de pronto aparecen varios narradores, comandados por el mal poeta pero lúcido promotor cultural Domingo del Monte, que se empeñan en las décadas de 1830 y 1840 en la tarea de redactar las novelas de La Habana y comienzan a construir la ciudad con palabras, con historias, con imágenes, con personajes: se dispusieron a sentar sus bases simbólicas, representativas, definitorias, a esbozar su singularidad nacional con una narrativa. Pero esa es también La Habana próspera que se va construyendo con piedras y argamasa, aburguesando y proletarizando al mismo tiempo, poblándose de residencias aristocráticas como el magnífico Palacio de Domingo Aldama (donde su yerno Del Monte reúne a sus discípulos y los conmina a escribir esos relatos sobre la ciudad), de las amplias calzadas de La Reina y de Carlos III, del magnífico teatro Tacón y también de falansterios con la gente arracimada, una urbe todavía atravesada de caminos intransitables y rodeada de caseríos paupérrimos como la recién nacida Mantilla. La misma Habana que unas décadas después derriba sus viejas murallas, ve nacer en sus entrañas un barrio chino poblado por cantoneses y llega a los finales del siglo XIX ya con las ínfulas de gran capital. Es La Habana pletórica de contrastes de la que, por la década de 1870 despotricó el entonces cónsul portugués Eça de Queirós («...estúpida, fea, sucia, innoble [...] Detesto esta ciudad verdeada y millonaria, sombría y ruidosa»), mientras denunciaba la nueva esclavitud a la que eran sometidos los braceros chinos. La ciudad poética en la que había nacido el iluminado José Martí y en la que escribió —procurando enajenarse de ella, vistiendo incluso batas japonesas— el poeta Julián del Casal, dos de las grandes voces del Modernismo poético que cambió el carácter de la literatura de la lengua...

Esa es La Habana elegante que se adentra en la *Belle Époque* y pronto renegará de su pasado colonial e hispánico y, en las dos o tres décadas posteriores a la independencia de la isla, al fin concretada en 1902, se transforma en la capital moderna que, aferrándose a todas las apariencias, en una vertiginosa carrera hacia la suntuosidad, aspiró —como correspondía a su momento— a ser la Niza del Caribe.

Así, a partir del nacimiento de la República —mediatizada con una enmienda constitucional que daba autorización a Washington para intervenir con sus marines en los asuntos internos del país—, se construye La Habana de los ocupantes militares e inversores económicos estadounidenses, necesitados de infraestructuras modernas para el mejor funcionamiento de su protectorado. Al mismo tiempo crece a toda velocidad la villa de la nueva burguesía republicana enriquecida por todas las vías legales e ilegales, un ensanche que amplía el espacio urbano cuando viejos y nuevos ricos se van a vivir lejos de la chusma que había invadido la parte antigua de la capital. Así, se construyen «*faubourgs*» o «repartos» ajardinados y con amplios portales en terrenos hasta poco antes vedados, en una carrera por el lujo y el boato que enrola a los mejores arquitectos cubanos y a otros muchos importados para concebir las nuevas moradas.* Es la misma Habana que entre 1908 y 1910 vive el reinado de un joven llamado Alberto Yarini y Ponce de León, el proxeneta con aspiraciones políticas que simboliza mejor que nadie una época de turbia prosperidad. La capital moderna de la era de la electricidad y el confort (cotidiana e higiénicamente representado por la taza inodora de loza), por la que hacia 1913 llegan a rodar más automóviles que en Madrid y Barcelona juntas.

En este país, que se alivia de sus frustraciones alimentando la desmemoria, ya nadie se acuerda de El Cosmopolita, como de

* Entre ellos muchos maestros de obra catalanes que habían trabajado en el ensanche de Barcelona, una influyente presencia que es posible advertir en lugares y edificios de La Habana.

tantas otras cosas perdidas, borradas, excomulgadas, algunas por la propia vorágine de los tiempos, otras por calculadoras voluntades políticas, muchas por nuestra trágica indolencia tropical.

El que por los albores del siglo fue el café restaurante más famoso de la ciudad estaba ubicado en el mejor lugar de La Habana: en pleno Paseo del Prado, frente a la explanada del Parque Central y junto a la Acera del Louvre, porque ocupaba los privilegiados soportales corridos de los hoteles Telégrafo e Inglaterra, que, junto al Plaza y al recién construido Sevilla Biltmore, eran los más lujosos de una capital en efervescencia, una urbe que crecía y se modernizaba a ritmos enloquecidos y bajo el pretencioso eslogan de «La Niza de América»...

Igual que cualquier provinciano recién importado, yo había entrado en el conocimiento de La Habana por el muy bien iluminado Paseo del Prado, un bulevar (réplica de la rambla barcelonesa, como alguien más enterado me diría) plagado de residencias burguesas, hoteles, restaurantes y cafés de moda, andado y desandado por damas y caballeros elegantes, y por el que ya circulaban los resplandecientes automóviles Cadillacs, Stutzs, Fords, Chalmers e Hispano-Suizas, con sus carrocerías refulgentes y broncos motores.

Como no podía dejar de ocurrir, me había deslumbrado con el movimiento frenético de la calle Galiano, donde los afortunados podían gastar sus dineros en los mejores comercios del país, con preferencia en los exclusivos —y ya también desaparecidos— Almacenes El Encanto, donde se vendía de todo: desde las últimas modas parisinas y los equipos eléctricos de la modernidad (teléfonos, ventiladores, lámparas, máquinas de coser Singer, cocinas con hornillas) hasta las higiénicas tazas sanitarias de loza, llegadas por miles a la isla tras las tropas interventoras norteamericanas de 1898, esos muebles inodoros convertidos en el máximo símbolo del confort del siglo, del *american style.*

Había paseado, también y por supuesto, cubriendo la ruta del recién inaugurado tranvía de la Havana Electric Railway. Eficiente y elegante, aquel tranvía viajaba desde El Prado hasta la zona de crecimiento urbano de El Vedado (el nuevo *faubourg*, como se solía decir para que sonara más exclusivo), donde se levantaban casi día a día nuevas mansiones ajardinadas y confortables, diseñadas por los mejores arquitectos, quienes, en cada proyecto realizado, incurrían en una especie de competencia de excesos, alharacas, exhibiciones de riqueza. Había visto La Habana próspera, deslumbrante, afanada en la carrera de la modernidad y lo suntuoso, la villa empeñada en alejarse de un pasado colonial que nos parecía oscuro y primitivo.

No obstante, conviviendo con ese fasto en auge que incluía la postura para las defecaciones (apenas llegado a la capital yo comprobaría que no es lo mismo sentarse en un inodoro que pujar acuclillado en un excusado), mis encomiendas laborales pronto me hicieron palpar también las entrañas fétidas de esa misma ciudad.

Porque conocí, como pocos, ese rincón infame donde se arrastraba, como oscura mancha urbana, el sector de la parte antigua de la villa en el cual, en degradante promiscuidad, se compartían las duchas, letrinas, fogones y miserias. El barrio que, desde siempre, albergó al sector menos favorecido de la urbe: cercano al puerto y sus dependencias, sus almacenes, fondas, tabernas, garitos y mancebías, aquel recodo intramuros había sido por tres siglos el asiento de estibadores, marineros, carpinteros de ribera y también de tahúres, prostitutas y proxenetas. Extendido entre los terrenos de la que sería la nueva Estación Central y el viejo Muelle de Luz, no es fortuito que este miserable distrito acogiera también la zona de tolerancia de la capital, oficial y supuestamente confinada en el barrio antiguo de San Isidro.

1909. *Personas decentes* (2022), págs. 31-33

Cada una de esas ciudades: la militar y marinera de los siglos XVI al XVIII, la patriarcal y clásica del XIX, la burguesa republicana y modernista de la mitad del siglo XX, que también ha sido la de los falansterios de negros en El Manglar, de asiáticos arracimados en el barrio chino, de los recodos pobres de Atarés y El Arsenal y de la «zona de tolerancia» confinada en un rincón de la vieja urbe, están todas ubicadas en el mismo espacio, pero ajustadas a las realidades de su época y circunstancias y a lo largo del tiempo se fueron superponiendo una sobre otra, entreverándose, devorando una lo digerible de la precedente, ampliando su territorio, y conformando en cada periodo una misma urbe que era a la vez diferente de la anterior y también seguía siendo la misma. Esa ciudad amalgamada y turbia, suntuosa y estratificada a la vez, es La Habana que en la agonía de la década de 1950 ve llegar una revolución y en la que, cuatro años antes, yo había nacido, en el barrio de Mantilla y con el apellido Padura.

> Mario Conde contempló el desolador panorama desplegado frente a sí y percibió con nitidez cómo lo que veía empujaba a su ya lamentable estado de ánimo hacia un doloroso nivel de deterioro. Aquella esquina había sido parte del ombligo de su barrio, y ahora parecía un grano purulento. Inundado de una perversa nostalgia, recordó cuando era niño y su abuelo Rufino le enseñaba los secretos del arte de preparar gallos de lidia y trataba de dotarlo de una educación sentimental conveniente para sobrevivir en un mundo que mucho se parecía a una valla de gallos. Justo desde el punto en donde se hallaba esa tarde se podía ver el ajetreo constante de la famosa terminal de ómnibus del barrio, en la que por años había trabajado su padre. Pero, desactivada la ruta de guaguas, la instalación se malgastaba como un destartalado

parqueo de vehículos en fase de agonía. Mientras, la fonda de Conchita, la guarapera de Porfirio, los puestos de fritas de Pancho Mentira y el Albino, la quincalla de Nenita, las barberías de Wildo y de Chilo, la cafetería del paradero, la pollería de Miguel, la bodega de Nardo y Manolo, la cafetería de Izquierdo, la tienda de los chinos, la mueblería, la ferretería, los dos servicentros con sus poncheras y plantas de fregado de autos, el billar, la panadería La Ceiba, con su olor a vida..., todo aquello también había desaparecido, como devorado por un tsunami o algo todavía peor, y su imagen a duras penas sobrevivía en las memorias empecinadas de tipos como el Conde. Ahora, flanqueado por calles llenas de furnias y aceras destrozadas, el edificio de uno de los servicentros había comenzado a funcionar como una cafetería que expendía sus chatarras en CUC, la esquiva divisa cubana. En el otro servicentro no había nada. Y en el local de lo que fuera la bodega de Nardo y Manolo, muchas veces reformado para reciclar y empeorar el original, se abría hacia la Calzada una barra diminuta, protegida de posibles asaltos de corsarios y piratas por una reja de cabillas de acero corrugadas, que fungía como el centro dispensador de alcohol y nicotina bautizado por el Conde como El Bar de los Desesperaos. Era allí, y no en la cafetería que cobraba en CUC, donde los borrachos del barrio bebían a cualquier hora del día o de la noche su ron barato, sin la caricia de un hielo, de pie o sentados en el suelo pringoso, disputándoles el espacio a los abundantes perros callejeros.

Conde esquivó unos charcos de aguas oscuras y cruzó la Calzada. Se acercó a la reja carcelaria erigida sobre la barra del bar de nuevo tipo. Su sed etílica de esa tarde no era de las peores, pero necesitaba alivio. Y el cantinero Gandinga, Gandi para los habituales, estaba allí para ofrecérselo.

2008. *Herejes* (2013), págs. 25-26

4
Un pelotero en Mantilla

«Ir a La Habana» con mis padres era una fiesta. Aunque para mí, en realidad, constituyó un acontecimiento esporádico, y tal vez por ello esos recuerdos y sensaciones infantiles se aferraron con más fervor a mi memoria. Y es que mi padre tenía que trabajar para sostener a la familia y, en ocasiones, lo hacía incluso los domingos. Además, como cualquier preadolescente que se respete, muy temprano comencé a evitar andar por cualquier sitio acompañado por mis progenitores o siguiéndolos a ellos. Entonces, para mi vida cotidiana y mi necesidad de gastar las horas libres, solo quedaba a la mano, todos los días y casi todo el tiempo, el territorio más cercano, mi barrio, Mantilla. Un mundo.

Y muy pronto me apropié de Mantilla y, sobre todo, lo hice por la ruta que fue mi pasión, mi obsesión, mi vicio durante toda la infancia y la adolescencia: el beisbol, el juego de pelota. La pasión, la obsesión, el delirio de tantos cubanos.

Mis inicios como jugador de beisbol se produjeron en «la esquina», la calle todavía sin asfalto que significó para mí lo que su nombre implicaba: Libertad.

En esa esquina de la calle Libertad, a treinta metros de mi casa, jugué más pelota y durante más horas que en ningún otro lugar de la ciudad. Allí, con mis amigos del barrio, también compañeros de colegio, gasté infinitas horas lanzando y bateando pelotas, y no solo aprendí las reglas y la filosofía del más maravilloso e intrincado de los deportes de equipo, sino que me inicié en el ejercicio de la amistad y conocí de sus virtudes y de sus decepciones, las de entonces y las que llegarían con el paso de los años. Y adquirí dos importantes nociones: que tú solo no puedes ganar un partido de pelota y que un juego es un desafío que se practica para ganar. Creo que desde entonces soy un ser gregario y tengo un espíritu competitivo.

Pero, en pocos años, «la esquina» también se nos hizo pequeña y empecé a recorrer espacios más distantes, en donde se podía armar un juego de pelota en terrenos más propicios y con otros y más muchachos de la zona. Así, Mantilla completa, incluso algunos de sus barrios adyacentes —El Calvario, La Chorrera, el Reparto Eléctrico, el más alejado de Poey—, fueron entrando en mi mapa vital y sentimental de ese territorio urbano personal, en construcción y crecimiento, que aún seguía siendo un barrio grande, esa Mantilla de la que pronto entendería sus códigos casi tribales y conocería prácticamente a cada uno de sus moradores.

> El sudor le ardía en los ojos y el teniente Mario Conde miró hacia el cielo, para clamar por la piedad de alguna nube propicia. Y fue entonces que los gritos de júbilo atraparon su cerebro. Volaban trayendo una algarabía densa, de coro ensayado, que se expandió como si hubiera brotado de la tierra y se deslizara contra el calor de la tarde, se irguiera por un momento sobre el rugido de los autos y los camiones que corrían por la Calzada, y se abrazara taimadamente a la memoria del Conde. Pero solo al llegar a la esquina, los vio: mientras un grupo festejaba, saludándose con palmadas y más gritos, otros discutían, también en voz alta y con caras de buenos enemigos, culpándose mutuamente por la misma razón que los otros

eran tan felices: estos perdieron y aquellos ganaron, concluyó con facilidad cuando se detuvo a mirarlos. Había muchachos de varias edades, entre los doce y los dieciséis, de todos los colores y de todas las trazas, y el Conde pensó que si alguien como él, veinte años antes, se hubiera parado en esa misma esquina del barrio al escuchar una algarabía similar, hubiera visto exactamente lo que él veía: muchachos de todos los colores y todas las trazas, solo que ese, el que más discutía o festejaba, seguramente hubiera sido el Condesito, el nieto de Rufino el Conde. De pronto se respiraba la ilusión de que allí no existiera el tiempo, porque aquella bocacalle precisa había servido desde entonces para jugar a la pelota, aunque en ciertas temporadas apareciera, alevoso y traicionero, un balón de fútbol, o un aro de básquet clavado en el poste de la electricidad. Pero al poco tiempo la pelota —la jugaban en todas sus variantes: al bate, a la mano, al cuatro-esquinas, a los tres rolling-un-fly o a la pared— volvía a imponerse, sin demasiadas controversias, sobre esas modas pasajeras: la pelota los contagió, como una pasión crónica, y el Conde y sus amigos la habían sufrido en proporciones virulentas.

A pesar del calor, las tardes de agosto siempre habían sido las mejores para jugar pelota en la esquina. La época de las vacaciones propiciaba que todo el mundo estuviera a toda hora en el barrio, sin nada mejor que hacer, y el sol sobreexcitado del verano permitía jugar hasta más allá de las ocho de la noche, cuando algún partido de veras lo merecía. [...] Ellos siempre jugaban a la pelota, recordó, y recordó que de ellos ya no quedaban muchos en el barrio: mientras unos entraban y salían de la cárcel por delitos mayores y menores, otros se habían mudado para sitios tan disímiles como Alamar, Hialeah, Santiago de las Vegas, Union City, Cojímar o Estocolmo, y hasta tenían uno con billete sin vuelta hacia el Cementerio de Colón: pobre Marquitos. Por eso, aunque quisieran y tuvieran fuerzas en las piernas y resistencia en los brazos para hacerlo, los de entonces ya nunca podrían organizar otro piquete de pelota, allí en la esquina: porque la vida había devastado aquella posibilidad, como tantas otras.

1989. *Máscaras* (1997), págs. 14-15

No fue intrascendente en el proceso de conquista territorial que estaba ejecutando en los años de mi niñez el hecho de llevar el apellido Padura. Mi familia, que había sido de las fundadoras del asentamiento más de un siglo antes, se había extendido como una mancha de aceite indetenible por toda la zona y, con el barrio en prosperidad, la familia también había prosperado. Lo más importante, sin embargo, era que formaba parte de un clan de tíos, primos hermanos, segundos, terceros y parientes más o menos cercanos o lejanos. Y, por supuesto, que a los Padura de Mantilla todo el mundo los conocía en Mantilla, o, al menos, se conocían entre ellos y eso ya era multitud.

Gracias a esa condición, por un camino o por otro, fui encontrando a la gente más diversa que tenía alguna relación con alguien de la familia y comencé a adueñarme de las historias de una galería de personajes locales que me entregaron una primera noción de la singular comunidad a la cual pertenecía: conocí a blancos, negros, mulatos y varios chinos, y hasta italianos, libaneses y los infaltables gallegos (españoles que no necesariamente habían tenido que nacer en Galicia), gentes más acomodadas o más pobres, más notables o anodinas, y de todas las profesiones y categorías humanas, desde las entonces llamadas personas decentes hasta los carteristas y mariguaneros del barrio, todos relacionados en mayor o menor cercanía con algunos de los miembros de mi familia (en la que también había carteristas y, por supuesto, mariguaneros, en una época en que tal afición era sinónimo de marginalidad y delincuencia). Conocí, además, a decenas de masones, porque mi padre lo era desde antes de que yo naciera y, en 1952, fue uno de los diez fundadores de la logia masónica de Mantilla. Y gracias a mi padre y sus hermanos masones fui empapándome desde niño de la filosofía de esa fraternidad cuya presencia y acción está en muchas ideas y conceptos del pensamiento nacional e identitario cubano, desde los tiempos genésicos de José María Heredia hasta los idearios patrióticos de José Martí y el general Antonio Maceo, todos iniciados como hermanos masones. A mi padre y a esa institución fraternal debo buena parte de mi ética personal, como al catolicismo de mi madre debo el sentido de la caridad y la solidaridad entre las personas.

He contado en una ocasión cómo la cercanía con los principios de la fraternidad masónica me entregó uno de los más trascendentes y esenciales aprendizajes humanos que darían carácter a mi formación personal. Y es que cada viernes, día en que sesionaban las tenidas masónicas en la logia del barrio, en nuestro portal se acomodaban varios hermanos masones en espera del inicio de la sesión y, como debía ser, para beber una taza del café que les brindaba mi madre. Entre aquellos hombres había dos que me resultaban especialmente magnéticos: uno se llamaba Santiago, y era blanco, pecoso, pelirrojo, como un irlandés, y para asistir a la logia vestía de forma muy modesta pero siempre pulcra. Santiago era el recogedor de basura del barrio y yo lo admiraba por la capacidad que tenía de mover dos tanques de cincuenta y cinco galones (bidones de petróleo) en los que se solía depositar los desperdicios; era capaz de mover dos bidones a la vez, haciéndolos girar y conduciendo uno con cada mano: casi era un espectáculo de circo. El otro personaje atractivo era el doctor en medicina de apellido Becker, muy probablemente de ascendencia jamaicana, que regentaba un dispensario médico y conducía un reluciente Buick negro. El doctor Becker, cuando acudía a la logia los viernes, venía ataviado con una guayabera de hilo, brillante, almidonada, perfectamente planchada y de un blanco impoluto que contrastaba con el negro azabache de su piel. Santiago blanco y rojo; Becker negro retinto..., y en los sillones de nuestro portal, mientras hablaban, esos dos hombres se trataban de *hermano*. ¿Cómo era posible aquello? Pues mi padre me lo explicó: la filosofía masónica no distinguía ni colores de piel ni posibilidades económicas, solo importaba la integridad moral de sus iniciados, que, al cumplir el rito, se convertían en *hermanos masones* y se comportaban como tales en cualquier circunstancia. Aprendí entonces y para siempre que puede haber una condición superior a los distingos étnicos y de peculio que se materializa y se practica en la fraternidad, sinónimo de hermandad.*

Con toda aquella gente, parientes o no, masones o no (entre las que pronto comenzaron a producirse bajas: la erosionante diáspora cubana postrevolucionaria, iniciada en el mismo 1959, una emigración que no se ha detenido y muy temprano envolvió a varios de mis tíos y primos), conocí las más diversas y golosas «historias de vida» y «narrativas», y armé mi primera galería de tipos memorables, interesantes por alguna razón. Con mi abuelo Juan y su hermano Tomás

* Para mi padre fue una decepción que yo nunca me iniciara en la fraternidad masónica. Pero mi rechazo a cualquier disciplina pautada por códigos de conducta o pensamiento me han mantenido alejado de cualquier militancia fraternal, partidista o religiosa.

me adueñé de la historia antigua de la zona, aprendí las mañas de la lidia de gallos y cómo trepar árboles para recoger frutas cuyos sabores y texturas alimentaron mi memoria gustativa. Con el negro Chamuchí y mi vecino Alberto Cara'e Chiva supe del arte de robar carteras en las guaguas, aunque fue un aprendizaje que nunca practiqué. Mientras, con mi vecino el zapatero remendón Guiseppe Perupatto adquirí el deseo de tener alguna vez unos zapatos italianos y de conocer un pueblo siciliano llamado Ragusa, donde él había nacido y que definía como una flor entre dos montañas...

De muchas de esas personas, entonces protagonistas de la vida social y pintoresca mantillera, hoy solo quedan vagos recuerdos: los que mi madre nonagenaria, yo y algún otro recordador empecinado hayamos podido conservar, pues las distancias, los olvidos, las realidades cambiantes y el paso implacable del tiempo los han difuminado, quizás catalizado por la alteración de una forma de vivir que en aquellos años se practicaba en una Mantilla y que ya no existe más.

Porque una ciudad no es solo una acumulación de construcciones, calles, espacios públicos, oficinas, comercios (y hasta fortalezas militares en el caso de La Habana): es también sus gentes, personas que dan carácter al conglomerado humano conformado en un proceso histórico y cultural, ciudadanos a los que la estructura física de la metrópoli también les entrega definiciones. No es lo mismo nacer en un palacio que en un solar, no resulta igual crecer en los barrios céntricos de la urbe que en una periferia como la de Mantilla.

Pero recuerdo que el barrio donde crecí era como un microcosmos en el cual casi todas las necesidades vitales tenían formas posibles de satisfacerse y solo se «iba a La Habana» por dar un paseo o en procura de algo muy específico que el espacio cercano del vecindario no podía propiciar. Y, la verdad, era poco lo que aquella Mantilla no podía satisfacer, pues con excepción de funeraria y cementerio, había prácticamente de todo lo necesario para vivir.

Un elemento de la mayor importancia respecto a su situación geográfica y económica es el hecho de que Mantilla contara desde la década de 1930 con un paradero de guaguas —estación de autobuses se diría en otras latitudes de la lengua—, el de la eficiente ruta 4 que conectaba Mantilla con el corazón de La Habana a un ritmo de un ómnibus cada cuatro minutos. Aquella estación, que alcanzó su esplendor en la década de 1950 con la construcción de una modernísima instalación, funcionó como el motor económico y social de la zona, confiriéndole buena parte de su carácter gracias a la abundante presencia de esa especie humana tan peculiar que son los «guagüeros» —conductores y cobradores de los ómnibus entre los que estuvieron mi abuelo, mi padre, varios tíos, primos, parientes, algunos de ellos convertidos en leyendas por sus estrafalarias acciones tras el timón—. Ese paradero que desde su modernización exhibía en la cubierta de su plataforma de salida unas grandes letras de concreto que orgullosamente lo singularizaban: RUTA 4. Las mismas letras que unos años después Alguien decidiría que no aportaban nada, pues el Paradero dejó de serlo (como tantas otras cosas en el barrio transformadas, desaparecidas) y las letras fueron demolidas a golpes de una bola de hierro pendiente de una grúa: uno más de los infinitos barridos de la memoria.

Mantilla era entonces un satélite con su propia órbita, organizado con leyes generales y también con códigos locales, y por ese camino entré yo en el mundo más ancho y todavía ajeno de la ciudad, del país, de la síntesis mayor de esa construcción simbólica y sociohistórica que llamamos la patria. Por eso, en alguna ocasión me he atrevido a decir que para mí la bandera, el escudo, el himno nacionales son posesiones emblemáticas con las que me relaciono con cierta distancia. Porque el mejor modo de representación que tengo de lo que entiendo como una patria es Mantilla. Mi Mantilla.

Quizás mi primer paso hacia la asimilación de esa mancha urbana tentadora que se desparramaba más allá de los límites de mi barrio periférico (como se podía constatar desde las alturas del Castillo de Averhoff) fue la decisión, a mis once años, de que me permitieran ir solo o con algunos de mis amigos peloteros, a una de las catedrales de la ciudad: el Gran Stadium de La Habana. Ubicado en el viejo barrio del Cerro, la instalación, inaugurada en 1946 y ampliada en 1971, es el más fastuoso templo del beisbol en Cuba y ya había sido revolucionariamente rebautizado en 1959 como Estadio Latinoamericano.

Debo advertir que cuando en Cuba, cuando en La Habana, se habla de beisbol, no nos estamos refiriendo a un juego: se está tocando un asunto de la mayor seriedad y trascendencia histórica, cultural, identitaria. Bastaría con recordar que en La Habana de las décadas de 1870 y 1880, el momento en que se comienza la práctica frenética del deporte llegado de tierras «yanquees», el beisbol se convirtió casi de un día para otro en el mayor espectáculo festivo de La Habana, luego del país y, muy pronto, en el deporte nacional.* Los

* El primer partido oficial de beisbol se celebró en la ciudad de Matanzas, en 1874. Y en 1888 se publicó la primera historia del beisbol en Cuba.

partidos de beisbol fueron la ceremonia pagana que reunía a gentes de todas las clases y etnias, de todas las preferencias políticas, y que, para más ardor, mientras se desarrollaban los desafíos deportivos, en sus alrededores se solían montar verbenas animadas por las orquestas de negros y mulatos que interpretaban los danzones, el ritmo que, por su parte, devendría baile nacional.

Varios años antes de que recibiera el permiso familiar de ampliar fronteras, yo había ido por primera vez con mi padre a ese espacio maravilloso del gran estadio capitalino, donde se celebraba el espectáculo público que, incluso hoy, en un momento de crisis de calidad, sigue siendo el más amado por los cubanos. De aquel día de 1962 o 1963 tengo solo una foto en la memoria: la extensión del terreno, el verde de la grama y el marrón de la medialuna, y la figura de un jugador que llevaba el número 7 en el uniforme, bateaba a la zurda y se llamaba Rigoberto Rosique. Mientras escribo, veo esa foto con cada uno de sus colores y recupero la punzada de una gigantesca ambición que arrastré por mucho tiempo: jugar en ese terreno majestuoso alguna vez en mi vida.

Luego, con mi tío Juan Manuel, llamado Min por toda la parentela, comencé a asistir a partidos dominicales en el Estadio, o el Latino (así lo llamamos), y aprendí a moverme en su espacio, una experiencia que me sirvió posteriormente para, en soledad o en compañía de algún amigo, ir a disfrutar de los partidos de mi equipo favorito y ver en acción a mis ídolos de entonces, los jugadores que materializaban el sueño que yo alimentaba cada día y cada noche y engordaban mi «vicio» de pelota. Por algún cajón de mi casa debe de andar todavía una libreta escolar que dediqué a montar una colección de fotos de prensa de esos jugadores y algunas noticias de sus actuaciones... Y en mis estanterías de libros puedo ver el volumen de entrevistas titulado *El alma en el terreno,** la culminación del proyecto con el que, muchos años después, pude materializar el sueño de entrevistar a aquellos ídolos deportivos de mi niñez mantillera.

La Habana comenzaba a pertenecerme de forma natural y lo hacía por uno de sus costados más amables, míticos, entregándome no solo uno de sus ámbitos definitorios, sino también el espacio físico y simbólico más representativo de una identidad espiritual compacta que me acompañó por tantos años como un sueño (ser un buen jugador de beisbol) y, todavía hoy, como una indeleble pertenencia cultural cubana y habanera.

Fue por esa identificación visceral por lo que una noche de octubre de 2015, al recibir un importante premio por mi trabajo como escritor, llevé en mi bolsillo una imagen concreta y sintética de mi condición nacional: una pelota de beisbol... Una pelota, por cierto, firmada por el gran Orestes «Minnie» Miñoso, un personaje que batea, lanza corre sobre la grama del Gran Stadium de La Habana y se mitifica en varias páginas de mi novela *Herejes*.

> Daniel Kaminsky había adquirido por contagio callejero el virus incurable de la pasión por el beisbol que dominaba a los cubanos. Y, por esa lógica absurda que a veces tienen los amores, desde el principio decantó su preferencia por el modesto *team* de Marianao. [...] Fue en la temporada de beisbol invernal de 1953-1954 cuando el gran Orestes Miñoso, «el Cometa Cubano», alma del *team* Marianao de la liga profesional de la

* Escrito en coautoría con el colega Raúl Arce y publicado como libro en 1989, el volumen reúne diecisiete entrevistas realizadas entre 1984 y 1988, y publicadas en el diario *Juventud Rebelde*.

isla y, por esa época, también de los White Sox de Chicago en las Grandes Ligas norteamericanas, conectó el batazo más largo que hasta entonces se diera en el Gran Stadium de La Habana, construido unos años atrás. El pitcher contrario era el yanqui Glenn Elliott, esa temporada al servicio del poderoso club Almendares, y lo que le soltó Miñoso fue un lineazo descomunal que pasó muy por encima de las cercas del jardín central; un toletazo inhumano en el que aquel negro, de cinco pies y diez pulgadas de músculos compactos, había descargado toda su fuerza y su increíble talento para darle a la pelota, con la belleza y perfección de sus aterradores swings. Cuando los comisarios de la liga intentaron medir las dimensiones de la conexión, se aburrieron de contar al sobrepasar los quinientos pies de distancia respecto al plato. Como recordación de aquella hazaña, por el sitio sobre el cual había volado la pelota, fue colocado un cartel con la advertencia: POR AQUÍ PASÓ MIÑOSO. [...] Aquel día histórico, del que se hablaría por años y años entre los aficionados a la pelota, el polaco Daniel Kaminsky y sus amigos Pepe Manuel y Roberto eran tres de los dieciocho mil doscientos treinta y seis aficionados que ocupaban las gradas del Gran Stadium para disfrutar del partido entre los demoledores Alacranes del Almendares y los modestos pero aguerridos Tigres de Marianao. Y, como casi todos esos afortunados fanáticos, Daniel y sus amigos recordarían por el resto de sus días —muchos días para unos; pocos, en verdad, para otro— el batazo de aquel ángel negro matancero, descendiente de esclavos traídos desde el Calabar nigeriano.

1953-1957. *Herejes* (2013), págs. 100-101

La escenografía redescubierta del estadio era un llamado a los recuerdos. La hierba verde brillando bajo las luces azulosas y la medialuna rojiza, recién peinada para el inicio del juego, arman un contraste de colores que es patrimonio exclusivo de los terrenos de pelota. Andrés, al frente, caminaba por el pasillo buscando el palco que habían conseguido para esa noche. Detrás, el Conejo abría espacio para la silla de ruedas que el Conde conducía con habilidad adquirida a lo largo de diez años. Permiso, caballeros, decía el Conejo, mientras trataba a la vez de mirar el calentamiento del pitcher del Habana, junto al *dogout* de la izquierda. En la pizarra lumínica ya estaban anotadas las alineaciones y el murmullo que como una cascada bajaba de las graderías era una promesa de buen espectáculo: orientales y habaneros iban a dirimir otra vez, como si fuera un juego, una disputa histórica que se inició, tal vez, el día en que la capital de la colonia fue transferida de Santiago a La Habana, más de cuatrocientos años atrás.

El palco conseguido a través de un paciente de Andrés resultó una de las preferencias más codiciadas: al borde mismo del terreno, entre el home y el banco de tercera base. El Conde, sentado junto al Flaco, observó el terreno marrón y verde, las graderías repletas, los colores de los uniformes, azules y blancos unos, rojos y negros los otros, y recordó que alguna vez, como Andrés, quiso echar su vida en aquellas extensiones simbólicas, donde el movimiento de la diminuta estructura de una pelota era como el flujo de la vida, impredecible pero necesario para que el juego continuara. [...] Aquellos eran los olores, los colores, las sensaciones, las habilidades de una pertenencia posible a un lugar y a un tiempo que podía recuperar con la simple acción de ver y respirar golosamente un ambiente irrepetible y profundamente incorporado a su experiencia vital, que le resultaba tan cercano como el de las vallas de gallos. La tierra, el sudor, la saliva, el cuero, la madera, el olor verde y dulce de la hierba pisoteada y, más de una vez, el sabor de la sangre, eran sensaciones asumidas y reciamente asimiladas por su memoria y sus sentidos. El Conde respiró tranquilo: algo le pertenecía, con amor y escualidez.

1989. *Vientos de cuaresma* (2001), págs. 221-222

5
Una revolución, y después una Ofensiva... Revolucionaria

En 1968, todavía con doce años, me matriculé en los estudios secundarios y comencé mi verdadera etapa de adolescencia. Fue en ese justo momento, también, cuando el gobierno revolucionario, en su afán revolucionador encaminado hacia la construcción del socialismo más real, desarrolló una Ofensiva económica y política, que no podía llevar otro apellido que Revolucionaria y que afectaría profundamente a toda la estructura del país y, con especial vehemencia, a la imagen física de La Habana.

Entre la ciudad en la que había nacido, doce años antes, y la que acogería mi debut como adolescente ya se habían producido una serie de cambios notables, la mayoría de ellos de carácter político, pues el país se había declarado socialista en 1961, y muchísimos otros más de estirpe humana, impulsados por esa impronta política. Entre esos últimos cambios siempre me ha parecido particularmente doloroso el inicio de una polarización entre afectos y desafectos al sistema que se engendró entonces y no ha hecho más que crecer con los años, hasta encallarse y emponzoñarse, provocando una división lacerante y hasta agresiva entre las personas y sus ideas o decisiones. Y, por supuesto, el proceso también trajo profundas transformaciones económicas (la desaparición de una clase y la proletarización de toda la sociedad, incluido mi padre), culturales e, incluso, algunas adecuaciones que también afectaban a la estructura física del espacio urbano.

Pero, en lo visible, La Habana que llega al año 1968 era más o menos la misma que existió en 1959, con los retoques y redefiniciones propios de una sociedad sumergida en la vorágine de esas transformaciones políticas, económicas y culturales: las vallas publicitarias sustituidas por los carteles de reafirmación política y los sitios rebautizados, por citar solo un par de ejemplos de muy visible presencia y significado, entre ellos el propósito de borrar historias y, de paso, reescribirlas y, si resultaba posible, apropiárselas.

Tal vez, la mayor evidencia de esa continuidad del espacio urbano legado por el pasado y con su imagen todavía sostenida en el tiempo podría reflejarse en el hecho de que, a pesar de estar sometida a diversas agresiones, La Habana nocturna de 1968 aún conseguía replicar varios de los emblemas de la urbe de diez años atrás, la que escuchó a Violeta del Río cantar «Vete de mí» en mi novela *La neblina del ayer*. Clubes y cabarets seguían animando sus noches y madrugadas, los restaurantes mantenían sus menús con bastante dignidad, varias decenas de cines y teatros permanecían abiertos y dinámicos, el espectáculo y la farándula no se habían detenido, los bares vendían ron y cerveza, mientras las imprescindibles vitrolas reproducían sones y boleros. Como un animal prehistórico, en el restaurante Monseigneur, Bola de Nieve, ataviado como siempre con traje negro y pajarita, todavía animaba las cenas nocturnas tocando su piano y cantando, «con voz de persona», como había definido su estilo, una espléndida versión de «La Vie en Rose».

—La Dama de la Noche —dijo Rafael justo cuando el Palomo se incorporaba al grupo.

—¿Usted la conoce? —se atrevió el muchacho y se dejó caer en uno de los sillones, sin haber sido invitado a sentarse.

—Claro que la conozco. ¿O tú te crees que yo soy como esos musicólogos, bueno, se dicen musicólogos, y hablan de música sin oírla y sin escrbir un puñetero libro en toda su repuñetera vida...? A ver, siéntate —le dijo al fin, dirigiéndose al Conde, y este ocupó otro de los sillones.

—Es que le hemos preguntado a varias gentes...

—Sí, casi nadie se acuerda de ella. Nada más grabó un disco y como trabajaba en clubes y cabarets... Imagínense que en esa época, en La Habana, había más de sesenta clubes y cabarets con dos y hasta tres espectáculos por noche. Sin contar los restaurantes y los bares donde había tríos, pianistas y hasta conjunticos...

—Increíble —dijo el Palomo, sinceramente asombrado.

—¿Se imaginan cuántos artistas tenía que haber para mantener ese ritmo? La Habana era una locura: yo creo que era la ciudad con más vida de todo el mundo. ¡Qué carajo París ni Nueva York! Demasiado frío... ¡Vida nocturna la de aquí! Verdad que había putas, había drogas y había mafia, pero la gente se divertía y la noche empezaba a las seis de la tarde y no se acababa nunca. ¿Te imaginas que en una misma noche podías tomarte una cerveza a las ocho oyendo a las Anacaonas en los Aires Libres del Prado, comer a las nueve con la música y las canciones de Bola de Nieve, luego sentarte en el Saint John's a oír a Elena Burke, después irte a un cabaret a bailar con Benny Moré, con la Aragón, con la Casino de Playa, con la Sonora Matancera, descansar un rato vacilando los boleros de Olga Guillot, Vicentico Valdés, Ñico Membiela..., o irte a oír a los muchachos del *feeling*, al ronco José Antonio Méndez, a César Portillo y, para cerrar la noche, a las dos de la mañana, escaparte a la playa de Marianao a ver el espectáculo del Chori tocando sus timbales, y tú ahí, como si nada, sentado entre Marlon

Brando y Cab Calloway, al lado de Errol Flynn y de Josephine Baker. Y después, si todavía te quedaba aire, bajar a La Gruta, ahí en La Rampa, para amanecer metido en una descarga de jazz de Cachao con Tata Güines, Barreto, Bebo Valdés, el Negro Vivar, Frank Emilio y todos esos locos que son los mejores músicos que ha dado Cuba? Eran miles, la música estaba en la atmósfera, se podía cortar con un cuchillo, había que apartarla para poder pasar... Y Violeta del Río era una de ellos...

1957. *La neblina del ayer* (2005), págs. 87-88

He dicho en otros textos que un novelista es un almacén de memorias. La vida humana no le alcanza para reunir todas las historias, sensaciones, visiones de la realidad a las que debe echar mano para armar sus narraciones. Nadie puede vivir la vida de todos sus personajes ni estar en cada uno de los sitios y momentos en que pueden fraguarse novelescamente la existencia de sus criaturas. La memoria de otros, la experiencia de otros, la existencia de otros debe ser entonces canibalizada para ir más allá del limitado espacio del tiempo y las vivencias humanas: como garrapatas, los escritores nos alimentamos de sangre ajena. Así, La Habana a la que empiezo a asomarme a partir de 1968 era un espacio hecho de visiones propias y memorias absorbidas, dos ríos que en su confluencia daban forma a aquella isla urbana que entraba en un momento de muy crítica definición histórica.

Porque sobre la ciudad flotaba un poder absoluto, a veces creo que oscuro, que amenazaba ese mundo ya en descomposición pero sobreviviente de música, ron, baile, erotismo y levedad, aquel mundo que retrató (y lo detuvo para la posteridad, como en una fotografía imborrable) Guillermo

Cabrera Infante en su novela *Tres tristes tigres*. Y es que ya se había anunciado el propósito de crear al Hombre Nuevo del socialismo y ese ser superior nada tenía que ver con el bolero, el jazz, las canciones del *feeling* que podían proclamar: «Adiós, felicidad / casi no te conocí...», un sentimiento considerado pesimista y, por tanto, inadmisible en un país en revolución. El Hombre Nuevo debía ser inmune a la contaminación de la decadente cultura del pasado capitalista y, por supuesto, a la del presente de perversión imperialista (que incluía la música rock, el largo del pelo, el ancho de los pantalones y las preferencias sexuales de los individuos), y, por decreto, ser optimista por obligación, feliz en obediencia, mientras trabajaba, estudiaba y luchaba por un futuro mejor. La consigna era: «Estudio, trabajo, fusil».

Y en 1968 llegó la Ofensiva Revolucionaria que apagaría muchas de las luces de la ciudad... De una ciudad que había sido tan alucinante y que apenas pude conocer por mis experiencias personales, aunque también me pertenece por la apropiación de las remembranzas ajenas que, con sus evocaciones, nutren las de sus descendientes y conforman una cultura, fundan mitos y alimentan una memoria colectiva.

La medida socialista, aplicada a rajatabla, decretaba el fin de cualquier actividad comercial o productiva privada por considerarlas impropias en la estructura de la sociedad en construcción. Bajo ese precepto económico, de un día para otro fueron «intervenidos» restaurantes, fondas, cafeterías, barberías, tiendas de bisuterías, talleres de mecánica, puestos de frita y hasta sillones de limpiabotas, que fueron depositados en manos de una administración estatal o gubernamental que los recibían con júbilo muy revolucionario, pero sin sentido de pertenencia ni experiencia comercial o laboral. Era la culminación de un proceso de expropiación y estatalización que ya venía avanzando desde el mismo año 1959, que se sublimaba hasta sus límites posibles (de hecho imposibles) en ese momento y que, en lo esencial, todavía hoy impera en el país.

Al mismo tiempo, o con unos meses de diferencia, la urbe nocturna corrió una suerte similar: no era admisible que la gente gastara sus noches entre música, ron y cigarros cuando había tanto que hacer, tanto que construir.* Por ejemplo, ir a sembrar café en una enorme franja de terreno que rodeaba toda la capital —el Cordón de La Habana se le llamó—, un proyecto iluminado que, con entusiasmo y despiadado fervor, acabó con una eficiente y centenaria estructura agrícola de tierras dedicadas al cultivo de hortalizas y frutales que, por décadas, habían alimentado los mercados de la capital. Esos terrenos, de pronto fueron devastados para ser puestos, por decreto gubernamental, en función de fomentar plantaciones de café. Un café que, por cierto, nunca prosperó, del que no bebimos ni una taza, pero que en cambio nos privó hasta hoy de frutos como los mameyes, anones y guanábanas, que yo recogía con mi abuelo Juan y el tío Tomás en las fincas de los alrededores de Mantilla. O, por poner otro ejemplo memorable, se ejecutó la orden de que los trabajadores se trasladasen masivamente a los campos a cortar la caña que permitiría la producción de diez millones de toneladas de azúcar con la que el país daría su Gran Salto económico hacia el desarrollo, el fabuloso futuro socialista, preámbulo del estadio superior de la sociedad comunista, la del futuro mejor.

* Ya en una fecha tan temprana como 1960 se consideró inapropiada la imagen disoluta de la ciudad que se reflejaba en *PM*, un corto documental de Sabá Cabrera Infante, criticado y finalmente censurado por los rectores de las nuevas políticas culturales del país.

La ciudad en la que entro como adolescente es, pues, un sitio que se ha oscurecido, despoblado, empobrecido, transformado, deformado. De su geografía han desaparecido para siempre las vendutas callejeras de comida rápida, esos eficientes «puestos de frita», como eran conocidos, y también los sillones de los limpiabotas, pues eran una rémora del pasado capitalista. Cientos de comercios, ahora todos ellos en manos del Estado, casi de inmediato cerraron sus puertas, apagaron sus luces, vaciaron sus escaparates y, entre 1969 y 1970, exhibieron carteles que advertían: CERRADO. ESTAMOS EN LA ZAFRA. ¡LOS DIEZ MILLONES, VAN! De paso, se decretaba la eliminación de las fiestas navideñas, pues no era justo que mientras muchos cortaban caña, otros festejaran con cerdo y cerveza, iluminados por unos arbolitos con bolas y luces que demoraron décadas en regresar al decorado navideño insular.

La Habana era ya otra ciudad en el tiempo aunque en el mismo espacio, cada vez más diferente de la que yo había conocido en la época de mis primeros años, tanto en Mantilla como en el centro comercial, cuando con mis padres «iba a La Habana». Se convierte en la capital de un país que promete a todos sus habitantes un futuro mejor que, para ser alcanzado, dependería de lo que todavía hoy se llama «la empresa estatal socialista», mientras exigía a los ciudadanos renuncias, esfuerzos, trabajo voluntario... y siempre sacrificios: personales, familiares, ideológicos, incluso del espacio vital. Y no es inapropiado recordar que la palabra sacrificio tiene varios significados, como bien se sabe: «1. Ofrenda hecha a una divinidad en señal de reconocimiento u obediencia, o para pedir un favor. / 2. Esfuerzo, pena, acción o trabajo que una persona se impone a sí misma por conseguir o merecer algo o para beneficiar a alguien»...

Tampoco puedo olvidar que mi décima noche con Violeta del Río debió haber sido la del 2 de octubre de 1968. Por aquellos días había sido decretada una asoladora Ofensiva Revolucionaria, empeñada en poner en manos del Estado toda la economía y la ideología de la isla, mientras se había comenzado a preparar una gigantesca zafra azucarera, que en 1970 produciría diez millones de toneladas de azúcar con los cuales, de una sola vez, el país podría hasta salir del subdesarrollo. Pero, centrado en mi vorágine de amor y sexo, vivía yo de espaldas a la magnitud de las tormentas que se habían desatado, pues cada una de mis neuronas palpitaba en función de Violeta del Río.

Como las noches anteriores, exactamente cuando daban las diez, abandoné mi cuarto de la beca universitaria y salí en busca de La Rampa, sus luces, sus expectativas y sus promesas ahora cumplidas hasta niveles jamás imaginados por mí. Faltaban unos minutos para las once cuando atravesé la avenida y de golpe caí en el abismo. Los neones de La Gruta estaban a oscuras y por un instante pensé si no sería lunes, aunque estaba seguro de que era el jueves 2 de octubre. Las luces de la calle iluminaban la escalera que bajaba hacia el club y desde la acera, ya en el borde de la angustia, pude ver sus puertas cerradas y leer el cartel grosero que advertía: CLAUSURADO INDEFINIDAMENTE.

1968. «Nueve noches con Violeta del Río»,
Aquello estaba deseando ocurrir (2015), págs 61-62

6
La ciudad socialista

La urbe que se comienza a fraguar desde la década de 1970 es la ciudad socialista cubana, la que se pretendía ajustar y al final se ajustaría al modelo político ortodoxo que se iba imponiendo en todos los aspectos de la vida nacional... incluida la estructura de la metrópoli.

A lo largo de la década de 1960, cuando se produce el primer éxodo postrevolucionario (alta burguesía, primero; clase media, después; insatisfechos con el proyecto más temprano o más tarde), la trama habanera había vivido la transformación que significó la distribución de las viviendas abandonadas por los emigrantes.* Concentradas en los barrios más elegantes y modernos de la capital (aunque también en otros de la periferia), muchas de esas casas fueron asignadas a combatientes revolucionarios o convertidas en locales institucionales e incluso transformadas para cumplir los nuevos fines. La suerte corrida por esos inmuebles fue diversa: mientras algunos se preservaban en buen estado, otros sufrieron un rápido deterioro. Así, dentro de la ciudad se redistribuye y se transforma su carácter, se sustituye

* La figura migratoria de «salida definitiva del país» entrañaba la pérdida de todos los bienes y derechos del ciudadano. Las casas, automóviles y otras propiedades eran confiscadas por el Estado.

pasado burgués por presente socialista, la propiedad privada por la estatal.

Ya en la década de 1970, para paliar un creciente déficit habitacional provocado por el incremento de la población urbana (el *baby boom* de la década de 1960, la nutrida emigración del campo a la ciudad), le nacen entonces a La Habana nuevos barrios de edificios apresurados y sin estilo, en los que se mezclan ciudadanos de diferentes procedencias geográficas más por necesidad que por elección y en los que se hace evidente que el país, y con él su capital, se regiría por criterios más políticos que arquitectónicos, urbanísticos, sociales e, incluso, económicos. La fisonomía del espacio urbano habanero sufre infinitas modificaciones arquitectónicas y estructurales que la alejan de la ciudad del pasado y la abocan a la del futuro, que ha resultado ser el presente de decadencia urbanística y espiritual que vivimos. En esos nuevos espacios urbanos el concepto de «barrio» también se desfigura o desaparece.

Mientras, los que no alcanzan sitio en los nuevos repartos proletarios y se van hacinando en espacios reducidos popularizan una solución de ganancia espacial doméstica que se hizo muy común en los viejos barrios de la capital: la barbacoa. Aprovechado la altura de los puntales de las construcciones de principios de siglo XX, los moradores de esas edificaciones construyen entresuelos de madera o incluso de hormigón, que conectan con el piso base por una escalera y duplican el área útil de las habitaciones. Tan extendida fue esa solución que una orquesta de moda le compuso su canción, titulada precisamente así: «La barbacoa».

Es justo en 1971, en plena efervescencia de todos esos y otros tránsitos, el momento en que doy el segundo gran paso de asimilación física de esa ciudad que vive su transformación cuando, para cursar el último año de mis estudios secundarios y los tres de preparación preuniversitaria, me traslado a colegios ubicados en el barrio con nombre venenoso pero atmósfera siempre amable: La Víbora.

Ubicado en el centro geográfico de La Habana, La Víbora, más que un barrio, es una localidad en la que resulta imposible definir fronteras. Su corazón latió por décadas en los alrededores del Paradero de La Víbora (la estación de autobuses, luego tan difuminada como la de Mantilla), muy cerca del cual estaban los edificios de las escuelas en que pasé cuatro años decisivos de mi vida, quizás los más felices y despreocupados, periodo de grandes descubrimientos humanos y citadinos.

> Mentira, se dijo. La nostalgia no podía seguir siendo igual que antes. Ahora, a la altura de 1989, funcionaba como una sensación empalagosa y perfumada, cándida y apacible, que lo abrazaba con la pasión reposada de los amores bien añejados. El Conde se preparó y la esperó agresiva, dispuesta a pedir cuentas, a reclamar intereses crecidos con los años, pero un acecho tan prolongado había servido para limar todos los bordes ásperos del recuerdo y dejar apenas aquella sosegada sensación de pertenencia a un lugar y un tiempo cubiertos ya por el velo rosado de una memoria selectiva, que prefería evocar sabia y noblemente los momentos ajenos al rencor, al odio y a la tristeza. Sí, puedo resistirla, pensó al contemplar las columnatas cuadradas que sostenían el altísimo portal del viejo Instituto de Segunda Enseñanza de La Víbora, convertido después en el Preuniversitario que sería la guarida, por tres años, de los sueños y esperanzas de aquella generación escondida que quiso ser tantas cosas que nunca lograrían ser. [...]. Entre aquellas columnas, por aquellas aulas, tras esa escalinata y sobre esa plaza ilógicamente bautizada como Roja —porque era negra, sencillamente negra, como todo lo que podía tocar

el hollín y la grasa del paradero de ómnibus tan cercano—, había terminado la niñez y, aunque apenas habían aprendido algunas operaciones matemáticas y leyes físicas empecinadamente invariables, se hicieron adultos mientras empezaron a conocer el sentido de la traición y también el de la maldad, vieron crecer arribistas y frustrarse a ciertos corazones cándidos, se enamoraron apasionadamente y se emborracharon de dolor y de alegría, y aprendieron, sobre todo, la existencia de una necesidad invencible que a falta de mejor nombre se conoce como amistad. No, no es mentira. Aunque solo fuera como homenaje a la amistad, aquella nostalgia inesperadamente pausada valía la angustia de ser vivida.

1989. *Vientos de cuaresma* (2001), págs. 38-39

La zona de La Víbora queda atravesada de norte a sur (o al contrario) por la Calzada del Diez de Octubre, la antigua Calzada de Jesús del Monte a la que Eliseo Diego dedicó en 1949 el que quizás sea su más memorable poemario, en el que escribió: «En la Calzada más bien enorme de Jesús del Monte / donde la demasiada luz forma otras paredes con el polvo / cansa mi principal costumbre de recordar un nombre...».*

A uno y otro lado de la avenida que conduce al centro de la ciudad se extienden barrios con nombre propio (La Loma de Chaple, Santa Catalina, El Sevillano, Acosta, El Mónaco) que, según se quiera, son independientes o forman parte de La Víbora. Mientras, su arquitectura va desde la existencia de edificios coloniales, como la iglesia de Jesús del Monte, pasando por muchas construcciones de principios del siglo XX

* Eliseo Diego, *En la Calzada de Jesús del Monte*, La Habana, 1949.

(las frescas mansiones de puntales altos y amplios portales de la Loma de Chaple, o las aledañas al parque de los Chivos, muchas de ellas hoy casi en ruinas) y por una larga mayoría levantadas en las décadas de 1940 y 1950, cuando se produce la gran expansión urbanística de la zona y se construyen, entre otros, el edificio del Instituto de Segunda Enseñanza, ya convertido en el Preuniversitario René O. Reiné, en el que en la década de 1970 estudiamos Lucía y yo, y, claro está, el Conde, el Flaco Carlos, Candito el Rojo, el Conejo y Andrés. O la maravillosa casa de Tamara, mansión modernista de sueño decorada con esculturas de hormigón que imitan la figuración de Wifredo Lam, un sitio también deteriorado y pervertido desde la estampida de sus propietarios originales. La Víbora amable y entrañable..., aunque nunca se debe olvidar que junto a los palacetes, casas elegantes y edificios históricos, La Víbora también alberga numerosos «solares», esos inmuebles dejados atrás por la burguesía y pronto convertidos en falansterios en los que cada familia ocupa una habitación, muchas veces desde que nacen hasta que mueren. Como el solar donde nació y vivió Chano Pozo, el más grande percusionista cubano, o donde todavía vive Candito el Rojo, y en el que Conde se cruza un día con una de sus moradoras que afirma estar muy *resingada* y que, por si acaso, aclara, «dije *resingada,* no resignada».

Pero... mansiones, palacetes, solares, iglesias coloniales o de falso neogótico del siglo XX ceden sus características y singularidades a lo que constituye la marca de identidad más admirable de ese rincón capitalino: los parques públicos... Extendidos casi todos en una manzana de terreno (cien metros por cada cara), arbolados, con o sin estatuas conmemorativas, La Víbora posee una infinidad de estos espacios públicos propicios a la calma y el descanso, pero también para los manoseos amorosos juveniles que, por supuesto, yo también practiqué. Y recuerdo haberlo hecho en los dos parques de Vista Alegre y San Mariano, en el de Santos Suárez, en el parque de los Chivos y el del Pescao, en el parque de Córdoba, en los de la Avenida de Acosta...

—¿Y no te han dicho alguna vez que eres la mujer más linda de La Víbora?

—He oído comentarios.

—¿Y que hay un policía bueno que te persigue?

—De eso sí me di cuenta, por los interrogatorios —dice ella y se vuelven a besar, en plena calle, con impudicia de adolescentes en estado de ebullición.

—¿Te gusta que te enamoren en los parques?

—Hace mucho tiempo que no me enamoran en un parque, ni en ningún lado.

—¿Qué parque de La Víbora te gusta más? Escoge: el de Córdoba, el de los Chivos, cualquiera de los dos de San Mariano, el parque del Pescao, el de Santos Suárez, el del Mónaco, el de los leoncitos del Casino, el de Acosta... Lo mejor que tiene este barrio son los parques, son los más lindos de La Habana.

—¿Estás seguro?

—Más que seguro. ¿Por cuál te decides?

Ella lo mira a los ojos y piensa. En su mirada hay una profundidad en la que el Conde se pierde como un policía enamorado.

—Si solo me vas a enamorar, prefiero el del Mónaco. Si estás manisuelto, el parque del Pescao.

—Vamos al parque del Pescao. No respondo de mí.

1989. *Vientos de cuaresma* (2001), págs. 131-132

Mis años «viboreños» tienen un sitio especial en mi memoria afectiva y tal vez por ello ese espacio urbano siempre me ha funcionado como un estado de ánimo que me conecta con los descubrimientos y una compacta sensación de felicidad —quizás porque somos más propensos a olvidar los dolores, por simple estrategia de supervivencia—. Aquellos fueron los tiempos en que dejo de ser adolescente y entro en mi juventud. Rompo el cascarón de la existencia mantillera y avanzo hacia la ciudad que se va integrando a mi desarrollo y experiencia, mientras mi banda sonora sentimental añade a los ya asimilados Beatles y Rolling Stones, las músicas de Chicago, Blood, Sweat and Tears, Creedende Claerwater Revival (los intérpretes de «Proud Mary» que se oye en todas las novelas de Conde), Elton John, Led Zeppelin..., y vivo la intensidad de algunos amores y el dolor intenso de desamores, la adquisición de amistades casi fraternales, participo en campeonatos organizados de beisbol y, quizás sin yo imaginarlo, ya estaba preparando mi destino, personal y habanero: me convierto en lector.

Por todas esas razones, la apropiación de la zona de La Víbora es mucho más que el conocimiento, entendimiento, revelación de un espacio urbano con mayor o menor prosapia histórica y diverso en su estructura física. Si Mantilla es el lugar de la memoria infantil y adolescente, tan poblada de aprendizajes, La Víbora es el sitio de la revelación de la juventud, el territorio simbólico de la conciencia de adquisiciones tan importantes como las nuevas amistades, el amor, el poder de la literatura. Sin esa estancia tan plagada de iniciaciones y revelaciones trascendentes, mi acercamiento a la ciudad habría tenido una ausencia irreparable, o al menos un recorrido diferente. Le habría faltado el conocimiento íntimo de ese entrañable paraje viboreño en el cual no solo yo, sino también Mario Conde y sus amigos, habitaron en el mismo tiempo histórico, ajenos todos a las convulsiones sociales que nos rodeaban, pues son justamente los años de más encarnizada represión cultural en el país, de fijación de infinitas censuras artísticas y morales de las que no nos llegaron noticias, aunque sí algunos de sus efectos. Pero allí, en La Víbora, nosotros tuvimos el vislumbre de la felicidad y hasta llegamos a soñar con ese futuro mejor que, por gracia histórica, nos correspondería.*

El Conde siempre había pensado que le gustaba aquel barrio: el Casino Deportivo había sido totalmente construido en los años cincuenta para una burguesía incapaz de llegar a fincas y piscinas, pero dispuesta a pagar el lujo de tener una habitación para cada hijo, un portal agradable y un garaje para el carro que no iba a faltar. La diáspora de la mayor parte de los moradores originarios y el paso de los años no habían conseguido, todavía, variar demasiado la fisonomía de aquel reparto. Porque es un reparto, no un barrio, se rectificó el Conde cuando el auto avanzó por la calle Séptima, en busca de la intercepción con la avenida de Acosta, y notó que allí oscurecía sosegadamente, sin cambios bruscos, y no había ventolera, como si las contingencias e impurezas de la ciudad estuviesen prohibidas en aquel coto pasteurizado casi completamente ocupado por los nuevos dirigentes de los nuevos tiempos. Las casas seguían pintadas, los jardines cuidados y los *car-porsh* ocupados ahora por Ladas, Moskovichs y Fiats polacos de reciente adquisición, con sus cristales oscuros y excluyentes. La gente apenas caminaba por la calle, y los que

* En 1971 comienza en el mundo intelectual cubano los procesos de «parametración», mediante los cuales se excluye o margina a centenares de creadores, docentes, estudiantes. Un proceso del que hablo en extenso en mis novelas *Máscaras* (1997) y *Personas decentes* (2022), y del que muchos no tuvimos noticias hasta años más tarde.

lo hacían andaban con la calma dada por la seguridad: en este reparto no hay ladrones, y todas las muchachas son lindas, casi pulcras, como las casas y los jardines, nadie tiene perros satos y las alcantarillas no se desbordan de mierda y otros efluvios coléricos. Allí el Conde había asistido a algunas de las mejores fiestas de su época del Pre: siempre había un combo, los Gnomos, los Kent, los Signos, y siempre se bailaba rock, nunca ruedas de casino ni nada de música latina, y las fiestas no terminaban a botellazo limpio, como en su barrio, pendenciero y mal pintado. Sí, era un buen lugar para vivir, dijo, cuando vio la casa de dos plantas —linda también, y pintada y con jardincito podado— donde vivía Caridad Delgado.

1989. *Vientos de cuaresma* (2001), págs. 51-52

7
La novela de mi vida

El niño y adolescente que había soñado con ser jugador de beisbol tuvo en 1975 un barrunto de lo que sería su destino, sin imaginar aún qué y cómo sería esa vida por venir. Al menos ya estaba convencido (y sin trauma) de que no llegaría a ser un buen jugador de beisbol, y optó por aprender a reseñar las peripecias del juego desde las presuntas páginas del periódico donde pretendía escribir. Pero en el socialismo real, por muy luminoso que se proclame el porvenir histórico, nunca sabes el futuro personal que te espera —y tampoco el pasado que tendrás, pues todo depende de cómo te comportes en una sociedad donde cada una de tus actitudes ha sido debidamente registrada y puede ser oportunamente utilizada...—. Y fue entonces cuando el aspirante a cronista deportivo debió reorientar su vocación, pues Alguien había estimado que ya había suficientes periodistas en el país y no se consideró necesario que otros jóvenes se formasen como tales en la universidad. Por esa decisión socialista planificada, el pelotero y frustrado aspirante a cronista deportivo termina sus tumbos escolares ingresando en la Escuela de Letras de la Universidad de La Habana en septiembre de 1975, para que allí le ocurran varias cosas que le cambiarían o le completarían la vida (¿aquello estaba deseando ocurrir?):

1. Al encontrar que otros compañeros de estudio escribían literatura, el joven, todavía con pocas lecturas, pero cargado con el espíritu competitivo adquirido por la práctica del beisbol, decide que él también quiere escribir... Y empieza a escribir.

2. En 1978, casi por azar concurrente, conoce a sus veintidós años a una muchacha de dieciocho, también estudiante de Letras, y presiente (con certeza probada por los años) que ha conocido a la mujer de su vida.

3. Como la Escuela de Letras, devenida Facultad de Filología, está ubicada en el cruce de la calle Zapata y la avenida de los Presidentes, la calle G, y eso la ubica en El Vedado, el barrio o ciudad jardín nacida a fines del siglo XIX, el joven comienza a frecuentar el espacio donde palpitaba, desde hacía varios años, el corazón de la actividad cultural del país.

Y su vida cambió. ¿El destino? Como ese estudiante soy yo, pues estoy convencido de que sí, creo que era mi destino, y que en realidad aquello estaba deseando ocurrir.

> Una de las caminatas que más complacía a Conde era la que lo extraviaba por las calles arboladas y en otros tiempos majestuosas del barrio de El Vedado. Entre la casa donde vivía Yovany y el sitio donde podía abordar un auto de alquiler con destino a su barrio agreste y polvoriento, se interponía justo aquel paisaje magnético en el cual, unos años antes, había descubierto la más fabulosa de las bibliotecas privadas que hubiera podido imaginar y, en ella, las trazas del más melodramático bolero en el cual se pueden convertir unas vidas reales.
>
> Ahora ya no tenía ojos ni ánimos para disfrutar del panorama decadente y amable, casi ni para sentir el agobiante calor de junio, menguado por los álamos, falsos laureles, flam-

boyanes en flor y acacias distribuidas en los flancos de las calles.

2008. *Herejes* (2013), págs. 438-439

Alguien ha dicho que si El Vedado no existiera, los habaneros deberían correr a inventarlo. Sin El Vedado el rostro de la capital de la isla se exhibiría sin un ojo. El cuerpo, sin una pierna. Y así estuvo La Habana, tuerta o coja hasta finales del siglo XIX.

Ubicado al oeste de la villa antigua, más allá del conjunto de barrios extramuros que hoy se conoce como Centro Habana, El Vedado transcurre en su vertiente norte por el litoral flanqueado por el Malecón hasta llegar al río Almendares, que, sinuoso, limita parte de la zona también por el sur. Su nombre habla de su origen: en tiempos de la colonia eran terrenos vedados a la construcción de inmuebles, pero ya en la segunda mitad del XIX La Habana rompe la veda y comienza a germinar el que por entonces y durante décadas fue su barrio más aristocrático y, de todos los existentes en la isla, posiblemente el más bello y armónico gracias a modernas y muy acertadas regulaciones urbanísticas.

Como cualquier adolescente de mi generación, yo había tenido contactos puntuales con El Vedado desde antes de mi ingreso universitario. Los cines, teatros, cafeterías, galerías ubicados en El Vedado eran imanes que nos atraían como a limallas de acero. Desde Mantilla solíamos ir varios amigos a merendar en la todavía sofisticada Casa Potin, donde por cinco pesos cubanos ingerías varias golosinas inexistentes en otros sitios. Además, el ejercicio de «subir y bajar» La Rampa, ese tramo mágico de la calle 23 que se extiende desde la heladería Coppelia y llega hasta el mar de ese Malecón tan habanero, fue una práctica que varias veces realicé con mis amigos, pues no se podía ser joven y habanero sin «subir y bajar» La Rampa solo por el acto de «subir y bajar» La Rampa.

> Subir o bajar: esa fue siempre la cuestión. Porque bajar y subir, subir y bajar La Rampa había sido la primera experiencia extraterritorial del Conde y sus amigos. Tomar la guagua en el barrio y hacer el largo recorrido hasta El Vedado, con el único propósito de subir y bajar, o bajar y subir aquella pendiente luminosa que nacía —o moría— en el mar, decretó para ellos el fin de la niñez y el inicio de la adolescencia como lo había marcado la Campaña de Alfabetización para los hermanos mayores o la iniciación sexual en los barrios de Pajarito y Colón para la generación de sus padres: venía a ser como firmar un acta de independencia, como sentir que les habían crecido alas propias, como saberse física y espiritualmente adultos, aunque en realidad no lo fueran, ni entonces ni nunca. Pero llegaron a creer que todas las fronteras hacia la adultez estaban marcadas por aquella avenida prometedora, levemente pecaminosa para su mística adolescentaria, una pendiente por la cual debían bajar y subir —o subir y bajar— en manadas, con la meta de un helado en la cúspide y el premio del mar —siempre el mar, como la maldita circunstancia— en la cima, aunque solo con el verdadero empeño de subir y bajar La Rampa sin compañías paternas y con la ilusión de encontrar un amor en alguna de sus esquinas. Fue como un segundo bautismo aquel acto lleno de significados del ascenso y el descenso por esa calle que era como la vida, la única avenida de la ciudad con las aceras alfombradas de granito pulido, donde hollaban sin conciencia estética mosaicos irrepetibles de

Wifredo Lam, de Amelia Peláez, de René Portocarrero, de Mariano Rodríguez y de Martínez Pedro, por andar con la vista fija en los neones magnetizantes de los *night clubs,* prohibidos hasta la cifra enorme de dieciséis años —La Zorra y el Cuervo, Club 23, La Gruta, Coctel Club—; por querer observar el misterio del Pabellón Cuba y aquel Salón de Mayo con el último grito de la vanguardia, escoltado por los dos mejores cines de La Habana, donde ponían unas películas extrañas tituladas *Pedrito el Loco, Ciudadano Kane, Besos robados* o *Cenizas y diamantes,* que se empeñaron en ver aunque fueran incapaces de disfrutarlas. Y también practicaban aquel alpinismo citadino por obtener la visión fugaz de unos mal alimentados hippies tropicales, miméticos y condenados, alternada con los descubrimientos burlescos de aquellos maricones que se empeñaban en serlo y en demostrarlo, y por la golosa observación de las minifaldas recién llegadas a la isla, estrenadas precisamente en aquel plano inclinado por el cual parecían rodar todos los ríos de los nuevos tiempos: incluso los primeros rápidos de la intolerancia, de cuyos arrastres debieron huir también ellos, todavía tan jóvenes y correctos y estudiantes y deslumbrados, cuando se desataron las cacerías de mancebos emprendidas por las hordas de la corrección política e ideológica, armadas de tijeras dispuestas a devorar cualquier cabello que cayera más abajo de las orejas o a ensanchar pantalones por cuyos muslos no pudiera pasar un limón pequeño: triste recuerdo de tijeras y carros enjaulados para exorcizar una perniciosa penetración cultural, liderada por cuatro ingleses peludos que repartían consignas tan reaccionarias y perniciosas como aquella de que todo lo que tú necesitas es amor... La política y el pelo, la conciencia y la moda, la ideología y el uso del culo, los Beatles y la decadencia burguesa, y al final del camino las Unidades Militares de Ayuda a la Producción con sus rigores cuasi carcelarios como correctivo formador del hombre nuevo.

[...] Y en aquella misma Rampa, que Heráclito de Efeso habría calificado, dialécticamente, de diferente, encontró el Conde otra vez sus deslumbramientos de aquellos tiempos, ahora a oscuras, con los clubes cerrados, el Pabellón mustio, la pizzería abarrotada y la ausencia de aquella novia remota a la que solía esperar en la esquina de la tienda Indochina, donde ahora se vendían los que quizás fueran los últimos relojes soviéticos enviados desde un Moscú cada día más alejado y más inmune a las lágrimas. Todo era excesivamente patético, pero a la vez escuálido y conmovedor, y en la evocación de aquella inocencia compacta de su propio florecimiento a la vida, el policía en funciones creyó encontrar algunas causas remotas de posteriores desengaños y frustraciones: la realidad no había resultado una cuestión de caprichosos y voluntarios ascensos y descensos, inconscientemente alternados, con mares y helados en las metas, sino una lucha por subir y no bajar, por subir y seguir subiendo, por subir y quedarse arriba, por los siglos de los siglos, con una filosofía trepadora de la cual ellos habían sido excluidos, definitivamente relegados —Andrés volvía a tener razón— y condenados todos —o casi todos— al eterno ejercicio de Sísifo: subir para tener que bajar, bajar para tener que subir, sabiendo que nunca se quedarían arriba, cada vez más viejos y más cansados.

1989. *Paisaje de otoño* (1998), págs. 67-69

Como cualquier otra realidad cercana y asequible, mi imagen de El Vedado era mucho más completa y compleja que la vivencia personal, pues a mi escasa y puntual relación concreta con el lugar podía sumar la del conocimiento adquirido por experiencias y opiniones ajenas, incorporadas por vías orales, visuales, escritas. Algo semejante y muy revelador me ocurrió cuando llegué a Ámsterdam en busca del mundo y la ciudad de Rembrandt, donde, casi sin necesidad de mapas, me desplacé por la metrópolis leída y aprendida, al menos en su estructura física y, en parte, histórica. Pero tal conocimiento no implica una posesión. Es un paso, pero el camino de la asimilación y conquista es mucho más largo.

Aquel Vedado, anterior a 1975 y mi ingreso universitario, en realidad era para mí solo eso: un espacio referencial, aderezado con algunas historias (literarias, musicales, cinematográficas en su mayoría), pero aún territorio virgen. Y para cambiar esa relación se imponía conquistarlo. Tal ganancia ampliaría mi mapa posesivo de La Habana.

Una de las características que identifican a todas las revoluciones es su afán de reescribir la Historia. El pasado debe esquilmarse y extraer de él solo lo que sirva para alimentar la propia existencia de la obra revolucionaria, fundamentar su pertinencia y necesidad. Una de las muchas formas de reescritura es la creación de lo que George Orwell llamó la «neolengua», que incluye la redenominación de muchas cosas, incluidos los sitios a veces más emblemáticos. Toda la ciudad de La Habana sufrió ese proceso. Pero en El Vedado se aplicó con especial insistencia, diría que encono.

Al barrio de El Vedado al que yo llego y comienzo a recorrer con intensidad a partir de 1975 le había «nacido» un pantagruélico restaurante Moscú, donde por décadas estuvo el mítico cabaret Montmartre, regentado en su momento por el cantante puertorriqueño Daniel Santos. En la misma proyección de hermandad socialista, en el local de venta de los *jeeps* Willys ahora funcionaba la Casa de la Cultura Checoslovaca. La fastuosa mansión de Catalina Daza, pletórica de mármoles y coloreada con arenas traídas del Nilo, se convirtió en la Casa de la Amistad; y la Dolce Dimora, el falso palacio florentino de Orestes Ferrara, se destinó al Museo Napoleónico que acogió la impresionante colección de objetos y bibliografía napoleónica del millonario Julio Lobo. Mientras, el amplísimo cine Radiocentro ahora se llama Yara, como el pequeño pueblo donde comenzaron las luchas independentistas en 1868, y el atractivo Hotel Habana Hilton fue rebautizado como Habana Libre. El local de la agencia automotriz Ambars Motors (donde una mañana de 1958 fui con mi padre a sacar mi Plymouth Plaza del año,* el modelo cola de pato que vivió con nosotros por más de cuatro décadas) se había transformado en unas anodinas oficinas del Ministerio de Comercio Exterior. El club La Gruta, escenario de las famosas «descargas» de Cachao y otros músicos de la década de 1950, ya no existía, y la funeraria Caballero era ahora una galería de arte. En medio de La Rampa se levantó en la década de 1960 el espacio expositivo llamado Pabellón Cuba; y en la cima de la pendiente, la emblemática heladería Coppelia.

Mientras seguía viviendo en Mantilla y estudiaba en la universidad y luego comenzaba mi vida laboral como periodista cultural en la revista *El Caimán Barbudo,* aquel Vedado de entre 1970 y 1980 todavía conservaba, sin embargo, muchas trazas de su pasado, rebautizadas y entreveradas con la realidad del presente, y tenía la virtud de ofrecer una variedad de atracciones gastronómicas, culturales y festivas de las que mi generación participó, se alimentó, y con las que se cultivó.

* El auto había sido el tercer premio de la rifa anual del periódico *Prensa Libre*. Como mi padre había hecho la suscripción a mi nombre, a los tres años fui propietario del bellísimo automóvil.

Con el alma adolorida, el Conde regresó a la calle y observó el panorama de edificios alguna vez pretenciosos de su modernidad, ahora doblegados por una vejez prematura. Contempló al borde del asco a la jovencita siempre sonriente que, contra una pared, se dejaba babosear por un viejo de aspecto nórdico al que llamaba Mi Chino. Escuchó la algarabía de los muchachos que, subiendo la pendiente de la calle O, exteriorizaban con gritos su júbilo quizás narcótico y pateaban las bolsas de basura encontradas a su paso. Se alarmó con el tránsito veloz del Lada reluciente, con la música de su reproductora a todo volumen, como empeñado en demostrar una alegría ostentosa, prefabricada. Bajó hacia 23 y vio pasar a su lado dos policías pertrechados incluso con gigantescos perros pastores. Miró a su alrededor y tuvo la nerviosa certeza de hallarse extraviado, sin la menor idea de qué rumbo debía tomar para salir del laberinto en que se había convertido su ciudad, y comprendió que él también era un fantasma del pasado, un ejemplar en galopante peligro de extinción, colocado aquella noche de extravíos ante la evidencia del fracaso genético que encarnaban él mismo y su brutal desubicación entre un mundo difuminado y otro en descomposición. Al fin y al cabo, pensó Mario Conde, el Yoyi andaba cerca, pero no tenía razón: no es que él resultara tan increíble que pareciera de mentira. No: él mismo era una mentira, porque, en esencia, toda su vida no había sido más que una empecinada pero fallida manipulación de la realidad.

2001. *La neblina del ayer* (2005), pág. 205

Fue ya en la década de 1980, cuando gano mis primeros salarios como periodista (y el salario en Cuba todavía significaba algo), el tiempo en que disfruto con Lucía de los restos sobrevivientes, casi fósiles, en realidad los estertores, del mundo de la recuperada noche habanera. Y conozco y disfruto una de sus más intensas y definitorias emanaciones espirituales: su música. La música de la ciudad de la isla de la música.

Con unos pocos pesos, por ese entonces podíamos disfrutar de una noche en el bar Pico Blanco, el último refugio de los músicos bohemios que en la década de 1950 se hicieron llamar «los muchachos del *feeling*», aquellos cantantes y compositores que estilizaron el bolero y lo hicieron sentimiento y ritmo de la urbe. Noches en las que pude oír a José Antonio Méndez cantar «La gloria eres tú»; y a César Portillo de la Luz, «Contigo en la distancia», escuchar a Elena Burke, a Omara Portuondo, a Ángel Díaz, a Marta Valdés y, embrujado por ese «mundo raro» en que hay «un cielo tisú» y se lloran «lágrimas negras», hacerme más habanero, entre rones y acordes de piano y guitarra. O ver llegar la madrugada en el cabaret El Elegante del Hotel Riviera, escuchando a Felipe Dulzaides y su grupo hacer su jazz cubano, también habanero. En aquel Vedado todavía mágico, mi educación sentimental y cultural se intensificó y la ciudad fue cada vez más mía: conocí mucho más que sus edificios y monumentos, pues me estaba adueñando aceleradamente de sus colores, sus olores, sus sonidos y hasta muchos de sus sentimientos, expresados en la letra de sus canciones y los ritmos de sus melodías.

Así, en los andares por la zona, buscando cines o teatros, restaurantes o galerías de arte, haciendo visitas —por una época nos reuníamos jóvenes y no tan jóvenes escritores con Eliseo Alberto Diego, Lichi, en la casa de su padre, el poeta Eliseo, para compartir rones y cigarros— o procurando sitios oscuros, recorrí El Vedado una y otra vez hasta conocer cada una de sus calles, parques, sitios emblemáticos todavía sobrevivientes. Y logré introducirme en esa parte de la ciudad, por vía física y sentimental, para seguir escribiendo por esos años lo que empezaba a ser la novela de lo que ha sido mi vida, justo cuando en 1984 pongo punto final a una narración iniciática y muy habanera que titulé *Fiebre de caballos*... y me convertí en un joven novelista. Un joven novelista habanero.

> Mientras atravesaba las viejas calles de El Vedado, pobladas de contundentes palacetes y mansiones construidas varias décadas atrás, [Conde] pensó en lo que habría sentido el teniente Arturo Saborit, un siglo antes, al recorrer el barrio en emergencia de la burguesía cubana, «con sus calles anchas, rectas, hermosas, sombreadas por el bien dispuesto ramaje de esbeltos álamos; con nutridas líneas de telégrafos, teléfonos, cables, blancas bombas de luz eléctrica, un sitio que revela los beneficios de la urbanización moderna», según constató un cronista de la época que, en sus afanes literarios en curso, el expolicía había leído apenas unos días antes. Toda la prosperidad y el fasto allí desplegados, el ritual de exhibicionismo y despilfarro, podían llegar a extremos como el de importar arenas del Nilo para dar color a las fachadas, mármoles italianos para suelos y baños, encargar los estucos a los operarios de la casa Dominique y la vidriería al taller del maestro René Jules Lalique, como se hizo para el palacio que le construyeron a Catalina Lasa, frente al cual pasó Conde en su vagancia. ¿Asombro y éxtasis estético ante tanta belleza? ¿O rabia y dolor al advertir las distancias siderales que habían separado El Vedado de las colmenas urbanas de los barrios desde siempre preteridos de San Isidro y El Arsenal, donde Saborit había ejercido su labor? Conde pensó que las dos reacciones resultaban válidas, se sostenían justamente sobre su antagonismo. Porque lo dramático era que, un siglo y tantas cosas después, aún había gente viviendo confinada en San Isidro y en muchos otros lugares miserables de la isla, incluso en barrios insalubres como el asentamiento de San

Miguel del Padrón que él mismo había recorrido, con dolor y asombro, un par de años antes. Mientras, zonas de la ciudad como El Vedado, por donde ahora mismo caminaba, volvían a ser privilegiadas por el dinero de unos ricos nuevos, mucho menos ricos que los de otros tiempos, y más afines a los brillos sintéticos de Miami que a los resplandores sofisticados de París. Los nuevos ricos socialistas y los extranjeros aplatanados que con sus dineros hacían renacer las viejas mansiones aristocráticas, protegiéndolas con rejas cada vez más altas, muros más impenetrables, cámaras de vigilancia. Maquillando sus propiedades con las pinturas, maderas y plásticos más deslumbrantes: una extraña relación social entre fasto y pobreza que le parecía a Conde incluso más contrastante en el presente que la mezquina trama social urdida en los tiempos turbulentos [de 1910] en que se concretó la dramática cercanía entre Alberto Yarini y Arturo Saborit.

2016. *Personas decentes* (2022), págs. 134-135

Sin intenciones de buscar una respuesta satisfactoria, Conde se alejó del bullicio nocturno y tomó la pendiente de La Rampa, con los límites cronológicos de la nostalgia ubicados más allá de su memoria personal, mucho más allá de su más remoto recuerdo, y trató de encontrar los rastros todavía visibles de una ciudad rutilante y pervertida, un planeta lejano, conocido de oídas, escuchado en discos olvidados, descubierto en infinitas lecturas, y que en sus evocaciones siempre se le aparecía poblado de unas luces, clubes, cabarets, melodías y personajes que, ahora lo sabía, casi cincuenta años atrás debió de frecuentar Violeta del Río, con sus esperanzas a toda máquina, en busca de su lugar en el mundo.

[...] Ante la puerta del cabaret, reservado para el placer tropical de efímeros huéspedes extranjeros, acompañados por sus complacientes novias tarifadas y de producción nacional, Conde sintió, por primera vez en sus casi cuarenta y ocho años de vida, que trashumaba por una ciudad desconocida, que no le pertenecía y lo empujaba, excluyéndolo. Aquel cabaret no era suyo, nada en su atmósfera visible lo hacía llamativo o añorado. El aire de la noche, la caminata y aquella sensación de extrañamiento lo habían liberado del embrujo etílico, pero una molesta lucidez se había apoderado de su corazón maltrecho, dispuesto a hacerlo comprender que, salvo por algún recuerdo casi extinguido, Violeta del Río y su mundo de luces y sombras ya no vivían en aquella dirección, se habían ido sin dejar otra referencia que los restos físicos de escenarios cerrados, quemados o inaccesibles, incluso para la memoria de alguien empecinado en oponerse al último olvido. La fascinación del Conde por aquel mundo se encontró definitivamente herida de muerte, y entendió que el único modo de rescatarla era dándose a sí mismo la satisfacción onanista de descubrir las verdades finales de Violeta del Río y las razones de su reaparición dentro de un libro de recetas imposibles, hallado en una biblioteca no menos imposible.

2001. *La neblina del ayer* (2005), págs. 203-205

8
La ciudad cinematográfica

Si el beisbol, los muchos sitios en que lo practiqué desde niño, los estadios a los que asistí como espectador de adolescente y joven tuvieron una importante relación en mi proceso de formación espiritual y de conocimiento de la ciudad, el cine fue otro vehículo esencial que alimentó y complementó ese proceso. El cine como arte y el cine como espacio público.

En el barrio periférico de mi niñez funcionaba una de las ciento treinta y ocho salas de cine que en la década de 1950 (según ciertas fuentes) existían en La Habana, una capital cinematográfica. Y esa condición marcaba parte de su estructura física y referencial, que incluyó la adoración de imágenes icónicas como la de los mexicanos María Félix y Pedro Infante, de la argentina Libertad Lamarque, el tipo duro Humphrey Bogart y la bellísima Ava Gardner, o la deslumbrante Sara Montiel. Las salas de cine fueron, y lo serían por unas décadas más, una especie de templos en los que la gente iba a reír y llorar con esos dioses paganos del celuloide. Sobre esa densa y amable atmósfera cinematográfica habanera el escritor Guillermo Cabrera Infante escribió en varios de sus libros: *Un oficio del siglo xx*, *Cine o sardina* o ese surrealista capítulo final de su novela *La Habana para un infante difunto*.

Cuando digo que La Habana era una ciudad cinematográfica, puedo apoyarme en las estadísticas más reveladoras. En un Anuario Estadístico de los años 1946-1947 se contabilizan en La Habana 118 salas de cine, lo que equivalía a un local por cada 5.669 habitantes. Mientras, Washington contaba con 73 salas, una por cada 9.178 personas; Ciudad de México 97, lo que significa una cada 14.437 habitantes, y Buenos Aires, con más cines, un total de 192, pero con un promedio de 13.541 ciudadanos por sala... En 1955, las salas habaneras alcanzan su mayor cifra cuando llegan a sumar 138, y arquitectónicamente abarcaron todos los estilos posibles: desde el viejo teatro reciclado al cine al aire libre, del edificio *art déco* al del movimiento moderno, pasando incluso por los autocines.

El de Mantilla era de los más modestos y se llamaba Chic —luego rebautizado como... Mantilla—. Era el clásico cine de barrio, de precio muy módico, sin aire acondicionado, pero con ventiladores y extractores que hacían posible y agradable la estancia en el local. Y ya no sé si mi memoria me traiciona, pero lo recuerdo muy parecido al *Cinema Paradiso* de Giuseppe Tornatore...

No puedo asegurar que haya sido el Chic el primer cine al que entré. Quizás haya sido el llamado Cinecito, ubicado en el centro de la ciudad y que ofrecía una programación de dibujos animados —cartones, que en Cuba llamábamos «muñequitos»—, o tal vez fue alguna de las modestas salas de La Habana Vieja, cercanas a la casa de mis tías y primos en la zona del ya para entonces extinto barrio judío. Lo que sí conservo como imagen cinematográfica más remota es una escena de una película en la que se produce un combate aéreo durante la Segunda Guerra Mundial.

Ir a los cines de La Habana, primero de niño, luego de adolescente, después de joven con intereses artísticos más o menos definidos, fue un proceso esencial en mi educación sentimental y cultural, y a la vez, de acercamiento a la trama urbana por donde se desparramaban ese centenar y medio de salas oscuras de las que conocí personalmente una buena cantidad.

Cuando ya comienzo a tener capacidad de juicio, en la década de 1960, ocurrió en Cuba un peculiar proceso de transformación de la programación cinematográfica que mucho ha tenido que ver con la educación sentimental y fílmica de mi generación. Con la ruptura de relaciones entre Cuba y Estados Unidos y el establecimiento de la Ley de Embargo, prácticamente dejan de entrar películas norteamericanas a la isla. Al mismo tiempo, las cinematografías mexicana y argentina, que habían vivido entre 1940 y 1950 sus décadas de oro, caen en una crisis de producción y desaparecen de los carteles las obras venidas de esas latitudes..., pero los cines no se cerraron. Puede dar una idea del vacío que dejaron esas cinematografías el dato de que en los años anteriores se exhibían en Cuba, como promedio anual, más de cuatrocientas películas norteamericanas, unas cincuenta mexicanas, treinta y cinco llegadas de Argentina y apenas otras treinta y cinco de producción europea.

La solución para paliar esas ausencias fue una providencial política de programación que abrió las ofertas a esas otras cinematografías hasta entonces preteridas o prácticamente desconocidas. Tuvimos entonces el privilegio de recibir y disfrutar las piezas del neorrealismo italiano, de la nueva ola francesa, el cine japonés, el cine polaco y checo anterior a 1968, las fabulosas comedias franco-italianas de la época y los nombres de Kurosawa, Pasolini, Truffaut, Visconti, De Sica, Godard, y también de Andrzej Wajda y del joven Polanski se convierten en referencia y alimento para la creación de un gusto. Aunque, para rellenar la oferta, también nos llegó una avalancha de cine soviético con enconada insistencia en filmes bélicos sobre la Gran Guerra Patria.

Entre los muchos cines que hasta la década de 1980 siguieron abiertos, mis preferidos fueron los de la zona de La Víbora. En varios de ellos (Alameda, Los Ángeles, Mónaco...) se ponían películas de estreno y muchos tenían un aire entre elegante y familiar que le daban un especial atractivo.

Pero había otras salas distribuidas por lugares más distantes a las que era preciso acudir para disfrutar de ciertas ofertas. Los llamados cines de arte y de ensayo estaban en El Vedado y Centro Habana y, también en El Vedado, la sede de la Cinemateca de Cuba. Mi relación con estos cines en específico, con programaciones especiales, está cargada de memorias amables y de descubrimientos que me fueron alimentando. Uno de esos recuerdos tiene especial significación en mi vida: la primera cita que tuve con la muchacha que sería mi mujer, Lucía, fue en el Cine de Ensayo La Rampa, cuando la invité a ver una película de un director español un poco raro, pero siempre provocador, que se llamaba Antonio Saura: así, asistimos a la proyección de *Elisa vida mía*, aquella noche de octubre de 1978, a mis veintitrés años y apenas dieciocho de Lucía, y que marcaría el principio de tantas cosas.

La íntima relación de los habaneros con el cine tenía su apoteosis durante la celebración, desde el año 1978, del Festival de Nuevo Cine Latinoamericano: dos semanas de una programación cada vez más intensa que ponía a la capital cubana y a sus moradores en función de ir al cine y consumir todo lo posible ante la duda de si habría otra ocasión de disfrutar de esas obras. Esta actitud, llevada a términos culturales, es la que hemos debido practicar en casi todos los aspectos de la vida: agarrar lo que hay ahora porque mañana no se sabe...

Pero la crisis que se adueña del país a partir de la década de 1990 ha tenido especial encono en la alteración de la existencia y función de ese centenar de cines que aún sobrevivían. Hoy, en La Habana, quedan abiertas unas diez salas, con programaciones no demasiado atractivas, que solo alcanzan cierto movimiento durante las jornadas del festival habanero, aunque muy menguadas respecto a lo que ocurrió treinta años antes. El resto de las noventa salas de cine que había en La Habana son hoy como ruinas prehistóricas, palacios fantasmas, muchas de ellas en fase de derrumbe, dejadas de la mano de Dios y, si acaso, convertidas en espacio para otras prácticas, nunca la cinematográfica.

Con todos esos cines clausurados y los pocos en funcionamiento a los que no entro hace muchísimo tiempo, La Habana y yo hemos perdido unos espacios simbólicos, físicos, culturales, que se suman a los de tantos otros sitios —complejos deportivos, centros culturales, áreas recreativas— que languidecen o ya no existen más. Y potencian ese sentimiento de «ajenitud» que me provoca hoy la ciudad en la que nací y vivo.

9
Las máscaras de la urbe

Entre el conocimiento de una ciudad y la capacidad de poseerla existe un mar de aprendizajes, de intenciones, de encuentros fortuitos que se producen o no, de búsquedas conscientes o no. Todas las ciudades son más grandes, profundas, intensas y diversas de lo que dejan ver a quien las recorre, incluso a quien viven en ellas.

En el artículo de 1939 «La Habana vista por un turista cubano», Alejo Carpentier, habanero que había nacido en Lausana, habla de su redescubrimiento de la capital cubana luego de once años de ausencia, y anota sobre su anterior percepción: «Y es que el hábito había cubierto las cosas de La Habana con una pátina tan espesa que todo descubrimiento, toda revelación, se nos hacía imposible».*

Una ciudad tiene capas, como una cebolla. Ves una capa, pero debajo hay otra, otras. Son como máscaras que debes levantar para ver el rostro, que puede estar maquillado y esconde manchas y arrugas que todavía te impiden observar, conocer, palpar toda la realidad de la piel que cubre los músculos, cartílagos y huesos. Y en ocasiones, como afirma Carpentier, la falta de distancia, de pers-

* Alejo Carpentier, *Conferencias*, Editorial Letras Cubanas, La Habana, 1987, pág. 182.

pectiva, te impide ver más allá de lo aparente, de lo evidente. Se impone entonces un ejercicio de distanciamiento e intención consciente para realizar una prospección en profundidad.

Mediada la década de 1980, ya en avanzado proceso de concreción de la ciudad socialista dentro de la histórica y republicana (un proceso que se realiza más por el cambio de roles o las demoliciones y abandonos que por las nuevas construcciones y la aparición de un estilo), todavía quedaban sectores y rincones de la urbe que me resultaban prácticamente desconocidos, extraños a mi percepción. Toda aquella Habana que se extendía hacia el oeste, más allá del río Almendares y que incluso se presentaba como una localidad con relativa independencia —y lo proclamaba bajo el eslogan de «Marianao, la ciudad que progresa»—, me seguía resultando distante, desconocida, como también otros asentamientos urbanos mucho más históricos, como los barrios de Regla y Casablanca, ubicados en la vertiente norte de la bahía habanera. Sitios por los que había pasado, tenido idea de su existencia, pero apenas incorporado a mi mapa de prospección personal. Y para suplir ese vacío vino en mi auxilio la práctica del periodismo, la profesión que no pude estudiar y de la que, sin embargo, habría de vivir y gracias a la cual aprendería tantas cosas del país y de su capital.

Porque entonces se produjo otro «punto de giro» muy trascendente en el argumento de la novela de mi vida cuando, para purgar mis debilidades políticas, me transfieren de la revista en la cual, desde mi graduación universitaria en 1980, hacía crítica cultural *(El Caimán Barbudo)*, y, como castigo, me envían a hacer reporterismo diario al vespertino regentado por la Juventud Comunista *(Juven-*

tud Rebelde),* donde, en un ambiente menos «intelectual», debía reeducarme políticamente, pues habían diagnosticado que yo padecía de «problemas ideológicos».

Han pasado ahora cuarenta años, pero creo que nunca voy a olvidar la noche de ese mes de junio de 1983, en la que al salir de la reunión donde me informaban de mi condena me dirigí a la casa donde entonces vivía mi novia, Lucía. Cuando le conté el resultado de la reunión con los «ideológicos» de la Juventud Comunista y el castigo que me aplicaban, Lucía comenzó a llorar. Lloró por mí, por lo que significaba aquella condena, por lo que podía implicar para mi futuro de escritor en ciernes. Porque podía ser el fin de proyectos y sueños, como les había sucedido tantas veces a otros tantos artistas. Lucía lloraba porque sabía y temía.

Muchas veces he debido relatar todo lo que significó sentimental y humanamente para el joven escritor que era entonces ese traslado forzoso aderezado con un estigma político, pero solo voy a anotar ahora lo que implicó en lo profesional: debí aprender a hacer periodismo haciendo periodismo. Pero lo curioso del proceso es que, gracias a la bondad personal, al profesionalismo, o tal vez a alguna iluminación divina, la dirección del periódico que me debía vigilar y donde debía purgar pecados me recibió sin mayores prejuicios y pude hacer periodismo, hice periodismo, sin aprender jamás a hacer periodismo del modo en que en Cuba se practicaba la profesión. Y lo más importante: pude

* *El Caimán Barbudo* era la revista cultural de la Juventud Comunista, y *Juventud Rebelde* su diario oficial. Desde el cierre del último diario independiente en la década de 1960 y hasta hoy, todos los medios de prensa que circulan en Cuba de manera legal y oficial pertenecen a alguna dependencia partidista, estatal o gubernamental (que son un todo compacto en un país de partido único).

hacer el periodismo que quise, con los temas y hasta con la extensión que quise...

Los seis, siete años que trabajé como reportero en *Juventud Rebelde* (de 1983 a 1990, con un paréntesis del año que debí permanecer en misión internacionalista en Angola, afortunadamente como corresponsal civil), fueron decisivos para muchas cosas de mi vida, y una de ellas fue la posibilidad, la necesidad, de sacar del fondo de la historia, de las memorias, de los olvidos incluso, decenas de las crónicas, tramas, leyendas, mitos que recorren vertical y horizontalmente la existencia de la ciudad, desde su fundación hasta el presente. Fue un ejercicio periodístico que implicó arduas investigaciones (periodismo literario o investigativo le llamamos) y, por supuesto, inmersiones en la urdimbre física y espiritual de la urbe. Por ello debí patearla de una punta a la otra, registrándola e interrogándola, leyéndola en libros y legajos, viéndola en fotos de archivo y grabados antiguos para lograr completarla en mi imaginario, visualizarla en sus detalles y, como la más valiosa recompensa, mientras escribía sus crónicas, terminar de incorporarla a mi experiencia literaria, intelectual, visual, histórica y, por supuesto, personal.

Personajes representativos de los ambientes habaneros como el percusionista Chano Pozo, el proxeneta y político Alberto Yarini, el timbalero Chori, emigrantes como los chinos y los catalanes que se integraron a la trama cultural y humana de la ciudad, sitios como los barrios de Casablanca y Regla, al otro lado de la bahía, el pueblo de Cojímar que frecuentaba Hemingway, La Habana Vieja plagada de leyendas... pasaron a enriquecer y completar la apropiación de un espacio físico y espiritual y, en su momento, también alimentarían una literatura urbana que pronto empezaría a pergeñar.

La Habana ya era mía, ya no la veía como un turista

cubano ni como un ente solo periférico... Y es cuando siento que puedo, que soy capaz de hacerlo y comienzo a escribir *Pasado perfecto*, la novela en que doy vida al personaje de Mario Conde, tan o más habanero que yo («... un perfecto cubano y un habanero adherido al suelo de su ciudad como la ostra a la piedra», como dijera de uno de sus personajes el novelista Miguel de Carrión), y lo pongo a moverse por calles y barrios justo en el momento en que la Historia, con mayúscula, dio un giro brusco y devastador... Es el año de 1990 y para La Habana, para Cuba, llegó la más intensa oscuridad.

Y a su alrededor, mientras tanto, la demolición continuaba a un ritmo cada día más acelerado y el país se quedaba sin aliados políticos, pero, sobre todo, sin alimentos, petróleo, transporte, electricidad, medicinas, papel y hasta cigarros y ron, y se decretaba la llegada de un nuevo momento histórico que con amable eufemismo fue bautizado como Período Especial en Tiempos de Paz. ¿Un período? ¿Cuánto dura un período? ¿Lo componen instantes, momentos, días, años, décadas, siglos? ¿Para la única vida fugaz e irrepetible que tenemos, cuánto de ella cabe en un período sin límites previsibles? ¿El paleolítico y el neolítico, con miles de años a cuestas, no eran períodos?...

Lo evidente resultó que la realidad de la isla entró en un túnel oscuro cuya salida no se vislumbraba. La editorial donde trabajaban Irving y Joel fue prácticamente cerrada y ellos y muchos de sus compañeros enviados a un taller donde, no se sabía bien con qué fines comerciales (si existían), se tejían colgajos con la técnica del macramé (¿o era parte de un tratamiento psiquiátrico colectivo?). Liuba y Fabio, los arquitectos, fueron reubicados en unas oficinas donde, cuando se podía trabajar, debían contabilizar las viviendas existentes en la ciudad con afectaciones notables y hasta peligro de derrumbe y, por primera vez, tuvieron noción de las proporciones de una crisis constructiva y habitacional (así la llamaban ellos) alimentada y a la vez silenciada por años (decían bajando la voz): un conocimiento que les reveló de modo cuantitativo y cualitativo la certeza de que vivían en una ciudad al borde del colapso, en un país con un cuarto de sus construcciones en estado de agonía, muchas de ellas apuntaladas con muletas y horcones.

[...] En algún momento en los discursos oficiales se comenzó a hablar incluso de una forma de resistencia nacional llamada Opción Cero. Consistiría, en lo esencial, en vaciar las ciudades y enviar a las personas a zonas rurales del país para vivir en una economía de subsistencia bastante parecida a la de una comunidad de indígenas agricultores-recolectores (¿período paleolítico o neolítico?). Y fue ante aquella perspectiva y el cúmulo de sus agobios, cuando Irving, de acuerdo con Joel y sin comentárselo a nadie, también decidió que su mejor opción era largarse, sin saber en ese momento cómo ni adónde.

1993. *Como polvo en el viento* (2020), págs. 207-208

10
La Habana en tinieblas

Si una noche de luna negra de los primeros años de la década de 1990 me hubiera asomado a la terraza del Castillo de Averhoff donde a mis diez años tuve la imagen más abarcadora de La Habana, ante mí solo hubiera visto una mancha oscura, tétrica, adolorida. Ese vacío agónico habría sido (fue y todavía a veces es) la imagen del sitio donde había nacido, en el que aún vivía y, por un empecinado empeño, seguiría viviendo y escribiendo. La ciudad donde perseguí fantasmas se había convertido, ella misma, en una ciudad fantasma.

La gran Crisis de la década de 1990 —que Mario Conde insiste en calificar con una mayúscula para distinguirla y potenciarla respecto a otras muchas crisis nacionales— marcó un punto de inflexión, una pendiente vertiginosa, por la que se deslizarían hacia la ruina y la desesperación todo el país y sus habitantes.

Casi de un día para otro la urbe socialista de la década de 1980 se hizo profundamente socialista cuando en el resto del mundo el sistema colapsó y, con él, se perdió el sostén económico que por dos o tres décadas había mantenido en un equilibrio precario, pero a flote, la vida en Cuba.

La falta de recursos para satisfacer cualquier necesidad material imaginable, con el combustible y la comida en la cabeza de la nutrida lista, oscureció y paralizó la capital (y al resto del país) por la que dejaron de transitar vehículos y se fue poblando de bicicletas chinas en las que espectros hambreados pedaleaban kilómetros para llegar a algún destino. Lucía y yo entre esos ciclistas, una hora de pedales para llegar al centro (¡ir a La Habana!), otra hora para regresar a casa, con sol o con lluvia, por calles cada vez más pobladas de furnias. Íbamos a trabajar y nuestro salario era de unos tres o cuatro dólares al mes.

Si me faltaba conocer algún recodo de La Habana, mi bicicleta china me llevó a ellos: siempre había que buscar el camino menos arduo para pedalear, y con los días, meses, años, fui descubriendo esas rutas y, en ese ejercicio, a una velocidad y con una perspectiva apropiadas, conociendo más a fondo la ciudad...

Vivimos por años en una especie de mundo distópico, postbélico, como el de *La carretera*, la novela de Cormac McCarthy o *El país de las últimas cosas*, de Paul Auster, porque en realidad estuvimos al borde mismo de replicar ese tipo de escenarios cuando el Gobierno habló de la posibilidad de llegar a la «Opción Cero» (cero energía, cero alimentos) y obligar a las personas a abandonar sus casas, a dejar vacías las ciudades, comenzando por La Habana, para irnos todos a vivir en zonas rurales planificadas y socialistamente destinadas a cada municipio capitalino, en una especie de retroceso a una comunidad primitiva de agricultores y recolectores que se alimentarían con lo cocido en ollas colectivas calentadas con leña y vivirían... ¿en cuevas?

El humor cubano intentó entonces darle un carácter a lo que sucedía: había que reírse para no morir de tristeza. A la Opción Cero, jugando con las palabras, se le llamó ir para Kampuchea (el nombre del país de los genocidas jemeres rojos), pero se concluyó que no debíamos quejarnos tanto, pues, en realidad, solo teníamos tres grandes problemas: el desayuno, el almuerzo y la comida..., pero todos los días. Aunque tan profundos y persistentes fueron esos problemas que en el país incluso comenzaron a aparecer enfermedades que no eran broma, asociadas a la avitaminosis —ceguera, dolores articulares, desnutrición—, padecimientos propios de los campos de concentración.

La gente vivió en un límite de subsistencia y La Habana cayó en un precipicio de acelerada decadencia. Transitábamos por un túnel oscuro al final del cual no se vislumbraba una luz. Fue una etapa tétrica que, vista desde la perspectiva del presente, aun no me explico cómo logramos resistirla, sobrevivirla. Pero las personas, con un cambio de régimen alimenticio, consiguen recuperar o transformar su fisonomía. La sociedad, por su parte, requiere reparaciones más contundentes cuando sus viejas estructuras se han agrietado y, en nuestro caso, se generó una verdadera crisis moral, espiritual, que incluyó la pérdida de valores, entre ellos la urbanidad, el mejor sentido de la convivencia. La ciudad, mientras tanto, solo lograría superar su deterioro con inversiones, con dinero, y ni uno ni otro remedio llegó ni ha llegado en las proporciones que necesitaba el desastre en marcha.

Desde que dejara su trabajo como investigador criminal, más de trece años atrás, y se dedicara en cuerpo y alma —todo lo que se lo permitían su cuerpo siempre macerado y su alma cada vez más reblandecida— al veleidoso negocio de la compra y venta de libros viejos, el Conde había conseguido desarrollar habilidades casi caninas para rastrear presas capaces de garantizarle, en ocasiones con sorprendente generosidad, la subsistencia alimenticia y alcohólica. Para su buena o mala fortuna —no sabría precisarlo él mismo—, su salida de la policía y su forzosa entrada en el mundo de los negocios habían coincidido con el anuncio oficial de la llegada de la Crisis a la isla, aquella Crisis galopante que pronto haría palidecer a todas las anteriores, las de siempre, las eternas, entre las cuales se habían paseado por décadas el Conde y sus coterráneos, recurrentes períodos de penurias que ahora empezaron a parecer, por inevitable comparación y mala memoria, tiempos de gloria o simples crisis sin nombre y, por tanto, sin el derecho a la personificación terrible de una mayúscula.

[...] La escasez fue tan brutal que alcanzó incluso el venerable mundo de los libros. De un año para otro la publicación se hundió en caída libre, y las telas de araña cubrieron los estantes de las ahora tétricas librerías de donde los propios empleados habían robado los últimos bombillos con vida, prácticamente inútiles en días de interminables apagones. Fue entonces cuando centenares de bibliotecas privadas dejaron de ser fuente de ilustración, orgullo bibliófilo y acumulación de recuerdos de tiempos posiblemente felices, y trocaron su olor a sabiduría por la fetidez ácida y vulgar de unos billetes salvadores. Bibliotecas invaluables, sedimentadas por generaciones, y bibliotecas apresuradas, armadas con toda clase de advenedizos; bibliotecas especializadas en los temas más profundos o insólitos y bibliotecas hechas de regalos de cumpleaños y aniversarios de boda, fueron lanzadas por sus dueños al más cruel sacrificio, ante el altar pagano de la necesidad creciente de dinero en que habían caído, de repente, casi todos los habitantes de un país amenazado de muerte por acumulativa inanición.

2002. *La neblina del ayer* (2005), págs. 16-17

La denominación oficial que se le dio a aquellos años tremebundos de la década de 1990 fue el eufemístico apelativo de «Período Especial en Tiempos de Paz». Veinte años después, cuando a un dirigente político entusiasta y despistado se le ocurrió decir que el país había superado ese estado crítico, Alguien tronó desde las alturas y advirtió que no, aún vivíamos un «Período Especial en Tiempos de Paz», aunque la situación del país y sus gentes ya no fuese tan agónica.

La ciudad que emerge de los años más álgidos del Período Especial es la de los cristales rotos, las paredes desconchadas y las muletas de madera. También la de las casas entre rejas.

Las carencias vividas por tanta gente y las estrategias de supervivencia practicadas habían provocado la marginalización de la sociedad y, con ella, el incremento de actos delictivos, entre ellos el robo. Durante muchos años mucha gente le había robado al Estado, propietario de casi todos los bienes, servicios y mercancías existentes en el país, pero como el Estado no tiene un dueño (eso es lo que se suele pensar, aunque en Cuba eso no sea cierto), esas sustracciones no mellaban la condición moral del sustractor y se las denominaba «existencia de faltantes», «desvío de recursos», «resolver», pero nunca robar. Ahora, con la llegada y permanencia de la crisis y el estado de empobrecimiento total y colectivo, también las personas privadas fueron víctimas de robos y hurtos de cualquier cosa, porque cualquier cosa era necesaria y vendible: un tubo de luz fría, una maceta de barro, una escoba, un sillón viejo, incluso un gato más o menos sustancioso para ser cocinado y comido... Entonces, para protegerse, la gente que pudo colocó rejas en las entradas de sus casas, levantó más altos los muros, se fortificó según sus posibilidades. La fisonomía de la ciudad se alteró otra vez, pues se puso una distancia entre lo interior y lo exterior, y la imagen de las viviendas fue diferente.

En la casa donde nací y vivo, una noche, mientras veían la televisión, mis padres notaron que la luz del portal se apagaba y pensaron que el tubo de la lámpara se había fundido. Un rato después comprobarían que el tubo y la lámpara habían desaparecido. Alarmados por la osadía del ladrón, decidieron fortificar la casa: desde entonces el portal, antes abierto, que da al jardín y acceso al interior de la vivienda, está enrejado y la verja perimetral es más alta, coronada con barras de puntas afiladas. Esas defensas, sin embargo, no salvaron al gato *Alfredito*, desaparecido y, al parecer, devorado por los come-gatos del barrio. Tampoco evitaron que el motor para impulsar el agua hacia los tanques elevados desapareciera una mala noche.

Mientras, el abandono y la falta de recursos fue acelerando el deterioro de lo existente, agrietando más paredes, degradando los colores de las pinturas, un proceso natural en una isla con alto porciento de humedad, castigada por el sol y visitada con cierta frecuencia por algún huracán. Y, como representación más dramática del estado de cosas, fuimos viendo cada vez más cristales rotos y balcones y portales apuntalados con muletas de madera.

Otra lamentable transformación urbanística se fue estableciendo por esos años. Como se sabe, La Habana fue bautizada por Alejo Carpentier como La Ciudad de las Columnas. Y es que la mayoría de las calzadas habaneras se poblaron de columnas que, en buena parte de los casos, sostenían los llamados soportales, ese espacio techado entre la vivienda y la acera que protegía a los transeúntes del sol y la lluvia, dos realidades cotidianas en el trópico. En medio del desorden, la desidia, la pérdida de urbanidad generalizada, obedeciendo a la pretensión de aislarse de la calle o simplemente de ampliar su espacio vital o porque les dio la gana, muchos vecinos fueron limitando con muros o bardas los extremos laterales de sus soportales, cerrando el paso a los peatones, alterando lo que fue una de las señas de identidad habanera.

Hacia el interior de muchas viviendas ocurrió otro cambio de funciones provocado por las exigencias de la supervivencia: los baños se convirtieron en chiqueros donde se criaban los cerdos que luego serían sacrificados. La elección de los baños como porquerizas tenía dos irrebatibles razones: la falta de espacio propicio en muchos casos y la necesidad de tener al cerdo bajo vigilancia, a resguardo de posibles ladrones. Así, a los olores de la capital cubana se añadió el de los efluvios de la mierda de los puercos.

La ciudad, por pérdida, necesidad, negligencia o transformación, ha transitado una larga pero indetenible agonía que ha pervertido su pasado, deteriorado su presente y comprometido su futuro. Qué tristeza.

> La Calzada de Monte y la mal bautizada calle Esperanza arman una cuña invertida que, dispuesta a desgarrar las carnes urbanas más flácidas, se abre hacia las entrañas de lo que fuera la vieja villa amurallada de La Habana. Desde el vórtice que Monte y Esperanza casi logran formar, en las inmediaciones del antiguo Mercado Único, hasta el agotamiento de ambas, en la populosa calle del Ejido, sobre el mapa de la ciudad queda palpitando un triángulo eternamente degradado en cuyas entrañas se ha acumulado, a lo largo de los siglos, una parte del desecho humano, arquitectónico e histórico generado por la capital prepotente, siempre en marcha hacia el oeste, cada vez más lejos de aquel reducto de proletarios mal pagados, lúmpenes de todos los colores, putas, traficantes y emigrados de otras regiones del país y del mundo, deseosos de una oportunidad en la vida que casi nunca les habría de llegar.

La Calzada de Monte, con sus tiendas de libaneses, sirios y judíos polacos vendedores de retazos, ropa de segunda mano y baratijas diversas, marcó en otra época la frontera entre el mundo de esplendores de la zona comercial de La Habana, con sus palacios, sus tiendas lujosas, sus parques y fuentes, sus teatros, salones de baile y hoteles, y aquel otro rincón innoble de los barrios colindantes de Atarés y Jesús María, barrios de negros y blancos pobres, con sus construcciones baratas y sin asomo de estilo, sus calles estrechas, su humanidad siempre arracimada, envilecida por la miseria y la marginación. En la memoria de los habaneros aquella zona de la ciudad, frecuentemente invadida por las emanaciones negras de la termoeléctrica de Tallapiedra, envenenada por los escapes de gas butano y asediada por los efluvios de los meandros más degradados de la bahía, era como un territorio cedido a los infieles, sin esperanzas ni intenciones de ser reconquistado. Entre sus calles sinuosas, la historia parecía haber volado sin detenerse, mientras generación tras generación se empozaba allí el dolor, el olvido, la rabia y un espíritu de resistencia casi siempre desfogado en lo ilícito, lo pecaminoso, lo violento, en busca de una dura supervivencia, procurada a toda costa y por cualquier vía.

En sus años de policía, Mario Conde había sufrido intensamente cuando alguna de las investigaciones lo llevaba a aquel recodo habanero donde nunca nadie sabía, había visto ni oído, al tiempo que dejaban claramente establecidas sus aversiones con las miradas de desprecio que lanzaban sobre los representantes de un orden distante, para ellos siempre represivo. La violencia, como desahogo de frustraciones crónicas, se utilizaba allí como moneda corriente, con la cual se pagaba cualquier deuda o agravio. Aquella ley regía desde tiempos cada vez más remotos en un territorio minado donde ser débil constituía la peor de las enfermedades.

Desde que asumiera el oficio de comprador de libros, el Conde no había vuelto a entrar en aquel agreste rincón de la ciudad donde, de antemano lo sabía, hubiera perdido el tiempo —tal vez, de paso, la cartera, los zapatos y hasta otros bienes corporales para él sagrados— si se atrevía a deambular por sus calles en sospechosa búsqueda de algo allí tan exótico como un libro en venta. Por eso, aunque presumía que los días negros de la Crisis debían de haberse ensañado con aquel triángulo de las Bermudas, no se imaginaba hasta qué punto había calado la degradación generada por los duros años de mayores carencias, supuestamente superados por el país.

Conde abandonó el auto de alquiler en el cruce ahora triste y cochambroso de Cuatro Caminos —mítico en otra época, pues en cada una de sus esquinas se alzaba un restaurante, en competencia de calidad y precios con sus equidistantes congéneres— y atravesó un par de callejones en busca de la calle Esperanza. De inmediato empezó a entender la afirmación de Yoyi el Palomo de que los dominios del Barrio Chino eran apenas los primeros círculos del infierno citadino, pues una primera mirada le hizo patente que estaba penetrando en el núcleo de un mundo tenebroso, un hoyo oscuro que allí perdía el fondo y hasta las paredes. Respirando una atmósfera de peligro latente, avanzó por un laberinto de calles intransitables, como de ciudad posbélica, plagadas de furnias y escombros; de edificios en equilibrio precario, heridos por grietas insalvables, apoyados en muletas de madera ya carcomidas por el sol y la lluvia; de latones desbordados de desperdicios, como montañas infectas, donde dos hombres, todavía jóvenes, hurgaban en busca de cualquier milagro reciclable; de jaurías de perros deambulantes, invadidos de sarna y sin capacidad estomacal para cagar en la calle; de bulliciosos vendedores de aguacates, escobas, palitos de tendedera, pilas de linternas, inodoros de uso y leña para cocinar; y de aquellas mujeres endurecidas, afiladas como cuchillos, todas ataviadas con las bermudas de licra cada vez más ajustadas, ideales para resaltar las proporciones de sus glúteos y el calibre de un sexo exhibido orgullosamente. Una sensación de estar atravesando los límites del caos le advirtió de la presencia de un mundo al borde de un Apocalipsis difícilmente reversible.

2002. *La neblina del ayer* (2005), págs. 206-208

11
Comer, comer...

Las ciudades, de más está decirlo, generan sus culturas propias. Costumbres, tradiciones, ritos, representaciones, normas idiomáticas que le confieren su identidad peculiar. Entre esas manifestaciones identitarias se encuentra la gastronomía.

En general, la gastronomía cubana no es especialmente rica y distinguible. Demasiado cercana a la española —más a la gallega y asturiana que a la andaluza, a pesar del clima de la isla—, incorporó pocos elementos de las pobres culturas aborígenes locales y de las tradiciones de las diferentes etnias africanas llegadas con los esclavos. La comida china cubana, incluso, es una imitación de la patentada por los asiáticos californianos que abren en la segunda mitad del siglo XIX los primeros establecimientos con sus platos americanizados en el naciente barrio chino de La Habana.

Así, como tenía que suceder, se crearon los más diversos espacios para satisfacer esa necesidad fisiológica y, de paso, desarrollar un rito cultural. Desde el restaurante de lujo con nombre francés hasta el puesto callejero, desde la cafetería de pretensiones europeas o estadounidenses a la susodicha fonda de chinos, desde la dulcería sofisticada al vendedor ambulante de golosinas, todas las posibilidades para obtener alimentos elaborados habían existido en La Habana y le habían dado un carácter esencial al ambiente de la capital, con sitios emblemáticos devenidos elementos de la cultura y estructura física citadina. Y valga un solo ejemplo de esa simbiosis: una de las canciones clásicas de la música cubana es la guaracha «Échale salsita», del Septeto Nacional de Ignacio Piñero, creada en la década de 1920 para rendir homenaje a un personaje llamado El Congo, que fabricaba y vendía unas butifarras en un puesto en las afueras de La Habana («no hay butifarra en el mundo como las que fabrica el Congo», dice la canción), un plato al que el compositor pidió que le «echaran (más) salsita».

La ya mentada Ofensiva Revolucionaria de 1968 suprimió muchos de esos establecimientos (incluidas las fondas, puestos de frita y vendedores ambulantes que demorarían casi tres décadas en reaparecer) y estatalizó toda la gastronomía. Desde esos tiempos, mientras tanto, se habían hecho populares las pizzerías, prácticamente inexistentes antes de 1959, todas regentadas por el Estado y gracias a las cuales mi generación satisfizo su apetito muchísimas veces y de paso creó un gusto por esa comida adaptada ya al modo cubano, con la masa de harina más gruesa que, incluso, fue exportado por los exiliados a varias ciudades del sur de la Florida.

El cambio de la estructura económica de los recintos gastronómicos y la cada vez más evidente falta de determinados alimentos y condimentos alteraron la evolución natural de la cocina cubana y la empobrecieron. Mientras, la siempre acechante falta de productos fue convirtiendo el acto de comer en una obsesión nacional. Desde hace sesenta y tantos años en Cuba, creo, nadie ha muerto de hambre, pero casi nadie ha comido lo que desearía comer.

—Pero me conmovió (tu cuento) y como este hijo mío dice que es el mejor cuento cubano del mundo, así dice él, pues me inspiré un poco y me puse a pensar qué podía hacerles de comida para que no se tomen el ron con la barriga vacía, y lo que hice fue una bobería, lo primero que se me ocurrió, aunque creo que está quedando rico: un pavo relleno con congrí.

—¿Un pavo?

—¿Relleno?

—Sí, si es muy fácil de hacer. Miren, ayer compré el pavo, y como hoy descongelé el refrigerador, todavía estaba suave, así que lo bajé y lo adobé mientras terminaba de descongelarse. Al adobo le puse ajo, pimienta, comino, orégano, hojas de albahaca y perejil y, claro, naranja agria y sal, y lo bañé bien, así por dentro y por fuera con ese mojo. Después le eché por arriba bastante cebolla, así, en ruedas grandes. Lo bueno es dejarlo un par de horas adobado, pero como les veo cara de hambre... Entonces, como ya tenía puestos los frijoles negros en la candela, me puse a prepararles un buen sofrito: cogí dos lascas de tocino y las corté en trocitos y las puse a freír, y en esa grasita tiré más cebolla, pero bien picadita, ajo machacado y bastante ají, y fuá, le eché el sofrito a los frijoles cuando estaban casi blandos y luego les puse una taza de vino seco, para que queden aciditos así, como a ustedes les gustan, ¿no?

—Sí, sí, a mí me gustan.

—Y a mí también.

—¿Y qué más?

—Bueno, entonces le eché el arroz blanco para hacer el congrí, y le puse laurel, un poco más de orégano, así al desprecio, un tin de sal, y un aguacero de cebolla picada en cuadritos. Entonces esperé a que el arroz se secara, pero sin que el grano se ablandara todavía, claro, y lo apagué, y con ese congrí rellené el pavo, para que se termine de cocinar allá dentro, ¿verdad? Mira tú, ¿tú sabes lo que no tenía? Palillos de dientes para cerrarlo... Así que le puse unos tallitos de naranja agria, que son bien duros... Y, claro, lo metí en el horno, así que no se desesperen, que eso demora su poco. Tómense su traguito tranquilos, que a las nueve y media debe estar ya. Échame aquí un poquito de ron a mí... Así, poquito, ya, ya, Condesito, que me voy a emborrachar...

—¿Y cuánta gente come de eso, Jose?

—Como el guanajo tenía como ocho libras, debe alcanzar para diez o doce gentes..., pero con ustedes dos. Bueno, espero que quede algo para el almuerzo de mañana. Voy a echarle un vistazo.

—¿Oíste eso, salvaje? Esta vieja está loca.

—Y lo que yo me pregunto es de dónde coño ella saca todo eso... Lo único que no tenía era palillos de dientes.

1989. *Máscaras* (1997), págs. 195-196

—Oye, Jose, pero dímelo de una vez, ahora que ya no soy policía: ¿de dónde coño tú sacas todas esas cosas?

La madre de Carlos miró al Conde, luego a su hijo y pasó la mirada por los otros amigos, hasta volver al Conde, que ya no tuvo dudas: Josefina se comportaba como el mago de circo que hace aparecer, de la nada, un elefante vestido de marinero.

—¿De verdad tú quieres saberlo, Condesito? Pues lo saco de aquí —dijo, después de una pausa, y se tocó el sentido—: de la imaginación que tengo.

1989. *Paisaje de otoño* (1998), págs. 243

En la década de 1980, con una cierta mejoría en las condiciones económicas, las posibilidades de obtener alimentos se hicieron mayores y, al mismo tiempo, los restaurantes y cafeterías sobrevivientes pudieron mantener sus puertas abiertas y sus menús con diversas ofertas. En La Habana de entonces era posible comer carne de res y hasta otros alimentos que hoy nos parecen sofisticadas exquisiteces como mariscos y peces (sí, en una isla rodeada de agua por todas partes), y pagar el precio de esos platos con el salario determinado por el Estado.

La crisis de la década de 1990 terminó de quebrar lo que había sobrevivido de esa tradición culinaria, pobre pero satisfactoria, hundió la oferta gastronómica estatalizada y empobreció la elaboración de la doméstica. La falta de alimentos fue tal que mucha gente tuvo que acudir a soluciones desesperadas como comer «picadillo» de cáscara de plátanos o «bistecs» de toronja, adobados como si fueran carnes. El Gobierno abrió entonces en La Habana una cadena de cafeterías que expendían hamburguesas que se compraban (una por persona) con un turno asignado por alguna institución social o política, como si se tratara de premiar un mérito social. Como esa oferta fue una idea promovida por el propio comandante en jefe Fidel Castro, la gente bautizó las hamburguesas como Mc'Castros. Mientras, muchos restaurantes debieron cerrar y otros ofrecer platos de contingencia. La pizza pasó a ser, quizás, el alimento más recurrido y su precio pronto se multiplicó sin que la calidad lo siguiera en su ascenso. A través de la libreta de abastecimientos (en realidad cartilla de racionamiento por la cual se han expendido determinadas cuotas de alimentos a precios subsidiados y en la misma cantidad para cada habitante del país) se vendieron por esos años productos como el picadillo enriquecido (poca carne y demasiada soya, con olor y color muchas veces repelente), el café mezclado con otros granos (las cafeteras pueden tupirse y explotar), y engendros como el «perro» sin tripa: la masa viscosa que debía rellenar un perro caliente y que se compraba llevando un recipiente en el que se vertía la masa líquida. La tradición gastronómica habanera y cubana pasó a ser una materia de estudios antropológicos. Otro borrón de la memoria.

Y entonces aparecieron las «paladares».

En medio de la década de 1990, brotando desde la clandestinidad, aparecieron en la ciudad esos pequeños comedores privados muy pronto bautizados como «paladares», denominados así gracias a un negocio de comida ambulante popularizado por una telenovela brasileña. Al ser finalmente admitidos por el Gobierno, estos protorrestaurantes, de manera obligatoria, solo podían estar en el espacio de una casa particular, servir a un máximo de doce comensales a la vez, y nunca carne de res o mariscos. Para poner un cartel que los anunciara, debían tener una licencia especial y pagar por ella. Con insistente frecuencia eran inspeccionados por funcionarios oficiales, más dispuestos a cerrarlos que a alentarlos, o a dar una «mordida»... Si la gastronomía habanera se esfumaba, el afán de control sistémico se mantenía saludable y empecinado, aunque navegara contra cualquier corriente lógica. La política siempre decidiendo sobre la economía.

Aunque en los últimos veinte años el crecimiento y multiplicación por todas partes de restaurantes y cafeterías privadas, de los más diversos aspectos y categorías, ha recuperado una parte de la oferta gastronómica (casi siempre a precios difíciles de pagar para un asalariado cubano), la práctica culinaria no ha podido enlazar con la tradición del pasado: todavía hoy se cocina lo que hay, con lo que hay, disfrazando lo que debía ser con lo que puede ser —lo cual tal vez es un acto creativo—. Esos comercios privados, además, han conseguido restaurar, recuperar o modificar los inmuebles en que se han instalado y, desde hace dos décadas, forman parte del paisaje visual de la ciudad que entra en el siglo XXI. En los últimos años, incluso, algunos de estos emprendimientos privados han ganado espacio, visibilidad, estilizado sus diseños y mejorado puntualmente edificaciones, sobre todo las ubicadas en los sitios más frecuentados por los turistas extranjeros.

Al parecer, ya La Habana no recuperará jamás sus puestos de fritas, esa especie de hamburguesa cubana hecha de una mezcla ajustada de carne de res y de cerdo. El tamal de maíz, que antes se vendía en cada esquina de cualquier barrio, es una especie en extinción, mal sustituida por un sucedáneo de sabores extraños y textura a veces pringosa. Los dulces tradicionales han desaparecido del espectro citadino: el dulce de coco rallado, la mermelada de guayaba, los cascos de toronja o naranja. Hay toda una generación cubana que en su mayoría no ha comido jamás un bistec de carne de res, ni siquiera aquel casi transparente que en la ciudad de mi niñez se vendía con un pan: el bendito pan con bistec. El café con leche y el pan con mantequilla del desayuno habanero es un recuerdo del pasado en un país que, para muchos, es un país sin café ni leche ni mantequilla. A veces sin pan. Comer pescado en Cuba es un lujo, y la razón, según un funcionario del Ministerio de la Pesca, es que en los mares que rodean a la isla hay pocos peces (¡). Sin embargo otros dirigentes insulares han propuesto que se alentara el consumo de jutías, un roedor salvaje que, por cierto, está en vías de extinción, o que se fomentara la cría de avestruces y el cultivo de peces en estanques domésticos.

En seis largas décadas la estructura física de La Habana, de la que formaban parte material y espiritual sus locales gastronómicos ha sufrido tantas mutilaciones, empobrecimientos y alteraciones que suman su destino al de las pérdidas de referentes y emblemas de una urbe que se distancia, también por esta vía, de su pasado y apenas ofrece la alternativa de la solución apresurada, factible, degradada o glamorosa en un presente sin demasiadas esperanzas de mejoras gastronómicas futuras (y tampoco de otras mejoras), a pesar de los esfuerzos de algunos hábiles emprendedores premiados con el éxito económico.

Comer bien, algo tan elemental como comer bien, y mejor si en compañía de los viejos amigos, colma a Mario Conde de una satisfacción casi infantil, exultante. Examina luego la mesa, los platos servidos con esmero y gerúndica abundancia (¡Sabroseando!), olorosos a delicias apreciadas por el paladar, sazones alentados por la cálida fluidez de un vino extraído de uvas riojanas que complementa a cada bocado como el mejor compañero. Sí: ¡Saboreando!, como lo alentó el cocinero barroco.

Recorre con su vista el local, su ambiente apacible a esas horas del mediodía, y ve a Yoyi el Palomo, su amigo, colega, a veces incluso jefe, un león urbano de los equívocos tiempos en curso que, sin embargo, inmerso en la lucha diaria y sin cuartel en que vive, es capaz de expresar solidaridad, cariño, de compartir incluso su pan... y sus vinos, como los que por su cuenta ha descorchado y servido en las copas y acomodado en la mesa desde la que Conde, sintiéndose persona, siendo persona, lo observa desarrollar su fatigosa labor de empresario de éxito.

¿Todo muy mundano y elemental y efímero? Quizás. Sexo, comida, confort, compañía, dinero, incluso bellezas físicas perecederas, aún constatables. ¿Es esta la vida real o solo un meandro propicio a través del cual se puede escapar, por unos minutos, tal vez unas horas, de las tensiones de la lucha, de los lastres del pasado, de las difusas expectativas de futuro? ¿Es el presente perfecto y, por ello, feliz?

[...] Comen, beben, ríen, están eufóricos, y Carlos reclama a Yoyi que ponga música de los Rolling para ir practicando, y

Conde concede y canta con él...: *«'Cause I try and I try and I try and I try / I can't get no, I can't get no...»,* y luego piden «Proud Mary», su himno de combate, e invocan a Andrés, al Conejo, a Dulcita, a Aymara: los ausentes; a Candito, más cerca que ellos de Dios y del cielo; a la vieja Josefina, no la han olvidado y ya tiene reservada su ración de exquisiteces, también cortesía del Palomo. Y Conde y el Flaco, siempre desde su silla de ruedas de hombre lastrado por una guerra, se abrazan, se besan, se quieren como hermanos, y Conde luego besa a Tamara como solo besaría a la mujer más suya, el ser en el cual penetra y se pierde, y se obliga a disfrutar la evidencia de sentirse en paz con el mundo y consigo mismo, porque descubre que sí, que es feliz. Será un milagro, será mundano, será efímero y, con toda seguridad, cualquier intento de reeditarlo se esfumará en unos años cuando el Flaco o Josefina o Basura II se le mueran; en unas semanas cuando Tamara se aleje; en unos días cuando vuelva a tener hambre y ningún dinero para calmarla... Pero, qué cojones, Mario Conde, no sigas jodiendo y no le des más vueltas: lo importante es que tu tarde de domingo ha sido una estancia amable y merecida en el territorio esquivo de la felicidad.

2016. *Personas decentes* (2022), págs. 150-152

12
Construir algo y sufrir la «ajenitud»

Con más celeridad de la que habitualmente se suelen mover los procesos culturales, en especial la creación literaria (que por lo general necesita de una cierta distancia temporal para asimilar y procesar determinadas realidades), la nueva y compleja coyuntura del país abierta en la década de 1990 entró casi de inmediato en las reflexiones y asuntos de los escritores cubanos. Esa urgencia creativa propiciaría la gestación de una literatura del desencanto, en la que aparecieron los temas generados por la situación de la actualidad —el auge de la prostitución, las numerosas salidas legales o clandestinas del país, la inanición generalizada, la desesperación y el deterioro moral—, y el marco espacial de la capital hambreada y en tinieblas también tuvo su necesario reflejo. Es ese el momento en que, aun sin toda la conciencia de lo que hacía y me proponía, le doy su soplo de vida y pongo a andar por La Habana al personaje de Mario Conde.

Si el iluminado proceso literario iniciado por Domingo del Monte y sus discípulos allá por 1830 y 1840 fue el de la construcción simbólica de la ciudad, y luego, a lo largo de las décadas finales del siglo XIX y las primeras del XX se consiguió la definición y fijación literaria del entorno urbano habanero —ahí están las obras de Cirilo Villaverde y Ramón Mesa en el XIX, de Miguel de Carrión, Carpentier, Lino

Novás Calvo, Guillermo Cabrera Infante a lo largo del XX—, la narrativa que se concibe a partir de la década de 1990, desarrollando una tendencia que poco antes había sido anunciada en ciertas obras apocalípticas de Reinaldo Arenas, es la del proceso inverso, o sea, el de la deconstrucción de la urbe. Se escribe la literatura de las ruinas circundantes, físicas y humanas, una realidad que también tuvo su reflejo en el cine, el teatro y las artes plásticas desde esa época, y su más acabada representación visual en el largometraje *Suite Habana* (2003), de Fernando Pérez, una película sin diálogos que termina con la imagen de una anciana que vende maní (cacahuetes) por la ciudad y que, por no tener nada, ya no tiene ni esperanzas.

La decadencia física y espiritual del espacio urbano se convierte en el escenario de la decadencia física, espiritual e incluso ideológica y moral de unos personajes que se mueven entre esas ruinas buscando las intrincadas alternativas de una supervivencia (desde la prostitución al exilio), como en los relatos de la vieja y clásica picaresca, pero sin la intención de hacer asomar una sonrisa, pues la realidad solo podía provocar el llanto. El empobrecimiento del entorno es también el de sus habitantes, y ya se sabe que la pobreza es algo que, repartido entre muchos, toca a más y que la miseria es caldo de cultivo para el surgimiento de miserables.

Una y otra vez he dicho que en esos años oscuros mi opción de vida fue permanecer en Cuba y, en mi casa habanera, aferrarme de manera quizás hasta irracional a mi sentido de pertenencia y, sobre todo, comenzar a escribir como un loco para no volverme loco. Son unos tiempos febriles, tremendamente feraces, en los que escribo, entre 1990 (cuando dejo mi trabajo en el periódico) y 1997, las cuatro piezas que integran la tetralogía novelesca de Las Cuatro Estaciones, protagonizadas por el personaje de Mario Conde. También en esos años oscuros completo mi larga investigación sobre el concepto y la literatura de lo real maravilloso de Alejo Carpentier, participo en varios proyectos cinematográficos, armo antologías de cuentos cubanos, organizo colecciones de mi periodismo, como los libros *El viaje más largo* (1994, reportajes) y *Los rostros de la salsa* (1997, entrevistas), fundo con otros colegas una revista de literatura policial, *Crimen y castigo*, de efímera existencia. Y hago todo eso sin dejar mi nuevo trabajo como jefe de redacción de la revista cultural *La Gaceta de Cuba,* de tórpida impresión por falta de papel, y de la que me aparto en 1995, cuando me convierto en «artista independiente» (o sea, sin vínculos laborales con ninguna institución oficial), el primero entre los escritores cubanos.

Así, mientras la ciudad se derrumba, como lo cantó Silvio Rodríguez, yo me empeñaba en construir algo..., pero, en un extraño proceso de concepción y revelación, las ruinas físicas y humanas del entorno no solo penetraron los textos que iba escribiendo, sino que le dieron parte de su sentido: mi literatura adquirió su carácter, cada vez más interrogativo, más desencantado, más corrosivo, cada vez más libre. Y siempre más y más habanero.

La siguiente paradoja es que esa metrópoli poseída, recorrida, en muchos casos ya escrita, se va transformando día a día en una urbe real agrietada, turbia, abandonada, sucia, que pierde sus referentes y, paulatinamente, comienza a convertirse en una ciudad ajena.

Si en los tiempos posteriores a 1968 y su Ofensiva Revolucionaria el sitio en que había nacido y donde crecí fue perdiendo espacios y comportamientos que funcionaron como referencias, símbolos, marcas de identidad, La Habana que transcurre a partir de 1990, 1991 y por todos estos años, se vacía aceleradamente de sus emblemas y lugares, se va pervirtiendo y convirtiendo en otra ciudad y sus habitantes en otras personas, mientras millares de ellos se lanzan al exilio sin retorno y otros muchos viven cada vez más empobrecidos. El proceso de extrañamiento, de «ajenitud» de lo propio, de alteración de los códigos, de ruptura de tejidos afectivos, de pérdida de valores estéticos se había puesto en un movimiento vertiginoso del que solo escaparía, en su carácter constructivo y casi como acto de magia, una Habana colonial que comenzó a restaurarse con un doble propósito: su necesario rescate histórico y arquitectónico y su función de parque temático de la villa colonial dentro de la cada vez desvencijada urbe socialista que volvía a abrirse a los turistas..., por cierto, no a los turistas cubanos.

> Apenas el regresado pisó la ciudad que había sido la suya, lo sorprendió la sensación de estar penetrando en un mundo cuyos planos y señales conocía, pero que no re-conocía. En principio, todo estaba donde debía estar: el mar, más allá del muro del Malecón, y, del otro lado, la avenida por la cual circulaban los vehículos. En sus lugares de siempre, los edificios altos de El Vedado, el barrio arbolado donde había nacido y vivido hasta que partió al exilio, una zona con muchos parques también arbolados y ciertas calles aún tapizadas por los adoquines con que en su tiempo fueron pavimentadas. Se cruzó con gentes de movimientos armónicos, ataviadas con ropas ligeras, jóvenes sonrientes, rostros sensuales, la imagen de una vida normal que pudo, debió haber sido la suya. Pero, al mismo tiempo, como una reacción sibilina, comenzó a percibir una densidad ambiental desconocida, como si se desplazara por un territorio exhausto, donde todo estaba en fase de demolición, carcomido, vencido por la desidia más que por los años, un universo percudido, fétido, como a la espera de un milagro salvador. Se topaba

con otras gentes que le parecían estrafalarias, gastadas, criaturas brotadas de la exultante precariedad circundante, unas malas caricaturas de las personas entre las que él había vivido, a las cuales perteneció durante los primeros treinta y seis años de su vida sin haberlos visto con aquel prisma sombrío, forjado por la distancia, la ausencia, los descubrimientos, los recuerdos, los olvidos y el abandono.

¿Cuál era su mundo? ¿Dónde estaba? ¿Qué le había pasado? ¿Todavía lo que en su retorno recorría constituía su mundo o solo atravesaba una holografía degradada del sitio al cual había creído que pertenecía y ahora se le revelaba ajeno, dispuesto a rechazarlo? ¿Era ya, de forma irreversible, un hombre partido en dos mitades empeñadas en repelerse, un hombre en sus cincuenta años que no lograba recolocarse en el que durante treinta y seis años había sido su lugar y que jamás se reconocería en el territorio que desde hacía casi quince había comenzado a serlo sin jamás llegar a conseguirlo del todo?

1998. *Como polvo en el viento* (2020), págs. 152-153

13
Escribir la ciudad

Como antes dije, los procesos culturales tienen sus propias lógicas, y no siempre siguen las de la realidad en que se gestan. El arte cubano de la década de 1990, cuando vivíamos en el fondo de un pozo económico y social, aunque con idéntica estructura política, creció y se hizo más libre por una sencilla razón: el Estado socialista perdió la capacidad de financiar el arte mientras crecía el cansancio histórico y el desencanto de muchos artistas (ciudadanos al fin y al cabo) y la combinación de esos factores, uno económico, otro intelectual, abrieron un espacio de libertad creativa que no había existido en décadas anteriores. Y noten que digo libertad creativa, no libertad de difusión y circulación de todo el arte de esos tiempos.

Escribir en La Habana impuso a muchos la necesidad escribir sobre La Habana. Y en mi caso fue una exigencia. Mi condición de habanero, aun siendo un habitante periférico, mi conexión con la ciudad y la asimilación visceral que durante treinta años había ido haciendo de ella revirtieron en una coyuntura contextual muy definida para la creación de la literatura que quería, que podía escribir, la narrativa que una realidad altamente dramática y agresiva me reclamaba.

Haber optado por la novela policial —o al menos una literatura de «carácter» policial— me colocaba en una situación conceptual favorable: la novela negra es una modalidad narrativa esencialmente urbana, pues las tramas de la metrópoli suelen conformar el escenario más propicio para la existencia del crimen, la violencia, la degradación de los comportamientos humanos.

En el medio de ese ejercicio literario que entroncaba armónicamente con los conflictos sociales que intentaba reflejar (corrupción política, tráfico de influencias, enmascaramientos sociales y humanos, represión, desesperación de muchos y ambiciones de otros) coloqué entonces a un personaje que ha resultado ser furiosamente habanero: el investigador Mario Conde, un hombre de mi generación, nacido en un barrio periférico nunca nombrado pero que reproduce el plano físico y espiritual de Mantilla y que, por el carácter y los intereses que exhibe, tiene una relación con la ciudad demasiado parecida a la mía.

> —Dime, ¿por qué te metiste a policía? ¿Para refunfuñar y lamentarte todo el santo día?
>
> Él sonríe, no puede evitarlo, es la pregunta que más veces ha oído en sus años de investigador y la segunda vez que se la hacen en el mismo día, y piensa que ella merece una respuesta.
>
> —Es muy fácil. Soy policía por dos razones: una que desconozco y que tiene que ver con el destino que me llevó a esto.
>
> —¿Y la que conoces? —insiste ella y él siente la expectación de la mujer y lamenta tener que defraudarla.
>
> —La otra es muy simple, Tamara, y a lo mejor hasta te da risa, pero es la verdad: porque no me gusta que los hijos de puta hagan cosas impunemente.

1989. *Pasado perfecto* (2000), pág. 90

Empujado por su labor policial, en busca de culpables y verdades, Mario Conde debe recorrer casi toda la trama urbana en sus investigaciones, pues el delito no respeta fronteras. En las novelas de Las Cuatro Estaciones (1991-1998), el investigador se mueve por diversos escenarios urbanos que van desde el barrio donde nació y vive a la zona de La Víbora, donde ya se sabe que estudió algunos años y conoció a varios de sus amigos que moran en ese sector citadino: la bella Tamara en su mansión modernista; El Flaco Carlos, que ya no es flaco, en su casa de 1940 con portal con arcos mirando a la calle; Candito el Rojo en uno de los vaporosos solares del área. A partir de esas locaciones, el personaje va dibujando el plano de una ciudad que tiene su primera representación en el paisaje que ve desde la ventana de su cubículo en la Central de Investigaciones Criminales: la mole de concreto de la urbe que se extiende hasta el mar, la última o primera frontera de La Habana. Sus casos lo llevan luego por los espacios antes (y todavía) burgueses y aristocráticos de El Vedado y Miramar, los barrios modernos de El Casino Deportivo y el Nuevo Vedado, diversos rincones de la villa colonial, las calles abigarradas de Centro Habana donde se sumerge en recodos como los del Barrio Chino, y también con desplazamientos a Regla y Cojímar, del otro lado de la bahía, y a Marianao, en la ribera oeste del río.

Mientras realiza esos desplazamientos, Conde va dejando testimonio de sus percepciones de la ciudad. Describe calles (esa sórdida calle Esperanza donde vive Juan el Africano; la Calzada del 10 de Octubre, antes de Jesús del Monte, donde descubre los arabescos de las segundas plantas; el imprescindible Malecón donde suele sentarse a filosofar), edificios, ambientes constructivos y humanos específicos de cada zona, pues toda La Habana le pertenece, porque nació en ella, vive en ella y también se adueñó de ella. Y con todos esos instrumentos, afinándolos en el mismo espacio, Mario Conde ha escrito e interpreta una sinfonía habanera que, justo como las *Cuatro Estaciones* de Vivaldi, va del júbilo (primaveral) a la tristeza y la oscuridad (invernal).

> Ayer descubrí un frontón inesperado. Mil veces debo de haber pasado por ese rincón hasta entonces anodino y sucio de 10 de Octubre, tan cerca de la esquina donde estuvo la valla de gallos en que el abuelo Rufino se jugó ocho veces su fortuna a unas espuelas, para enriquecerse cuatro y empobrecerse otras tantas. Pero solo ayer una llamada de alarma, especialmente dirigida a mi cerebro, me obligó a levantar la vista y allí estaba, esperándome desde siempre: en el centro de un triángulo de un clasicismo simplón, un escudo de hidalgos criollos remataba una construcción sin trazas de hidalguía, roída por los años y la lluvia. Solo la fecha permanecía misteriosamente íntegra: 1919, sobre el alero desconchado y bajo el escudo vencido, en el vórtice de dos cornucopias que expulsaban al aire frutas tropicales —la inevitable piña, las guanábanas y anones, los mangos y el esquivo aguacate, ni fruta, ni vianda, ni verdura, y, donde otros hubieran colocado castillos o campos de azures, un cañaveral prodigioso al que se le rendía tributo, pues a él se debía, necesariamente, toda aquella riqueza de mansión, fecha y escudo frutal...—. Me gusta descubrir esos altos impredecibles de La Habana —segundas y hasta terceras plantas, frontones de un barroquismo trasnochado y sin retorcimientos espirituales, nombres de propietarios olvidados, fechas de cemento y lucetas de vidrios incompletas por las piedras y las pelotas y los años—, donde siempre pensé

que había aire, hasta el cielo. A esa altura, superior a la escala humana, está el alma más limpia de la ciudad, que abajo se contamina de historias sórdidas y lacerantes. Desde hace dos siglos La Habana es una ciudad viva, que impone sus propias leyes y escoge sus peculiares afeites para marcar su singularidad vital. ¿Por qué me tocó esta ciudad, precisamente esta ciudad desproporcionada y orgullosa? Intento entender este destino insoslayable, no escogido, tratando de a la vez de entender a la ciudad, pero La Habana se me escapa y siempre me sorprende con sus rincones perdidos de foto en blanco y negro y mi comprensión queda roída como el viejo escudo de unos hidalgos de riqueza de mango, piña y azúcar. [...] Todo se ennegrece con el tiempo, como la ciudad por la que camino, entre soportales sucios, basureros petrificados, paredes descascaradas hasta el hueso, alcantarillas desbordadas como ríos nacidos en los mismísimos infiernos y balcones desvalidos, sostenidos por muletas. Al final nos parecemos la ciudad que me escogió y yo, el escogido: nos morimos un poco, todos los días, de una muerte prematura y larga hecha de pequeñas heridas, dolores que crecen, tumores que avanzan... Y aunque me quiera rebelar, esta ciudad me tiene agarrado por el cuello y me domina, con sus últimos misterios. [...] Decía Miller que París es como una puta, pero La Habana es más puta todavía: solo se ofrece a los que le pagan con angustia y dolor, y ni aun así se da toda, ni aun así entrega la última intimidad de sus entrañas.

1989. *Vientos de cuaresma* (2001), págs. 137-139

La trama física de La Habana me lo exigió y la capital cubana resultó ser más que un escenario donde se desarrollan argumentos y se plantean conflictos: es un estado de evolución histórica y social de una identidad y, sobre todo, un tablado dentro del cual los personajes muestran y viven su humanidad. También un organismo vivo que incide en la existencia de quienes lo habitan. Así, los espacios vitales de cada uno de ellos implican comportamientos cotidianos, historias personales, actitudes éticas, posibilidades económicas. Quienes ocupan las amables mansiones exburguesas de los barrios más suntuosos encarnan una casta sociopolítica muy definida (la nomenclatura, en Cuba llamada «la dirigencia», «los mayimbes»), mientras aquellos menos afortunados que habitan falansterios y casas opresivas en las que conviven varias generaciones de una familia reflejan la existencia de otras actitudes, necesidades, actuaciones. Los ambientes físicos se entrelazan con las conductas sociales e individuales, sustentan unos comportamientos forjados por un tiempo histórico, y me han permitido intentar la armazón del tejido general de una urbe posible, más cercana a la real: la ciudad física y la humana.

No pretendo con lo dicho asegurar que La Habana de mis novelas sea toda La Habana o la única Habana. En estos mismos años, Abilio Estévez ha creado la suya, Pedro Juan Gutiérrez le ha dado un carácter a la suya, Luis Manuel García, Arturo Arango, Karla Suárez, Amir Valle y otros autores también lo han concretado... De lo que sí estoy seguro es de que la imagen urbana de esa literatura de la desconstrucción y la «ajenitud» que cada uno de nosotros ha elaborado de acuerdo a intenciones personales, exigencias sociales y preferencias estéticas se parece bastante más a la capital donde ahora viven casi dos millones de cubanos que a esa otra que la propaganda oficial aplaudió en su denominación o calificación de «Ciudad Maravilla» propuesta por personas que... no viven en La Habana.

14
La ciudad del siglo XXI

Con rejas, cristales rotos, muletas de apuntalamiento, paredes desconchadas y furnias callejeras, La Habana entró en el nuevo siglo. La coyuntura económica extrema de la década de 1990 había comenzado a aliviarse y la gente se aclimataba a una estructura socio-económica algo diferente en la que reaparecían pequeños negocios privados, donde volvía a existir un insuficiente pero visible transporte urbano y los mercados se abastecían de productos que los más afortunados podían adquirir en una nueva moneda, ese controvertido peso convertible cubano que había sustituido al dólar y se equiparaba con él. No se sabía bien hacia dónde íbamos, pero algo se había movido y la Crisis se sumergía, se aliviaba, aunque ni se ahogaba ni se curaba.

Así, mientras la recuperación económica se establecía, una parte de la capital se beneficiaba con las nuevas posibilidades: la restauración de la zona colonial, La Habana Vieja, era un proceso en marcha, para el bien histórico y patrimonial del país. Solo que ese sector, a pesar de ser más extenso que los de otras ciudades coloniales de la región (Cartagena de Indias, el Viejo San Juan, la zona colonial de Santo Domingo o el Casco Antiguo panameño), no ocupa ni la décima parte de una urbe baja y extendida, esa otra Habana a la cual apenas llegaron las inversiones necesarias para su rehabilitación. El Período Especial en Tiempos de Paz no había terminado, como bien se advirtió, y La Habana lo supo.

Al panorama urbano le llega en esos primeros años de siglo un fenómeno que pronto será de la mayor importancia sociocultural y que se convertiría en su banda sonora, porque era parte de su carácter y expresión de todas las incertidumbres pasadas y presentes: aparece el reguetón. Esta versión caribeña del hip hop y el rap, expresión de una cultura urbana, se adueña rápida y profundamente del espacio sonoro y mental de la gente, con sus letras muchas veces sórdidas como los tiempos que corren, con su ritmo repetitivo, como la realidad que lo genera y alimenta. En sitios privados y públicos se escucha entonces (casi siempre a todo volumen) ese género musical que desplaza del gusto colectivo a la salsa o timba cubana que había florecido en la década de 1990 como inusitado resultado creativo de un tiempo sombrío.

Es necesario advertir que el reguetón que se apropia de la ciudad no es solo música machacona con una lírica a veces hasta escatológica: es la manifestación de una pérdida de urbanidad y de confianza de los ciudadanos que encuentran en sus interpretaciones, imágenes visuales (video clips de alto octanaje erótico) y hasta formas de moverse y vestirse, una vía de expresión, algo así como una válvula de escape para tantas tensiones y necesidades..., incluso artísticas y creativas, lo cual es complicado afirmar tratándose del reguetón.

Mientras, con la fortuna de haber podido dedicarme profesionalmente a la escritura,* cumplo durante esos años con

* El 31 de diciembre de 1995 dejo mi puesto como jefe de redacción de la revista *La Gaceta de Cuba* y, acogiéndome a la disposición legal recién aprobada, me convierto legalmente el 1 de enero de 1996 en el primer escritor independiente cubano.

exigencias que se habían hecho cada vez más urgentes en mi relación novelesca con La Habana: no solo reflejarla de modo vertical, sino también horizontal, no solo mirar su presente, sino además su pasado.

En mi experiencia como novelista he aprendido que al escribir una obra de esta modalidad narrativa, el artista debe proponerse la creación de un mundo en el cual sus personajes vivan sus dramas o conflictos. Ese mundo, que debe tener sus propias lógicas, sus leyes generales, puede construirse en espacios físicos diversos: una habitación, un edificio o castillo..., pero la mayoría de las veces la trama dramática se expande por territorios más amplios. Una ciudad, por ejemplo. Como siempre escribo sobre personajes que se mueven en territorios urbanos, que en la mayoría de los casos es el espacio de La Habana contemporánea, la posesión de ese ambiente ya me acompaña, pues está consustancialmente integrada a mis percepciones personales. Pero en varias ocasiones esa misma Habana, por exigencias de los hechos narrados, atraviesa diferentes momentos históricos, como el inicio del siglo XIX o los primeros años del XX.

Pero la cercanía a un espacio no me ha funcionado como una limitación tiránica. Por eso, en mis novelas hay otras escrituras en las que mis personajes se mueven por urbes más o menos ajenas: Rembrandt en la Ámsterdam del siglo XVII, Ramón Mercader en el Moscú de 1960 o la Barcelona de 1930, los personajes de *Como polvo en el viento,* en diversas partes del mundo (Madrid, Segur de Calafell, Tacoma), incluidos sitios tan peculiares como la ciudad de Hialeah, en el sur de la Florida. Es en estos casos cuando necesito realizar un ejercicio de asimilación de ese territorio más distante en la geografía o el tiempo, tener idea de sus dimensiones, de sus estilos arquitectónicos, de sus peculiaridades físicas durante un momento histórico determinado, pues lo que en realidad me permite crear unos personajes que se muevan en ese mundo novelesco es el dominio del territorio en que actúan. Siempre digo que cuando logro que un personaje camine por su ciudad, mis procesos de investigación están cumplidos.

Desde esta premisa literaria, lo cierto e inevitable es que me he empeñado en el ejercicio de mover a mis personajes por La Habana que me pertenece e, incluso, en relatar otras Habanas dentro de esa misma Habana de mi tiempo. Con el poeta José María Heredia en *La novela de mi vida* (2001) recorro la villa todavía amurallada del primer tercio del siglo XIX, con sus sitios, calles, plazas, paseos, pero también sus ruidos, olores y colores, y esbozo el ambiente intelectual que propició en ese espacio urbano el nacimiento del espíritu nacional cubano con hombres como el propio Heredia, los ya mentados Félix Varela, José de la Luz y Caballero, Domingo del Monte y José Antonio Saco, con los que coexisten, incluso conviven, varios escritores, pedagogos, científicos que ya expresan una pertenencia a un estado espiritual diferente, nuevo y mestizo, o sea, el cubano, y lo hacen y lo practican fundamentalmente en La Habana, siendo habaneros.

> Apenas comenzaba a caer la tarde y, para dar tiempo, deambulé por la ciudad, que encontré muy cambiada. En los últimos años, en medio de una sorda competencia de poderes, (el Capitán General) Tacón y el intendente Villanueva habían comenzado diversas obras, cuyo resultado ya se apreciaba en las calles bien empedradas y alumbradas, o en los edificios y plazas con bellas fuentes que, por doquier, daban empaque y elegancia a una ciudad cuya prosperidad era palpable. Con el alma en vilo fui hasta más allá de extramuros, y justo donde antes se había alzado la casa de madame Anne-Marie, encontré un desolador descampado junto a lo que era el inicio de un largo paseo en construcción, que llevaría el nombre de Tacón.

Desarmado por la ausencia de los últimos vestigios de aquel sitio al cual siempre fui como a un santuario, tomé cualquier rumbo y, a unas pocas cuadras, hallé la estructura ya en pie del nuevo teatro que el capitán general había mandado levantar y que, como el paseo, también llevaría su nombre. La ciudad que tanto y tan bien conocía empezaba a escaparse de mis viejas referencias, a hurtarme las nostalgias y a advertirme de mi condición de forastero, casi extranjero en tierra propia. Pero su olor invencible vino en mi ayuda, para recordarme que hay cosas tan verdaderas que ni el poder de los dictadores logra cambiar.

1838. *La novela de mi vida* (2002), pág. 288

Mientras, durante la época cubana de Ernest Hemingway en *Adiós, Hemingway* (2000) pude ver una parte de la ciudad con tópicos como el restaurante El Floridita, donde el escritor bebía sus daiquirís dobles sin azúcar y socializaba poco y mal con quienes se le acercaban, y también los ambientes del pueblito periférico de San Francisco de Paula, donde se levanta la Finca Vigía, escenario principal del relato, y la «aldea» de pescadores de Cojímar, donde fondeaba *El Pilar*, el yate en el que Papa salía lo mismo a pescar en la corriente del Golfo que a cazar submarinos nazis durante la Segunda Guerra Mundial.

En busca de la historia perdida de la bolerista Violeta del Río recorro La Habana nocturna de la década de 1950 en *La neblina del ayer* (2005). Es la época de oro del bolero y los cabarets, tiempo convulso en el que se paseaba por aquí Meyer Lansky y hasta organizaba cumbres de las Cinco Familias de la mafia en el Hotel Nacional y convocaba a Frank Sinatra para que les cantara.

Con Alberto Yarini y el teniente Arturo Saborit me adentro en esa ciudad turbia de inicios del siglo XX, que pretende alejarse de lo que fue (el pasado colonial) y acercarse a lo que quiere ser (la urbe moderna, la Niza del Caribe).

De esta manera, la imagen y apropiación de la trama urbana se ha expandido literariamente mientras se ha estado desarrollando en el presente el proceso de «ajenitud», esa especie de extrañamiento que me descoloca en la percepción de lo propio. Para Mario Conde y para el escritor se hace patente un cambio visible por el deterioro físico del entorno citadino y una evolución palpable en los comportamientos de los ciudadanos que alteran «el mundo de ayer». El empobrecimiento tanto de la ciudad como de los ciudadanos se hace incluso más visible con la dilatación del tejido económico de una metrópoli en la que comienzan a aparecer bolsones de riqueza, pequeños, casi diría que relativamente modestos, pero generando un contraste mayor en medio de las ruinas circundantes y la pobreza que se extiende como una mancha oleaginosa.

> Con la habilidad mercantil y el pragmatismo que Conde le envidiaba, su viejo socio en la compra y venta de libros raros y bien cotizados siempre había visto las rendijas de cada instante, y Yoyi ahora era propietario (en realidad solo co-) de aquel sitio que, según sabía Conde, se había hecho de un espacio en la preferencia de la clientela con plata que también formaba parte de la nueva demografía de la ciudad.
>
> Ya en la acera, frente al local, Conde estudió el recinto: el neón, en ese momento apagado, anunciaba su denominación e intenciones: LA DULCE VIDA. La casona, ubicada en el barrio antes aristocrático, advertía de la bonanza económica de que debieron de disfrutar sus dueños originales, allá por la década de 1940, cuando se construyó el inmueble. Un espacio para el jardín, un amplio portal, la entrada cochera, las altas puertas y

las ventanas enrejadas con herrería esmerada, los suelos marmóreos, los capiteles dóricos que chirriaban dentro de la estructura más cercana al *art déco:* el eclecticismo al servicio de la exhibición del lujo.

Los dueños actuales del caserón eran dos hermanos, médicos jubilados, hijos de unos proletarios luchadores beneficiados sesenta años atrás con la confiscación de la morada cuando se marcharon de la isla sus propietarios originales. Y ahora los doctores, premiados con unas pensiones insuficientes, sobrevivían gracias al alquiler del inmueble a Yoyi y su socio, el Hombre Invisible, hijo de Alguien con poder y, por tanto, necesitado de permanecer en unas ridículas tinieblas empresariales: porque, como muy pronto lo verificaría Conde, con su presencia casi cotidiana en el bar del negocio, siempre enroscado con su meretriz de turno y sin pagar consumiciones, el Hombre Invisible resultaba más perceptible que un elefante pintado de verde.

2016. *Personas decentes*, (2022), pág. 22

15
La urbanidad perdida

A estas alturas, ya casi resulta ocioso anotar que la devastadora crisis de la década de 1990 cambió para siempre a la sociedad cubana. Sin embargo, la profundidad y consecuencias de ese quiebre resultan difíciles de calibrar en sus verdaderas dimensiones por el hecho de que la estructura política y económica del país apenas se altera en esos años: igual sistema político, pequeñas reformas económicas. La sociedad, sin embargo, convulsiona, se transforma, a veces mucho y no siempre para ser mejor.

Un proceso que se agudiza en esta etapa es la pérdida de valores tradicionales provocada por las estrategias de supervivencia a las que se vieron obligadas a acudir las personas. Una de sus manifestaciones ha sido el deterioro de los principios de la *urbanidad,* entendida como la forma de comportamientos individuales y colectivos adecuados para vivir en sociedad con el necesario respeto por los demás y por las normas de sociabilidad... Y es que si un cristal está roto y nadie lo sustituye, por una extraña pero persistente ley universal, alguien vendrá y romperá el otro cristal y luego el otro. Si en la esquina del barrio se acumula por días la basura, pronto el sitio se convertirá en un vertedero, porque cada cual echará allí sus desperdicios. Si alguien quiere escuchar música —y ya advertí que ha hecho su entrada histórica el señor reguetón—, pues es mejor oírla a todo volumen, y cada vecino lo hace con más entusiasmo competitivo. Si una pared no ha sido pintada en décadas, en esa pared alguien se puede limpiar las manos sucias de grasa o tierra...

Las leyes de la convivencia se resquebrajan con los largos años de penurias y se acelera el proceso de degradación de la ciudad, un tránsito doloroso que contribuye a alejarla de sí misma, a hacerla más agreste y caótica, al final más ajena.

Pero no solo en la trama física urbana se exhiben esas alteraciones en la civilidad en el nuevo siglo. También las personas sufren las más diversas mutaciones.

Desde un rincón histórico y simbólico, el Parque Central de La Habana, en el mismo sitio en que un siglo antes, en *Personas decentes,* el teniente Arturo Saborit contempló el elegante café El Cosmopolita, donde los hombres vestían trajes de dril cien y las mujeres exhibían collares de perlas, y donde conocería personalmente a Alberto Yarini y su vida cambiaría, ahora Mario Conde se dedica a observar las características de sus coterráneos contemporáneos del siglo XXI, empeñados en resolver los desafíos de la vida cotidiana en una lucha sin cuartel que agota sus fuerzas y devora esperanzas. El aspecto físico de la gente refleja todos sus deterioros, sus estados de desesperación. Los comportamientos sociales agresivos y mezquinos, esa pérdida de urbanidad. Como alguien me dijo: cada vez hay más gente fea. Y es cierto. La pobreza es fea.

> Al borde de un coma por descafeinamiento, Conde se atrevió a pedir una dosis en un puesto callejero de los cientos que habían rebrotado en la ciudad. Cuando probó la infusión, luego de muchas dudas y concienzudos tests gustativos, se atrevió a concluir que aquel caldo negro sabía a tilo y se consoló pensando que, al menos, quizás serviría para calmarle los nervios.

Asomado al Parque Central de La Habana, de cuyas inmediaciones salían los taxis particulares hacia El Vedado, encendió un cigarro y observó el panorama circundante. Algunos de los más hermosos edificios de la ciudad estaban en aquel rectángulo, y se deleitó con sus arquitecturas de un eclecticismo pretencioso, empeñado en mostrar con muchos arabescos, columnas y volutas cuánto dinero y prosperidad había existido en una ciudad tan singular y equívoca. El antiguo Centro Gallego, convertido en teatro y espacio cultural, y el también otrora Centro Asturiano, devenido Museo de Bellas Artes, se desafiaban de un lado a otro del parque, exultantes de riquezas, como inmejorables testimonios físicos del éxito económico de sus promotores. A su lado, los viejos hoteles Inglaterra y Plaza, resurgidos, se ufanaban de su pasado glorioso junto a los también remodelados Telégrafo y Parque Central. La Manzana de Gómez, uno de los primeros centros comerciales del mundo, recibía al fin los beneficios de una reparación capital que la debería reconvertir en un hotel de lujo y en lo que antes había sido: un centro comercial, donde ahora se venderían los productos en una moneda que resultaba demasiado esquiva para la mayoría de los habitantes de la isla... ¿Una vuelta al pasado?...

Lo alarmante era cómo esa prepotente ciudad desde siempre había convivido, casi pared con pared, con el territorio degradado de El Murciélago y compañía: negros, chinos, putas, lúmpenes, proletarios, santeros y ñáñigos. Tal vez por ello la magnífica estructura física de los edificios aledaños al Parque Central le pareció a Conde más incongruente, ya no solo con las calles vecinas, sino con la estampa de los seres humanos y los engendros mecánicos que circulaban a ras del suelo, en el tórrido presente. Los viejos autos norteamericanos, reparados una y otra vez, rodados durante cincuenta, sesenta y hasta setenta años seguían imperando en esas calles. Su sola existencia desafiaba las leyes del mercado, de la mecánica universal y las del medio ambiente con su dilatada vida útil, convertida en ruidosas presencias y escapes negros, expulsados a chorros contra los pulmones de la gente y, en última instancia, hacia lo que quedaba de la capa de ozono. Por su parte, las personas que circulaban por centenares y miles bajo el sol todavía asesino de septiembre y a una hora a la cual se suponía que todos debían trabajar con sus mayores esfuerzos para un futuro mejor, parecían gastadas y mustias, más que los viejos fords o chevrolets o pontiacs. Se movían como hormigas a las que se les hubiera alborotado la cueva: deprisa o con lentitud, más parecían vagar que trasladarse con un propósito definido. Sudorosos y malencarados, mal vestidos y derrotados, muchos de ellos cargaban con una bolsa de tela o de nailon en las manos, por lo general vacía. ¿Quién trabaja en este país?, ¿por qué cada vez hay más personas con ese mal aspecto?, ¿adónde van, de dónde vienen?, se preguntó, observando el gentío en estampida, empeñados en atravesar las calles sin mirar, tal vez dispuestos al suicidio, o dedicados a estudiar el cemento o el pavimento como si esperaran encontrar el maná que brotaría de las entrañas de la tierra.

Conde sabía que, casi por obra divina (una virgen, y de contra, negra, rondaba en el ambiente), ese día él llevaba en los bolsillos una suma envidiable de dinero (treinta; no, ahora veinte dólares), pero que la mayoría de sus días vivía al borde de la inopia como muchos de esos coterráneos descentrados, girovagantes. Se preguntó entonces si cuando salía a patear las calles en busca de libros para comprar, alguien podría verlo a él como él los veía a ellos: como un alma en pena. Y, sobre todo, si a alguien en verdad le importaba el destino lamentable que compartían tantas y tantas gentes, durante tantos y tantos años...

Apenas unos minutos después, Conde comprendería que sus reflexiones sociológicas de filósofo existencialista tropical no tenían mucho futuro en el país desproporcionado y leve donde había nacido y vivía, en el que la lógica no tenía leyes... O poseía otras, indescifrables para los racionalistas. La desidia, la vía del menor esfuerzo, bajar la cabeza cuando pasa la cuchilla, no jugar con fuego porque el fuego quema eran estrategias de vida demasiado acendradas que, para bien o para mal, ayudaban a la supervivencia cotidiana y al mantenimiento de la salud mental de la gente. ¡Y al carajo la filosofía, el psicoanálisis y el cambio climático! Y corroboró la profundidad de aquella concepción del mundo (de alguna forma había que nominarla) cuando abordó el taxi particular que se dirigía hacia la zona de El Vedado —un Buick de los años cincuenta, con su carrocería reformada para que en lugar de siete pasajeros pudiera cargar diez— y en el momento de ponerlo en marcha el chófer-propietario-remodelador oprimió una tecla del reproductor de audio adosado a la pizarra del auto... A un volumen ensordecedor empezaron a sonar los golpes de un reguetón (¿el mismo del solar?, ¿o todos los reguetones eran un solo reguetón y por eso él no los distinguía?), a cuya irrupción los otros nueve tripulantes del taxi, incluido el chofer y excluido el Conde, respondieron con un casi coordinado movimiento de caderas y hombros, para luego comenzar a corear la letra de una canción que todos (con la vergonzosa excepción del Conde) se sabían, gruñido por gruñido.

Cuando el auto torció por la calle Neptuno, tan o más abarrotada que la zona del Parque Central, y comenzó a torear a peatones, carretillas y triciclos para pasajeros, el chofer, convertido en una especie de líder del coro, indicó a sus pasajeros que ya podían sumarse todos a la interpretación:

> Dame un chupi chupi
> Que yo lo disfruti
> Abre la bocuti
> Trágatelo tutti...

Y, mientras cantaban, los viajeros masculinos les indicaban a las viajeras femeninas el sentido de la petición de una mamada, al tiempo que ellas, complacientes, hacían la mímica de realizar la felación y deglutir con gusto y avaricia la eyaculación que estremecía a sus compañeros de viaje hacia el placer. Damas y caballeros, jóvenes y ancianos, semindigentes y bien vestidos usuarios del taxi colectivo parecían en ese instante ajenos a las tribulaciones del mundo y, sobre todo, a las de sus propias vidas, inmunes al calor y al vaho del petróleo que impregnaba al vehículo, empeñados en realizar una coreografía ritual que parecía ensayada con anticipación, y disfrutaban a ritmo de reguetón de un viaje entre suicida y asesino a bordo de un rugiente Buick de los años cincuenta devenido limosina de diesel *Made in Cuba.*

Descolocado, *alien* en su propia tierra, Conde no pudo evitar un nuevo asalto de su vocación de meditador: la pobreza feliz, filosofó. La tabla de salvación nacional.

2014. *La transparencia del tiempo* (2018), págs. 83-86

No creo, para nada, que Cuba sea el único país del mundo donde se produzcan manifestaciones de falta de urbanidad y respeto a la propiedad, el derecho y la privacidad ajena. Imagino (solo imagino) que algo similar puede ocurrir, digamos (solo digamos) en el devastado y analfabeto Haití, la pobrísima Burundi, o la superpoblada y tuberculosa Bombay. Tampoco pienso que estas actitudes sean nuevas entre nosotros. De alguna manera se practicaron en barrios insalubres y dejados de la mano de Dios, en zonas de alta concentración de personas y, por consiguiente, de insultante promiscuidad citadina. Lo que sí creo y pienso es que ese estado de ánimo caracterizado por la indolencia, la falta de conciencia en las consecuencias para los otros de los actos propios, la prevalencia de nuestros problemas («Lo mío primero», proclamaba el eslogan oficial) y el desprecio por los conflictos y derechos de los otros, se ha entronizado en la vida cubana de un modo que ya ni siquiera calificaría de alarmante. Porque ha pasado a ser natural.

La crisis de la década de 1990, durante los cuales la gente en la isla se jugó la supervivencia; el fraccionamiento de los estratos sociales que a partir de entonces comenzó a producirse y no ha dejado de crecer; los consabidos problemas en la educación con el éxodo de viejos y mejor formados maestros; las necesidades económicas permanentes en una ciudadanía que por el resultado de su trabajo obtiene un salario insuficiente para vivir; el quiebre de valores morales antes arraigados, entre otras, son las causas que han permitido, primero, el crecimiento de la marginalidad y, de manera mucho más abarcadora, la indolencia de las actitudes sociales, cotidianas y de convivencia de un porciento creciente de la población.

Si las razones muy concretas antes anotadas tienen un peso enorme en el proceso de generación de estos fenómenos, también habría que anotar como causa de su florecimiento la pérdida de autoridad que se ha vivido. Si bien es cierto que en la esfera política los controles se han mantenido con sus altos niveles de eficiencia, en la social se ha producido una distensión en la misma medida en que el Estado no ha sido ni es capaz de garantizarles a los individuos todos los medios necesarios para hacer una vida segura y digna. El quiebre de esta relación introdujo la relajación, y la relajación, el crecimiento de la indolencia a través de la pérdida de las normas más elementales de urbanidad y convivencia que deben imperar en una sociedad que se considere civilizada, gobernada.

Mientras, el tsunami del fatal estado de ánimo sigue creciendo y propagándose por La Habana y por todo el país. La muerte de las leyes existentes pero muchas veces no escritas de la urbanidad y la convivencia puede intentar resucitarse con actos punitivos, pero mientras no se llegue a la raíz, cualquier poda será una solución temporal. Y la raíz está en las condiciones de vida de las personas y en la educación.

Las crisis no solo alteran las estructuras de una sociedad. También afectan su salud. Y la sociedad cubana de hoy está enferma de indolencia, pérdida de valores, falta de respeto por el otro y ausencia creciente de urbanidad. Y los desmanes que genera esa insuficiencia siguen creciendo y diría que, lamentablemente, son casi indetenibles.

16
Tribus en La Habana

En una zona muy céntrica de la capital, mientras tanto, se manifestaría, como salida de las entrañas de la sociedad, una actitud que hubiera sido imposible concebir siquiera veinte años antes. La Calle G o avenida de los Presidentes, en medio del barrio de El Vedado, fue tomada por los jóvenes integrados a las distintas tribus urbanas del nuevo milenio. Emos, frikis, reparteros, rockeros, incluso cofradías de vampiros aparecieron en la sociedad cubana del siglo XXI proclamando un disenso respecto a las ideologías oficiales que propugnaron (y aún lo hacen, incluso con la misma retórica cansada, ya sin demasiada convicción) la creación de El Hombre Nuevo y reprimieron con vehemencia y hasta con violencia cualquier manifestación de «desviación ideológica», que, en sus tiempos, incluyó, como ya he anotado, desde el largo del pelo hasta el ancho de los pantalones, desde la música escuchada hasta las inclinaciones sexuales o las creencias religiosas, por no hablar ya de disensiones políticas.

En la novela *Herejes* (2013), Conde debe intentar decodificar las razones de la existencia de semejantes tribus urbanas que, de pronto, ocupan un sitio emblemático de la ciudad: el bulevar de la calle G, la antigua avenida de los Presidentes. Esta elegante arteria habanera ya había sufrido una significativa transformación física y simbólica cuando, en los primeros años de la Revolución, las estatuas de los presidentes republicanos a las que debía su apelativo fueron derribadas como acto de desagravio respecto al pasado republicano, o como borrón de la memoria. En su lugar, a lo largo de estas últimas décadas, en el paseo de la avenida se han ido colocando efigies de próceres de diferentes orígenes y épocas.

Conde necesita comprender las peculiares filosofías de esos jóvenes que alteran uno de los rostros de la ciudad y emprende un ejercicio que se le dificulta por la novedad de la existencia de semejantes agrupaciones, y también por los lógicos prejuicios propios de la edad y por las experiencias vitales de mi personaje. Pero, luchando contra sus limitaciones, el investigador llega a entender algo: esos jóvenes emos, frikis, rockeros y hasta vampiros evidenciaban una reacción contra el cansancio histórico de una sociedad que no los satisfacía y de la cual se automarginaban, en un acto de ejercicio del libre albedrío que (se supone) les corresponde como parte de su condición humana e, incluso, de sus derechos civiles. Esos jóvenes, al practicar su opción, fueron más libres y su presencia y existencia formaban parte de la ciudad, del país, de la sociedad cubana del naciente siglo XXI.

Pocos años después, muchos de esos jóvenes y otros más se convertirían en fantasmas, ausencias perceptibles: mientras abandonaban los espacios de la calle G, muchos de ellos escaparían del país por cualquier vía, pues ya no les alcanzaba una romántica militancia tribal y decidían que «la vida está en otra parte».

> En varias ocasiones, Conde había observado, desde la velocidad de un auto o una guagua, siempre con la más absoluta displicencia, la concentración de muchachos que, en especial los fines de semana, se habían adueñado de las noches de la calle G. Desde el principio, le pareció un espectáculo curioso,

poco comprensible y bastante singular. Según sabía, todo había comenzado como una reunión callejera de un grupo de aficionados al rock sin otro sitio adonde ir, y, poco después, derivaría en una concentración masiva de aburridos e inconformes, más autoexcluidos que marginados, empeñados en vaciar de sentido el paso del tiempo, revolcados entre charlas, tragos y cierres de noche con un enchufe sexual por cualquiera de los tomacorrientes disponibles. Pero poco más conocía de aquel mundo tan distante y distinto del suyo.

Mientras cenaban, algo le había explicado Yoyi.

—Lo que pasa con todos esos muchachos es que no quieren parecerse a la gente como tú, Conde. Ni siquiera a la gente como yo. Tratan de ser distintos, pero, sobre todo, quieren ser como ellos decidieron ser y no como les dicen que tienen que ser, como hace rato pasa en este país, donde siempre están mandando a la gente. Ellos nacieron cuando todo estaba más jodido y no se creen ningún cuento chino y no tienen la menor intención de ser obedientes... Su aspiración es estar *out*, fuera...

—Ya eso me está gustando más. Eso lo entiendo...

—Anjá, *man*. Ellos pertenecen a una tribu porque no quieren pertenecer a la masa. Porque la tribu es de ellos y no de los que lo organizan y lo planifican todo. —Y Yoyi apuntó hacia las alturas. [...]

Aquella noche, refrescada por la lluvia vespertina, la calle estaba desbordada de jóvenes. De un primer vistazo, Conde comprobó que la mayoría eran adolescentes, casi impúberes. Y que todos parecían haberse disfrazado para un carnaval futurista. Había círculos humanos alrededor de algunos dedicados a tocar sus guitarras; muchachos que deambulaban en uno u otro sentido del paseo central de la avenida buscando algo que no encontraban o tal vez no buscando nada; otros más, sentados en la tierra, sin duda húmeda por el aguacero de la tarde, se pasaban la botella plástica de dos litros de un líquido oscuro, de aspecto pringoso, al parecer de alto octanaje. Unos vestían ropas ajustadas, otros pantalones anchos; estos llevaban crestas de pelo engominado en las cabezas, brazaletes de verdugos medievales en las muñecas, cadenas con candados en el cuello y aquellos aros en las orejas, labios pintados y ropa rosada. Hastiados y alienados de una jerarquía opresiva, aburridos de todo, autoexpulsados, obsesos anatómicos y musicales de apariencias asexuadas, cándidos, irritados, militantes tribales, anarquistas sin banderas, buscadores de su libertad. Más que por una calle de La Habana, Conde sintió que caminaba por Puertomarte, por supuesto, sin Hilda. Pero aquello era La Habana: una ciudad que por fin se alejaba de su pasado y, entre sus ruinas físicas y morales, prefiguraba un futuro imprevisible.

2008. *Herejes* (2013), págs. 352-254

17
Los nómadas

Históricamente, las poblaciones se han movido. Empujados por alguna crisis, guerra, catástrofe, en busca de mejores oportunidades. La migración y el nomadismo son prácticas ancestrales. Y la Cuba contemporánea no podía ser una excepción en la práctica de semejantes comportamientos humanos y sociales. Más bien ha sido lo contrario.

Desde los mismos orígenes de la nación cubana, la emigración y el exilio han sido una problemática constante en la historia del país. El poeta José María Heredia, el primer cubano que expresa esa pertenencia, sufrió el exilio, y luego irían a la diáspora escritores como Cirilo Villaverde, Domingo del Monte, José Antonio Saco y el apóstol de la independencia, José Martí, todos en el siglo XIX. Mientras, a lo largo de la pasada centuria, Cuba vio marcharse, con o sin retorno, a centenares de sus hijos, pero a partir de 1959, la opción del exilio cobró la fuerza avasallante que tiene hasta hoy. Por motivos políticos, económicos, familiares, en las últimas décadas el país ha visto salir a más de dos millones de ciudadanos, lo que puede significar la quinta parte de su población. Sobre las características y las tramas de la migración de cubanos en los tiempos más recientes hablo en mi novela *Como polvo en el viento* (2020).*

* Cuando escribo estas páginas, se publica la cifra de más de treinta y ocho mil cubanos que en dos meses ingresaron por vías ilegales en Estados Unidos. En los dos últimos años, por una u otra vía, se calcula que han sido más de seiscientos mil los cubanos llegados al país del norte.

Desde la década de 1960, con los cambios socio-económicos que se producen en el país, se fomentó también una migración interna que ha sido parte de un fenómeno universal: el movimiento de personas hacia los grandes centros urbanos. En Cuba, ha sido La Habana la mayor receptora de migrantes internos, personas que se han adaptado a las características culturales de la ciudad (o no), y que a la vez le han inoculado las suyas.

La situación desesperada que se vivió en la década de 1990 fue más álgida incluso en el interior de la isla. Los cortes de electricidad y la falta de transporte y de alimentos resultaron casi asfixiantes. Empujados por tal situación, miles de personas, mayoritariamente habitantes del oriente del país, emigraron hacia La Habana buscando al menos una respiración. Y con estas oleadas de migrantes, quizás las mayores en muchas décadas, nacieron en el cinturón exterior de La Habana los llamados «asentamientos», esos espacios misérrimos en los que se procuraron un albergue los parias del momento.

Al triunfo de la revolución, en 1959, existían en La Habana varias villas miserias bautizadas en Cuba como «barrios de llega y pon»: llegabas y ponías cuatro horcones y una lona o una chapa para guarecerte de la intemperie, y ahí vivías. Eran sitios con escasa salubridad, construcciones precarias, pobreza generalizada. Y uno de los primeros planes del Gobierno revolucionario fue la eliminación de tales espacios. Mientras se legislaba una reforma urbana y se expropiaba a los dueños de más de un inmueble, que entonces pasaba a manos del Estado, que luego se lo entregaba en usufructo a los moradores que en muchos casos obtuvieron en unos años el título de propiedad. Al mismo tiempo se construyeron con rapidez barrios de habitaciones modestas pero dignas, adonde fueron trasladados muchos de los habitantes de los «llega y pon», algunos de los cuales por primera vez en sus vidas tuvieron la posibilidad de usar cotidianamente un servicio sanitario con ducha e inodoro. Otras personas —muchas veces por sus méritos políticos— fueron ocupando las casas que dejaban los que abandonaban la isla, pues la figura migratoria de la «salida definitiva del país» implicaba la pérdida de todos los bienes personales y los derechos ciudadanos del que partía.

Pero cuatro décadas después, con el crecimiento de diversas crisis —la económica y la habitacional—, los arrabales emergentes, los «llega y pon» volvieron a La Habana formando una especie de cinturón en la periferia de la capital. Invadiendo terrenos baldíos, los emigrantes levantaban habitaciones con los recursos que tuvieran a mano: maderas viejas, planchas de zinc, lonas impermeables. Sin acueducto, alcantarillas o servicio eléctrico, los moradores de estos lugares, pronto bautizados como «asentamientos» (la neolengua de la burocracia siempre busca términos eufemísticos), se servían de agua cortando alguna conductora cercana, de electricidad robándola de un transformador, mientras los desechos albañales eran canalizados en zanjas que corrían por las pendientes de los improvisados senderos del dominio.

Los esfuerzos de las autoridades, incluidas las policiales, por desalojar a los nuevos colonos de esos «asentamientos» donde todo era ilegal, fracasaron por la resistencia de la desesperación: para ellos no había retroceso y lucharon por su lamentable territorio conquistado, el único que poseían.

Y los «asentamientos» se reprodujeron y crecieron con el arribo de más y nuevos «invasores» para convertirse en parte de la ciudad, para sumarse al deterioro físico y espiritual en marcha, a la fealdad de la pobreza en ascenso.

En los últimos años, ante la imposibilidad de resolver el déficit habitacional del país, las autoridades han optado por maquillar las condiciones de los «asentamientos», o «zonas poco favorecidas», con algunas mejoras en las condiciones de vida de las personas, sobre todo invirtiendo en servicios básicos como la electricidad, el agua, el alcantarillado o el propio trazado urbano.

Cuando en *La transparencia del tiempo* (2018) Mario Conde se ve obligado a frecuentar uno de estos asentamientos, precisamente el ubicado en la zona de la periferia habanera de San Miguel del Padrón, vecina de la Finca Vigía de Hemingway, relata un viaje al inframundo de la capital cubana, a la infravida de los ciudadanos, al territorio de los olvidados que hacen patente un estado económico y social en creciente deterioro y que, con su presencia, complementan el ambiente caótico y degradado de la ciudad que se adentra en el siglo XXI.

> El hedor malsano del hacinamiento y la pobreza les salió al paso y los removió con el impacto de su fetidez inconfundible, agresiva. Era una mezcla dolorosa del extravío de las esperanzas, los efluvios aportados por las aguas negras fluyentes a través de zanjas descubiertas, los aceites fritos y refritos, los vertederos pútridos ambientados por millones de moscas zumbonas, los chiqueros improvisados donde se revolcaban los cerdos en el fango y en la mierda.
>
> [...] Candito le había confirmado su éxito en la búsqueda del nombre de un adventista afincado en el «asentamiento» de los orientales de San Miguel del Padrón y su disposición a acompañarlo. Carlos localizó al Conejo y este ratificó su presencia en la aventura, pues no quería perdérsela. Entonces realizaron las últimas coordinaciones y quedaron en encontrarse a las nueve de la mañana frente al solar de El Rojo, donde Conde los recogería con el auto ya apalabrado para la travesía, pues a pesar de la disposición de Yoyi el Palomo, él prefirió no mezclar el reluciente Bel Air de su amigo con aquel periplo incierto y quizá hasta arriesgado hacia un mundo desconocido.

A bordo del destartalado pero todavía eficiente Studebaker conducido por el vecino del Conde que de manera ocasional y clandestina se prestaba para esos servicios, los expedicionarios recorrieron una parte de la calzada de San Miguel del Padrón hacia el sudeste de la ciudad. Poco antes de llegar a San Francisco de Paula —el pueblo donde Hemingway había comprado su Finca Vigía y vivido por veinte años, y de donde, en cierta ocasión, Conde se había robado un blúmer que había conocido las más íntimas intimidades de Ava Gardner—, torcieron a la izquierda en busca de un barrio adosado a una colina y bautizado con el nada imaginativo apelativo de Alturas del Mirador. Los expedicionarios pudieron comprobar que desde allí se obtenía una panorámica del nordeste de La Habana, incluida parte de la bahía y el caserío donde se veneraba a la Virgen de Regla. Beneficiados por la altitud y la distancia observaron una ciudad que parecía apacible y hasta acogedora, colgada por encima de sus turbulencias.

Siguiendo las indicaciones de los vecinos, el chofer del Studebaker había conducido a través de un dédalo de calles llenas de furnias, salideros de agua, gentes y perros deambulantes, hasta alcanzar al último tramo transitable y lo que debía de ser el límite de la civilización occidental. Allí se desmontaron Conde, Candito y el Conejo y tomaron una calle de tierra hacia las lindes del asentamiento, como insistían en llamarlo sus moradores. Para garantizar la integridad del viejo Studebaker con el que se arreglaba la vida, su propietario permaneció en la retaguardia como custodio del auto.

Apenas se alejaron cien metros de la calle alguna vez asfaltada, los forasteros comprendieron que estaban trasladándose a otro universo, como si hubieran atravesado un hoyo negro hacia una dimensión diferente del tiempo y el espacio. Estaban penetrando en el territorio que Conde bautizó como el mundo de los invisibles. Los callejones de tierra apisonada, cada vez más angostos y tortuosos, de trazado irregular, describían el moldeado de la precariedad y la improvisación. A uno y otro lado de los senderos, recorridos por camellones que hacían prácticamente imposible el paso de cualquier vehículo que no fuese un tanque de guerra, se levantaban moradas que iban degradándose en sus estructuras físicas a medida que se intrincaban por alguno de los muchos vericuetos desgajados de lo que parecía ser la arteria central del asentamiento. Si al penetrar en el arrabal vieron algunas casas de mampostería, incluso con placas de hormigón, la improvisación y la pobreza muy pronto ganaban todos los censos posibles. Cuartones levantados con unos cuantos bloques y ladrillos, otros con maderas carcomidas, algunos con planchas de zinc en distintos niveles de deterioro y otros hasta con pedazos de cartón. Los locales aparecían cubiertos con los más disímiles materiales encargados de proteger a sus moradores de la lluvia y el sol: desde techos de zinc o madera hasta cubiertas de papel impermeable, llegando al extremo precario de coberturas de tela embreada o pedazos de nailon, fijados con algún trozo de piedra o viga de hierro. Las leyes del urbanismo, la arquitectura y hasta la de la gravedad resultaban desconocidas en aquel enjambre de aposentos miserables, creando una distribución caótica y asfixiante.

—¿Qué coño es esto, Conde? —preguntó el Conejo, que miraba a uno y otro lado como si no creyese lo que sus ojos le mostraban.

—La infravida —soltó el Conde su posible definición del ambiente circundante—. Es otra vida. Pero también es real.

—¿Esto es vida? —dudó el Conejo.

—Sí, Conejo, aunque quieran hacerla invisible —dijo Conde—. Te lo he dicho: siempre hay alguien que puede estar más hundido que uno... Más hundido que yo, por ejemplo...

—¿Y cómo es que hay gente tan jodida? ¿Aquí, en este

país? ¿A estas alturas? —preguntaba Conejo, alarmado, y se respondía—. Parece Haití, África... o el infierno... Y mira que yo nací en un lugar de mierda, pobre..., pero, qué coño, al lado de esto mi casa era el Taj Majal, chico...

—Tú no sabes lo que es la pobreza, Conejo —intervino al fin Candito, motivado a salir de su observador mutismo.

Muy pronto los forasteros sabrían que el lugar había empezado a poblarse en la década de 1990, cuando comenzó la Crisis y un grupo de personas del oriente del país, buscando cualquier solución a sus penurias, habían emigrado a la capital. Los exploradores esperaban encontrar una forma de sobrevivir y, por necesidad y por generación espontánea, habían ido a dar a aquel territorio despoblado, una especie de tierra de nadie en donde se empeñaron en establecerse con la rocosa tozudez de lo que en realidad implicaba su decisión: una cuestión de vida o muerte. Con cartones, pedazos de madera y tiras de zinc, los parias habían levantado las viviendas fundadoras y cavado las primeras fosas para almacenar sus desechos corporales. Entonces había comenzado una contienda sorda por la supervivencia, de la cual la mayoría de los habitantes del país jamás tuvieron noticias, pues no hubo noticias, como si los palestinos de la isla ni siquiera merecieran esa condición. Tratándose de una ocupación ilegal de terrenos del Estado, las diversas autoridades involucradas en el tema, incluida la policía, habían comenzado a hostigar a los ocupantes, pretendiendo sacarlos del lugar. Pero cada intento de desalojo era respondido con el retorno de los desplazados, acompañados en cada ocasión con nuevas familias de desesperados que seguían llegando de cualquier parte del país y se sumaban a los fundadores. En una noche resucitaban sus casas rústicas donde las anteriores habían sido derribadas y levantaban otras nuevas en parcelas aledañas, y allí sentaban sus reales, como los conquistadores que eran. Ante los cíclicos intentos de expulsión, los moradores del arrabal sin nombre comenzaron a colocar frente a las ofensivas de las fuerzas de la legalidad las barricadas de la necesidad, formadas por cordones de niños y mujeres, mejor si embarazadas, destinadas a impedir el avance de los carros policiales y las aplanadoras sin alma de los contingentes de constructores devenidos destructores. La lucha duró varios años y la sostuvo en pie la ausencia de otras opciones de unas gentes decididas a sobrevivir, incluso sin agua, alcantarillados, electricidad, hasta sin la cartilla de racionamiento que les garantizaba a los ciudadanos de la nación una cuota de supervivencia ofrecida a precios subsidiados. Fue una lucha en la que los agredidos no tenían retroceso, y sobre tal condición se sostenía su empeño y su fuerza. Gracias a tanta perseverancia y desesperación, obtuvieron su pírrica victoria: ante la imposibilidad de ofrecerles cualquier alternativa con un mínimo de dignidad, alguien había decidido mirar a otro lado y los dejaron vivir allí su precaria existencia, a condición de que fuesen invisibles. [...] Con leves variaciones, esa había sido la crónica del origen de los diversos asentamientos que, como pústulas, le habían crecido a la periferia de la ciudad: y solo varios años después de su nacimiento tuvieron algunos atisbos de visibilidad, porque ya resultaban demasiado patentes.

2014. *La transparencia del tiempo* (2018), págs. 151-155

18
Las caras de una ciudad

Muchos cronistas y visitantes que pasan por La Habana suelen ver en ella dos ciudades, diferentes aunque concomitantes: para unos es la urbe detenida en el tiempo, todavía majestuosa, reflejo de una patente riqueza pasada o recuperada en el presente; para otros, el imperio de las ruinas y las soluciones apresuradas o desesperadas que pervierten el espacio urbano de la capital cubana. Y lo cierto es que esas dos ciudades existen, son fácilmente visibles, a veces coinciden, pero a la vez funcionan como la máscara tras la cual se debe descubrir el verdadero rostro de otras urbes más o menos invisibles en las que existimos y vivimos: son espacios también reales, como el de los «asentamientos», y localidades en cierta forma marginadas de las rutas turísticas, como pueden ser Mantilla y otros barrios de la periferia por los que nadie pasa (incluidos en esa condición de invisibles los muy venidos a menos repartos proletarios de la década de 1970). Y también tienen su lugar en el mapa, para generar mayor contraste, ciertos recodos emergentes, más o menos remozados o vueltos a hacer visibles con unas manos de pintura y algunas luces, como ha ocurrido en los locales de los nuevos restaurantes, bares y hostales privados que en unos pocos años han ido apareciendo en la ciudad para disfrute de turistas foráneos y una casta de cubanos con capital para permitirse ciertos lujos.

Sí, La Dulce Vida. Era indispensable verlo para creerlo, y, luego de creerlo, se imponía pensarlo mucho para intentar entenderlo. ¿Aquel lugar estaba en La Habana, en la misma Habana en que vivían otros dos millones de personas sumidas en distintos grados de agobio sin saber que ocho, diez mil, como mucho veinte mil habitantes de la ciudad invertían sus noches en sitios glamorosos, caros, divertidos, sin asomo de consignas ideológicas? O con una sola consigna: disfrutar de la dulce vida o, dicho en el mejor habanero, gozar la papeleta.

Definitivamente algo empezaba a cambiar y estaba allí, como un germen en el ambiente. O era el ambiente mismo: visible, palpable incluso, en estado sólido.

Desde el ángulo del salón que se había asignado, Conde volvía a observar el panorama de La Dulce Vida y las cuentas seguían sin cuadrarle. La fauna que abarrotaba la barra, ocupaba las mesas o deambulaba por los distintos espacios del local no se parecía a la que cada día veía en las calles de su barrio o de otras partes de la ciudad. Conde separaba los evidentes extranjeros, la mayoría de ellos venidos del norte revuelto y brutal, de los otros parroquianos que, con cierta dificultad, conseguía identificar como compatriotas y la proporción se empeñaba en darle cincuenta y cincuenta.

Desde la noche anterior, la de su debut como vigilante anónimo del lugar, Conde había empezado a preguntarse quiénes podían ser esos cubanos que gastaban su tiempo en un sitio donde cada trago andaba por los cinco dólares, los platos por los diez o más, y se pedía un trago tras otro, un plato sobre otro (incluso bandejas con flores de jamón serrano, tablas de quesos franceses, pulpos a la brasa y mariposas de langosta, más cercanos a los veinte que a los diez dólares). Yoyi, que no le había confesado de dónde coño salían aquellas exquisiteces impensables en el archipiélago cubano, en cambio sí le había comentado que el consumo promedio por cliente andaba sobre los cuarenta pesos cubanos convertibles, más o menos equiparables a un dólar por peso. Y a Conde no le pareció mal, para nada.

El problema era que en el mismo país donde ahora existían negocios como La Dulce Vida (y había unos cuantos), la mayoría de los salarios mensuales no llegaban a ni a los cincuenta pesos convertibles que aquellas aves endógenas y nocturnas destripaban sin inmutarse en una jornada de diversión... a la que podía seguir otra y otra noche de despilfarro. Algo andaba mal en el consabido reino de Dinamarca. O algo empezaba a funcionar bien. Al menos para algunos daneses. Lo intrigante sería saber hasta cuándo.

2016. *Personas decentes* (2022), págs. 58-59

Esa Habana múltiple y única, tan múltiple y tan única como cualquier ciudad del mundo, con sitios visibles y rincones tapiados como los de otras muchas ciudades del mundo, es La Habana que en el año 2016 vive el instante de un extraño esplendor surgido de las entrañas de sus ansias y esperanzas, justo antes de que se produzca el nuevo, el muy dramático desastre que hoy atraviesan todas las esferas vitales de los ciudadanos y los espacios físicos de la capital y del país.

Los tiempos que corren entre 2015 y 2016 marcaron un hiato en el devenir anterior y lo que está siendo el declive posterior. Son los días del llamado «deshielo» cubano, cuando La Habana y Washington restablecen relaciones y se alcanza el clímax apoteósico con la visita a la isla del presidente estadounidense Barack Obama, seguido de un concierto de los míticos Rolling Stones en la explanada de la Ciudad Deportiva, un desfile de modas de la casa Chanel en el Paseo del Prado, un rodaje en las calles habaneras de varias secuencias de un episodio de la saga *Fast and Furious,* las visitas de Madonna o las Kardashian, la celebración de juegos de beisbol con profesionales de las Grandes Ligas norteamericanas y una infinidad de encuentros académicos, económicos, sociales, religiosos, deportivos, gremiales que revitalizan la vida habanera y hacen que sus habitantes recuperen algunas de sus ilusiones extraviadas de llegar a tener una existencia mejor.

El dinero se mueve, la gente se mueve, la vida se mueve y la ciudad detenida en el tiempo también se mueve. Aun sin tener todo el beneplácito oficial, decenas de sitios son habilitados como restaurantes y cafeterías, hostales y tiendas con mayor o menor glamur, se recuperan locales abandonados o se engalanan otros con la revelación de su prosapia, tapiada por décadas de churre. La imagen de La Habana recibe afeites que muy puntualmente mejoran su aspecto, porque no a todos los sitios de la urbe esos beneficios llegan con igual empuje. Las zonas céntricas e históricas de la capital reciben los mayores retoques, pero la ola cubre buena parte del territorio citadino y llega hasta periferias como las de Mantilla, donde se abren cafeterías y restaurantes, más modestos, pero también favorecedores del entorno, de la satisfacción de necesidades y de la economía de las gentes.

La Habana, a pesar de las rejas, muletas, furnias callejeras, falta de pintura, vidrios rotos, parecía revivir. Se sentía en el ambiente, se respiraba en el aire, se veía en las calles por las que transitaban decenas de viejos autos norteamericanos, algunos de ellos transformados en descapotables, que se paseaban cargados de turistas, muchos de ellos llegados del norte, con dólares para gastar y deseos de diversión semejantes a los que tuvieron sus abuelos allá por los años anteriores a 1959... Pero ¿a quién le interesaba sostener este inesperado estado de cosas que, por vía de la economía y el contacto social podía conducir a un cambio mayor en el estado de cosas que algunos han preferido eternizar?

Algo estaba ocurriendo, algo que deseaba ocurrir, y La Habana poco a poco dejaba de parecerse a La Habana. O, se rectificó el Conde, la urbe empezaba a sentirse más cerca de lo mejor que podía llegar a ser La Habana, esa ciudad narcótica, de perfumes, luces, tinieblas y fetideces extremas, el sitio del mundo donde él había nacido y le había tocado habitar por sus más de sesenta años de residencia terrenal.

Se percibía como un aura benéfica que se palpaba en el aire. Tal vez un estado de júbilo, de esperanzas, un ambiente de cambios o al menos de deseos de cambios, una necesidad de volver a tener la posibilidad de soñar, luego de tantos desvelos. Se recibía como un manto amable en descenso sobre la tierra, una niebla difusa pero visible, y la gente, como animales sedientos, asimilaba, procesaba y expresaba aquella atmósfera excitante. Luego de largos años de más carencias y extravíos de perspectivas, otra vez las expectativas se ponían en movimiento, se engendraban propósitos, y el personal, tan esquilmado, quería creer.

Conde no tenía que esforzarse demasiado para constatar las alteraciones ambientales que se generaban a su alrededor. Ya a bordo de un remotorizado, repintado y retapizado Oldsmobile 1951, dedicado al alquiler y encargado de cubrir la ruta entre su barrio periférico y la zona de El Vedado, al librero le bastaba con escuchar a la comparsa que lo acompañaba y armar un generoso acopio de anhelos y proyectos levantados con esmero.

El plan del pasajero con cara de caballo y collares de santería le pareció tecnológicamente atrevido, pues se proponía cortarle el techo a su Chevrolet 1956 para convertirlo en descapotable y alquilarlo a los turistas «yumas», son los que mejor pagan, y hasta te dan tremendas propinas, aseguraba. Elemental, el empeño de la mujer cuarentona, maquillada con abundancia, que comentaba el buen negocio hecho gracias a su más reciente viaje a Panamá para importar baterías triple A, tangas de las llamadas calienticos (las que dejan tres cuatros de culo al aire) y cajas de uñas postizas chinas con dibujitos, de esas que ahora llevaban todas las muchachas. Descorazonador, típico y más realista, el propósito del joven ingeniero devenido barman de un hotel frecuentado por extranjeros que reunía un capitalito para emigrar a España, pues si es verdad que esto ahora está bueno, dentro de poco se jode, como siempre pasa, afirmaba, y de paso le preguntaba a la cuarentona si ella llevaba puesto uno de esos calienticos, y la muy cabrona le decía que rojo, de encajes, porque ella era hija de Changó. Y más utópica (hay que ver adónde ha ido a parar la utopía), la aspiración del chofer, un negro con brazos de estibador que, con billetes de cinco, diez, veinte pesos doblados longitudinalmente, colocados por denominaciones entre los dedos de la mano izquierda, conducía solo con la derecha aquella máquina del tiempo, más propia de un comic de Dick Tracy que del 2016 en que vivían. Y el tipo confesaba que trabajaba doce horas al día tras aquel timón, pues el Oldsmobile, en realidad, era propiedad del explotador capitalista de su cuñado, pero él aspiraba a comprarse uno más o menos igual y entonces, entonces ¡a vivir!: se buscaría otro negro jodido como él para que lo trabajara y le entregara quinientos pesos cada jornada, mientras él, el negro afortunado, ascendido a explotador capitalista, se quedaba tranquilito en su casa viendo los juegos de pelota de los Industriales y los partidos del Barça, por supuesto que con una cerveza rubia en una mano y una rubia de carne y hueso en la otra, porque ustedes saben que a las rubias les encanta el chocolate espeso y... Quimeras, ansias, esperanzas...

> Sin embargo, en las calles que recorrían, donde ya ondeaban banderas y se alzaban vallas anunciando el inminente e histórico Congreso del Partido (obsoleto especificar de cuál), y, desde ya, convocando al desfile también histórico del 1 de Mayo, Día de los Trabajadores, el Conde veía pulular a ancianos con zapatillas gastadas y miradas mustias, en busca de los míseros sustentos alcanzables con sus jubilaciones, cada vez más menguadas por los precios de estratósfera que iba alcanzando la vida. Mujeres de gorduras falsas, hechas de harina y arroz con frijoles, enfundadas en licras que apenas atrapaban sus masas fofas pletóricas de colesterol del malo, en empecinada persecución del pan de cada día. Jóvenes con pelados estrafalarios, miradas iracundas, gestos exagerados de reguetoneros que vivían de lo que apareciese... Los incontables habitantes que no habían alcanzado turno en la cola de los sueños. La porción mayoritaria en la cual él mismo militaba.
>
> 2016. *Personas decentes* (2022), págs. 19-21

El frenazo que recibió ese tránsito esperanzador ha sido brutal. Mientras las instancias oficiales cubanas reaccionaban con suspicacia ante una evolución social y económica no planificada, que a veces escapaba de los abarcadores tentáculos del control, sucede que del otro lado del estrecho de la Florida se celebraron elecciones presidenciales y ocurrió lo que ni siquiera el propio candidato presidencial republicano esperaba que ocurriera: Donald Trump ganó las elecciones y, ya presidente, revirtió y canceló las políticas hacia Cuba de su antecesor e impulsó cientos de medidas encaminadas a fortalecer la vieja ley del embargo estadounidense, el ya casi eterno bloqueo que, con las estrategias de la administración Obama, parecía (al menos parecía) entrar en fase de agonía.

El ambiente festivo de 2015 y 2016 que invadió la isla, que estaba propiciando una transformación física y espiritual de La Habana y ofreciendo alternativas y esperanzas a sus ciudadanos, se esfumó de un día para otro, aunque todavía hubo un movimiento de inercia cada vez más lento, más lento, más lento y..., entonces, a finales de 2019 apareció en China un nuevo y agresivo virus que en unas semanas prácticamente paralizó el mundo y, dentro de ese mundo, Cuba..., y dentro de Cuba, La Habana.

Al filo de la medianoche, Yoyi se acercó al rincón de vigilancia de Conde. Todo el tiempo, el Palomo había estado pendiente del funcionamiento del negocio, cada vez más exigido por su éxito. Conde no solo admiraba lo que parecía ser un don de ubicuidad de su amigo, sino su sentido de la exquisitez en el servicio, como si toda la vida se hubiera dedicado a la profesión. Al parecer, allí nada faltaba, allí cada pieza funcionaba y Yoyi era el alma de tal eficiencia.

—Estoy hecho tierra —dijo al acodarse junto a Conde, y hasta su voz reveló los niveles de su cansancio. Con su código de señas le reclamó dos tragos al barman más cercano.

—Yo también estoy muerto —confesó Conde.

—Vamos a darnos un trago, nos hace falta. Pero nada más que eso, *men*, un trago...

—Un trago. Nada más —prometió Conde—. Hoy el ambiente está caliente.

Yoyi sonrió.

—Hay gente que se cree cosas...

—Sí..., se creen que se acabaron las clases, y no saben que esto es un receso. Y a veces hasta se olvidan de que los maestros y los conserjes están vigilando con la vara en la mano...

El otro asintió cuando el barman les colocó delante los tragos de añejo. Los dos amigos chocaron los vasos.

—Casi parece otro país —comentó Yoyi.

—Casi, pero no... La cosa puede desbocarse, así que ahorita viene el frenazo y vuelta a la posición anterior. Todo el mundo para atrás, todo para atrás.

—No, Conde, hay cosas que ya no pueden dar marcha atrás.

—Ay, Yoyi..., me conmueve tu inocencia. Deja que pase esta ventolera y tú verás cómo vuelven a apretar las clavijas. Es como los huracanes tropicales: pasan, joden, y luego se van, se pierden... Tú lo sabes: el dinero es bueno, pero el control es mejor. Y el dinero puede faltar, muchas veces ha faltado, pero el control no.

—Estamos en otro mundo, Conde.

—No, nada más es la ilusión. Por eso vuelvo y te repito, mi amigo, haz la zafra ahora, porque después viene el tiempo muerto.

Yoyi probó su añejo y negó con la cabeza.

—¿Por qué eres tan pesimista, *men*?

—Realista es lo que soy..., porque tengo sesenta y dos años y los he vivido toditos aquí, toditos.

—No me hagas eso, Conde..., no me agües la fiesta.

Conde terminó su trago y miró hacia el local.

[...] Y Conde sintió admiración, gratitud, respeto y un poco de pena por Yoyi el Palomo: había que ser muy hábil, capaz y temerario para haber vivido por años haciendo equilibrios en la cuerda floja. Sin malla protectora debajo. El Man, como allí le decían, era un cojonudo. Y, de contra, el muy cabrón hasta se comportaba como una buena persona. ¿Hasta cuándo resistiría? ¿Cuándo se cansaría, como tantos otros, y él también haría sus maletas para buscarse la vida, otra vida, en otras partes del mundo, un poco más ancho y al parecer no tan ajeno como siempre les habían dicho? Hoy estoy peor que nunca, se recriminó Conde. Estoy histórico, filosófico, psicológico, antropológico y comemierda. Y me quedan como dos horas de faena.

2016. *Personas decentes* (2022), págs. 387-389

19
La Habana pandémica y post

No resulta necesario describir cómo se transformó la vida habanera en 2020, pues casi todas las ciudades del mundo sufrieron las mutaciones y restricciones que generó la pandemia. El miedo a la muerte, de pronto más posible por los efectos del nuevo virus, afectó los comportamientos ciudadanos mientras los estados y gobiernos lanzaban medidas que recortaban las más diversas libertades, incluida la de movimiento. Las fronteras de los países se clausuran, las economías se tambalean, los toques de queda «en tiempos de paz» se convierten en realidad cotidiana, aceptada con sumisión por las personas... precisamente por ese mentado miedo a la muerte que está en el centro de la condición humana. El miedo que generó la paranoia fue el estado de ánimo universal de ese momento.

La pandemia, las mayores restricciones del bloqueo estadounidense aprobadas por el gobierno de Donald Trump (se hizo casi imposible el envío de remesas a la isla, por ejemplo) y la ya tradicional y profunda ineficiencia del sistema económico doméstico alimentaron la tormenta perfecta que desde entonces vive la sociedad cubana: falta de productos de primera necesidad, crisis en el suministro de combustible, incremento de los precios de todo lo necesario y lo innecesario, inflación galopante, deterioro de los servicios médicos y escasez de medicamentos incluso para enfermedades crónicas. Es el regreso de las carencias de la Crisis, solo que ahora falta hasta la imaginación, y quizás por eso ni siquiera se le ha dado nombre... Se dice en algún momento que es una «coyuntura», sin que se precise su duración. Aunque otra vez el ingenio cubano ha sintetizado la realidad del momento: «A todos los que se perdieron el Período Especial en los años noventa se les informa que ahora lo están retransmitiendo incluso con capítulos de estreno». O una opción más realista: «No se quejen de cómo están esta semana. La que viene estarán peor».

La Habana, que justo en 2019 celebraba con sus últimos recursos el medio milenio de su fundación, aquella misa bautismal y cabildo concretados bajo una ceiba y a orillas del mar, cayó al día siguiente del festejo en un marasmo que replica, con otras características y comportamientos, los años de la Crisis.

Porque las épocas son diferentes y los ciudadanos también lo son. El tejido social y económico compacto de la década de 1980 ya no existe y la depresión actual, que no tiene fecha de vencimiento previsible, está provocando consecuencias diferentes, como el empobrecimiento de muchos con la posibilidad del enriquecimiento de algunos que se aprovechan de las propias deficiencias del sistema para hacer su zafra. O provocando reacciones como el masivo éxodo de cubanos (más de medio millón entre 2022 y 2023), en su mayoría jóvenes (y muchos de ellos profesionales). O como la aplicación de medidas apresuradas y cada vez más torpes del Gobierno, que cerró el año 2023 con el anuncio de un paquete de medidas «necesarias para reimpulsar la economía nacional»: incremento del precio de la electricidad, el agua, los combustibles, eliminación de subsidios, más control para los negocios privados, aumento de impuestos, aunque también de salarios para algunos sectores laborales (incremento que se pagará, como es lógico, con las subidas impositivas a los privados). Ese fue el deseo oficial de una feliz Navidad en el 2023 y un próspero año 2024...

La prosperidad deseada para este 2024 ha sido muy extraña. Con más cortes de electricidad y escasez de alimentos, sin embargo, crece casi exponencialmente la cantidad de emprendimientos privados (las llamadas mypimes) mientras comienzan a recorrer las calles de La Habana decenas de autos recién adquiridos, algunos de marcas y modelos exclusivos. A la vez que se incrementa la pobreza (casi en cada vertedero de desperdicios hay alguien «buceando» en busca de algo todavía reciclable o vendible) se abren espacios de ocio y diversión en los que, los privilegiados, degustan exquisiteces y beben licores de calidades y marcas más excluyentes que exclusivas.

Todo ese rosario de calamidades y contradicciones viene condimentado con el incremento de la pérdida de la fe casi religiosa en un modelo sociopolítico cubano, igualitario y protector, inculcada por años... Y, en consecuencia, se advierte la difuminación, para miles de personas, de un sentimiento tan necesario para la vida como es la esperanza. A pesar de los discursos más o menos triunfalistas, del éxito económico de un pequeño sector de la sociedad, para la mayoría de los ciudadanos la desesperación y la tristeza están de fiesta.

> Desde la altura de aquel piso veinticinco se tenía la visión más reveladora, tan hermosa como agobiante, de la insularidad: la línea oscura de la avenida del Malecón, la serpiente gris del parapeto que resguardaba a la ciudad de los embates del mar, las rocas salientes en varios tramos de la costa y, apabullante, como un desafío, la extensión del océano, visible hasta donde

el planeta, al parecer en realidad redondo, iniciaba la curva de su descenso hacia los otros mundos. La fatal circunstancia de la que hablara Virgilio Piñera, el maldito, el inconforme marginado hasta un compacto ostracismo y la muerte más miserable a la que lo había empujado ese mismo hombre que había vivido en aquellas privilegiadas alturas.

Conde recordó que un par de años atrás, en un edificio cercano, había tenido la posibilidad de ver los límites de la isla desde una perspectiva similar. Y recordó que en ese momento la evidencia del encierro le había parecido dolorosa. Ahora, en cambio, le resultaba agónica, a pesar de las puertas del país que intentaban abrirse, aunque él sospechaba que, en realidad, solo se trataba, otra vez, de una ilusión, del sueño calderoniano.

2016. *Personas decentes* (2022), págs. 46-47

—¿Cómo te vas a ir? ¿Por dónde? ¿Para dónde? —preguntó Clara mientras colocaba las rodajas tostadas en un plato, para luego apagar la cafetera donde ya hervía el agua filtrada e invadía la cocina con su aroma.

—No lo sé, Mami.

—¿Tú lo has pensado bien, Ramsés? Te falta un año para graduarte de ingeniero...

—Y me voy a graduar. No sé dónde ni cómo, pero me voy a graduar. Te lo juro... Lo único que sé ahora es que me voy. ¿Y sabes por qué?

—Puedo imaginármelo... Porque te gustaría vivir mejor que aquí, ¿no?

—Sí, por eso también... Pero sobre todo me voy porque aquí, cuando me gradúe, me van a dar el título de ingeniero, uno más o menos igual que el tuyo, de la misma universidad donde tú te graduaste y... porque no quiero que a los cuarenta y pico de años mi vida se parezca a la tuya, Mami.

—¿Pero qué?...

—Perdóname si lo que te dije te ofende. Perdóname. Porque tú has sido la mejor madre que cualquiera pudiera tener, la persona que siempre piensa en los demás antes que en ella, que le puede dar a los otros hasta lo que no tiene..., porque eres la mejor persona que conozco. Pero tu vida se ha hecho mierda...

—¡Qué tú estás diciendo! —gritó Clara, al fin desatada su anonadada capacidad de reacción—. ¿Con qué derecho...?

—Claro que no tengo derecho a juzgar tu vida. Pero tú tampoco tienes derecho a decidir la mía. La cosa es simple... ¿Qué nos hubiera pasado a todos nosotros si el cabrón de mi padre no nos hubiera mandado lo que tú misma llamabas «los salvavidas»? ¿Y si Horacio y hasta el pobre Irving no se hubieran acordado a cada rato de nosotros? —Clara sintió que su hijo la lapidaba, con verdades incontestables más que con piedras pesadas—. Nada más te pido que no hagas de esto una tragedia y que me sigas queriendo igual y me perdones si digo algo que no debo... Sé que vas a sufrir ahora, que estás sufriendo ahora mismo, pero también que me vas a entender. Y me vas a apoyar, porque tú eres tú y eres mi madre. ¿Verdad, Mami?

2005. *Como polvo en el viento* (2020), págs. 418-419

Todo el país, quizás con más intensidad La Habana, busca opciones para la desesperación en que se vive, y la más expedita y recurrida ha sido la emigración, que, se afirma, es la más nutrida de la historia nacional. En La Habana se multiplican los carteles en las fachadas donde se anuncia la venta de las casas, y en sitios digitales domésticos se ofrecen residencias, con todo dentro, a precios que casi resultan ridículos —y sin embargo hay pocos compradores—. La gente lo vende todo para emigrar. Escapan del país hacia cualquier destino. La Habana se va vaciando, derivando hacia esa condición de urbe fantasma, de comunidad de viejos —de la que también emigran los viejos reclamados por los hijos y parientes que antes habían emigrado—. Es como las ráfagas de los huracanes tropicales: el viento gira y, en cada vuelta, arrastra algo, derriba lo que quedaba. El efecto es tremendo: en la ciudad donde siempre faltaron casas, ahora sobran, pues aunque el valor de los inmuebles que venden los que se van del país han caído, su precio sigue siendo inalcanzable para la mayoría de los que necesitarían comprar una vivienda.

Al mismo tiempo, en la ciudad en que languidecían los comercios gestionados por el Estado (casi todos, ya se sabe), con la aprobación de leyes que amparan la existencia de pequeñas empresas privadas, ahora brotan como por arte de magia todo tipo de negocios de las más disímiles imágenes y fines posibles. Cientos de puestos callejeros, más o menos improvisados o acomodados en un portal, ya habían comenzado a alterar la fisonomía de muchas de las calles y avenidas más transitadas y ahora son como una plaga indetenible. Más recientemente, gracias a la aprobación de las mypimes (2023), también se han montado nuevos espacios o se han ocupado los que el Estado les ofrece en arrendamiento, y se han abierto talleres, mercados, cafeterías y restaurantes con mayor o menor refinamiento y servicios y ofertas más o menos sofisticadas, muchas veces fuera del alcance económico de una gran mayoría de los ciudadanos que dependen de pensiones o salarios oficiales. Algunos de estos locales han logrado diseños más elaborados (vidrieras, luces, rótulos), que por su carácter parecen como caídos de otra parte del mundo y encajados en una ciudad que apenas logra metabolizarlos, con la que contrastan visual y económicamente. La rapidez del éxito comercial de algunos de estos negocios, además, ha puesto en evidencia la incapacidad de un Estado dueño de casi toda la estructura económica y productiva del país, por lo que su existencia es vigilada, controlada y gravada por ese mismo Estado abarcador que ve en estos negocios un desafío a su hegemónico control.

Pero, al mismo tiempo, y en el avance de un proceso que parece indetenible, en La Habana hay cada día más ruinas y más personas afectadas por la dolorosa fealdad de la pobreza.

Estamos viviendo un presente que no se parece al futuro que, sacrificios mediante, nos habían prometido. En realidad, un tránsito histórico que no se parece a nada o se parece a todo: un ascenso de la riqueza y el fasto y, a la par, aunque con ventaja, de la pobreza y la fealdad.* Una actualidad en la que mientras muchos jóvenes emigran, los miembros de mi generación, luego de años de trabajo, se jubilan con pensiones de unos dos mil pesos, cuando hoy, ahora, un cartón de treinta huevos se cotiza en tres mil pesos... Cuenta fácil: el dinero no les alcanza ni para comer un huevo diario, mientras los productos subsidiados por la libreta de abastecimiento (o de desabastecimiento) son cada vez menos, ya insuficientes para subsistir una semana.

El milagro cubano es que muchos cubanos viven de milagro. O de los «salvavidas» o «donaciones» que les hacen sus parientes desde el exterior. Por eso se dice que en Cuba es muy importante tener FE: familiar en el extranjero.

* Para un ciudadano que depende de un salario estatal alto, de cinco mil pesos, que al cambio ronda los veinte euros como máximo, no es posible siquiera pintar su casa cuando un galón de pintura cuesta justamente esa cantidad de dinero.

20
Apocalipsis Now

¿Y la ciudad?

En medio de estos dilatados, interminables años críticos, en los que la desesperación de la gente provocada por las carencias, la pérdida de poder adquisitivo y las infinitas dificultades de la vida cotidiana, atraviesa un dramático clímax que afecta a las mayorías (cuando más esquinas se convierten en vertederos y con cada tormenta veraniega puede producirse el derrumbe de uno o varios edificios vencidos por el tiempo y el abandono, y cuando las paredes están más agrietadas y despintadas), pues sucede que, en medio de ese panorama ya desolador, a La Habana también le han nacido y le siguen naciendo hoteles de cinco estrellas plus para un turismo de altas exigencias y estándares, unos visitantes que... aún no llegan y no se sabe cuándo llegarán a la isla.

Con esas nuevas edificaciones, la imagen de la ciudad se torna cada día más contrastante. Allí, en los lugares más céntricos, en el Paseo del Prado, o en El Vedado, o en el Malecón y la costa de Miramar, se levantan esos brillantes edificios de hierro y cristal que, de momento, parecen mausoleos vacíos, mientras otros albergues cercanos, también de propiedad estatal, se deterioran por una persistente «falta de recursos». Esos nuevos hoteles plus son como barcos fantasmas llegados de nadie sabe dónde y encallados en un litoral pantanoso desde donde las especies aborígenes los miran sin entenderlos, porque hablan en otra lengua, porque les son ajenos.

Y porque a unas cuadras de esos recién erigidos palacios rutilantes, con sus piscinas infinitas y sus lujosos bares repletos de bebidas inimaginables, esas instalaciones a las que nunca podrán acceder los habitantes cada vez más empobrecidos del país, hay también unas calles oscuras y llenas de furnias, flanqueadas por edificios en ruinas y casas no pintadas en décadas. Por esas calles más reales deambula el indigente que hurga en los latones de basura, el anciano que camina con sus zapatillas destripadas luego de hacer varias horas de cola en una farmacia para comprar —si pudo hacerlo— los medicamentos que escasean y necesita para seguir viviendo en su pobreza, la joven que se ha puesto en venta y la que busca visa para un sueño, como dice una canción.

Sumergidos en ese panorama de desoladores contrastes, mientras avanzamos por un sendero que siempre recuerda (y cada vez más) a la carretera postbélica de Cormac McCarthy y que conduce al mundo de las últimas cosas de Paul Auster, seguimos escuchando los discursos triunfalistas dichos en neo lengua del Gran Hermano, arengas que pretenden borrar memorias incómodas y ocultar el rigor del presente tras una misma y cansada retórica, prometiendo incluso que el próximo año (así se anuncia en cada diciembre) va a ser mejor. Pero la realidad más concreta y palpable es que el país se vacía mientras tanta gente escapa hacia cualquier destino más allá del Malecón, y mi espacio urbano se torna cada vez más ajeno y agónico, más violento, más rico para algunos y más pobre para muchos.

Si el milagro cubano es que los cubanos viven de milagro, el misterio habanero es que la ciudad, a pesar de todos esos pesares, sobrevive y, orgullosa de su historia y su prosapia, de sus bellezas patentes, sigue siendo el sitio al que muchos quieren ir, en el que otros muchos empecinados queremos estar, a pesar de todos los pesares, que son muchos. Y en mi caso —que también debe de ser el de otros— porque es el lugar donde soy y estoy.

Y por eso yo escribo. Escribo en mi casa del barrio de Mantilla, al sur de La Habana, en la misma casa y sitio donde nací, hace ya casi siete décadas y desde el que mis padres me invitaban a «ir a La Habana». Y mientras me empeño, intentando reflejar lo que va siendo esta vida cubana en los tiempos en que me ha tocado vivirla, o evocando la existencia pasada legada por otras memorias, ocurre que uno y otro periodista en diversos lugares del mundo me preguntan por qué sigo aquí. Y siempre doy la misma respuesta: estoy aquí porque pertenezco a este lugar, porque aquí está la razón de ser de que quiera y necesite escribir, aquí viven las personas de las que quiero expresar sus dudas, esperanzas, frustraciones, miedos. Porque aquí está mi lengua, este idioma habanero en el que hablo y escribo. Y porque tengo una conciencia ciudadana que me impulsa a cumplir la responsabilidad de fijar una verdad en la que creo, que seguramente no será la única verdad posible, que algunos tratarán de devaluar o tapiar o negar, pero que otros muchos saben que es verdad y que esa verdad exige que de ella también haya memorias como la mía, no solo discursos triunfalistas y justificativos, los eternos llamados a la resistencia, la convocatoria a más y más sacrificios. Y, claro, escribo porque me duele mi país, me duele mi ciudad y el único alivio que tengo para tanto dolor es precisamente escribir, aquí y hasta que pueda: observando y tratando de apropiarme de una atmósfera, mirando y percibiendo un creciente sentimiento de «ajenitud». Tratando, con palabras, de armar una sinfonía habanera, con acordes amables y con ruidos discordantes. Y siempre aquí, en mi casa de Mantilla, La Habana, Cuba.

Y lo haré hasta que me expulsen por lo que pienso y escribo o yo mismo me dé por vencido, que todo puede ocurrir, y entonces, igual que varios de los personajes de *Como polvo en el viento,* cierre a mis espaldas las puertas físicas de la ciudad, solo las puertas de la ciudad ajena, porque estoy convencido de que vaya a donde vaya, La Habana, la mía, se irá conmigo.

El barrio estaba siendo demolido por el empuje de un viento que corría a más de doscientos kilómetros por hora y era poco lo que se podía hacer contra aquella perversidad celestial, salvo rezar y esperar.

El Conde, que había olvidado hacía treinta años la primera de aquellas opciones, pensó si lo mejor no sería regresar a la cama y cubrirse la cabeza mientras la naturaleza realizaba su macabra maniobra purificadora. Sabía que dos horas después sobrevendría la calma, incluso cesaría la lluvia y saldría el sol, para alumbrar mejor el desastre. ¿Qué quedaría de aquella ciudad castigada y envejecida que el Conde llevaba en su corazón a pesar de no tener correspondencia en sus proporciones amatorias? ¿Qué sobreviviría de aquel barrio del cual no podía ni quería escapar, el único sitio en el mundo donde sentía la posibilidad de tener un mínimo lugar donde caerse muerto, o donde seguir con vida? Posiblemente nada: en realidad, la devastación había empezado mucho antes, y el huracán solo era el rematador feroz enviado para concretar las condenas ya iniciadas... Quedaría, si acaso, la memoria, sí, la memoria, pensó el Conde, y la certeza de aquella posibilidad salvadora lo hizo abandonar la cama, caminar hasta la mesa de la cocina y acomodar en su superficie manchada de quemaduras de cigarros, ácidos de limón y erosiones de rones vertidos, su vieja máquina Underwood. Sí, ya era tiempo de empezar. Entonces colocó contra el rodillo aquella hoja de una blancura prometedora y comenzó a mancharla con letras, sílabas, palabras, oraciones, párrafos con los que se proponía contar la historia de un hombre y sus amigos, antes y después de todos los desastres: físicos, morales, espirituales, matrimoniales, laborales, ideológicos, religiosos, sentimentales y familiares, de los que solo se salvaba la célula originaria de la amistad, tímida pero insistente como la vida.

Y el Conde escribía, confiado de que aquella historia de un policía, un joven herido, un muchacho que quiso ser un gran pelotero y se enamoró de una mujer diez años mayor que él, de un tipo empecinado en rehacer la historia, de una mujer bella, leve, pero con unas nalgas pétreas, de un escritor prostituido por su ambiente, y de toda una generación escondida, resultaría tan escuálida y conmovedora que ni siquiera el desastre de ese día de octubre y de todos los otros días del año podrían vencer el acto mágico de extraer de su cerebro aquella crónica de dolor y de amor, vivida en un pasado tan remoto que la memoria trataba de dibujar con tintes más amables, hasta hacerlo parecer casi bucólico. *Pasado perfecto:* sí, así la titularía, se dijo, y otro estruendo, llegado de la calle, le advirtió al escribano que la demolición continuaba, pero él se limitó a cambiar de hoja para comenzar un nuevo párrafo, porque el fin del mundo seguía acercándose, pero aún no había llegado, pues quedaba la memoria.

1989. *Paisaje de otoño* (1998), págs. 258-260

Segunda parte

La ciudad, memoria de algunos barrios, y de algunos personajes

El periodismo y la literatura han sido dos formas expresivas de canalización de mis obsesiones, que han corrido por carriles tan próximos que más de una vez se han tocado, se han contaminado, se han entreverado, incluso. Hacer periodismo y escribir literatura han sido, en muchos casos, dos vías concomitantes para hurgar en la misma realidad, conflicto, historia, para apropiarme de ellas, solo que con la conveniente utilización de los recursos propios de una y otra escritura. El trabajo con esos recursos, en mi caso, tiene que ver sobre todo con el destino del texto: el periódico, la revista, la agencia de prensa o, con otro sentido y función, para la publicación de un libro con una pieza de ficción. Pero la dignidad que intento dar al reportaje o la crónica periodística siempre ha sido la misma que he tratado de llevar a mis novelas y relatos, y tal vez sea esa una de las razones por las cuales he podido publicar varias antologías o reuniones de mis textos para diarios y agencias.

Mis primeras notas periodísticas las escribí a finales de la década de 1970, cuando aún era estudiante universitario. Es también el momento en que emborrono las cuartillas de mis primeros relatos de ficción. Ambas formas de contar o comentar o fijar realidades nacen, pues, en el mismo momento de mi desarrollo personal y sin tener yo todavía los instrumentos, la cultura, el dominio técnico necesario para hacerlo, pero sí la voluntad y la ambición de intentarlo. Y me lancé.

A partir de 1980, cuando concluyo mis estudios universitarios en la Facultad de Filología de la Universidad de La Habana, comienzo mi vida profesional ejerciendo el periodismo y vivo de ese oficio por los próximos quince años. En esa década y media fui crítico de literatura y teatro en la revista cultural *El Caimán Barbudo* (1980-1983), reportero en el vespertino *Juventud Rebelde* (1983-1990) y jefe de redacción y también crítico y periodista en la revista *La Gaceta de Cuba* (1990-1995), donde permanezco hasta el último día de 1995, en que renuncio a mi plaza y me convierto en el primer escritor independiente cubano, el 1 de enero de 1996.* Desde entonces, mi oficio es el de escritor (literatura, cine, ensayo), pero sin dejar de hacer periodismo, vinculado a diversos medios y agencias, con más cercanía y constancia con Inter PressService y sus oficinas cubana (La Habana) y central (Roma).

Todos estos años han sido, también, los que he dedicado a hacer mi literatura. Muy al principio de la década de 1980, escribí varios cuentos ya publicables y con ellos obtuve algunos pequeños premios y reconocimientos en concursos cubanos y extranjeros. Es en 1983 cuando me decido al fin a probar suerte con la escritura de una novela y comienzo la que, luego de redactar varias versiones a través de las cuales fue creciendo y engordando, sería *Fiebre de caballos*, concluida en 1984 y publicada en 1988, tras los cuatro años de espera que entonces eran habituales en el proceso editorial cubano.

* Es importante anotar que hasta ese momento no existía legalmente en Cuba la condición laboral de artista independiente.

Así, aunque comencé trabajando al unísono la escritura periodística y la de ficción, creo que la labor que cumplí en revistas y periódicos durante esa década de 1980 influyó mucho y estilizó la labor literaria. En el ejercicio reporteril ensayé estructuras, recursos narrativos, estrategias para la creación de personajes, y llegué incluso a romper viejos códigos, como el de ficcionar ciertos procesos históricos o momentos de la vida de personajes reales. Pero, sobre todo, hacer periodismo me permitió conocer en profundidad determinados acontecimientos, mitos, personajes de la historia cubana no oficial, en especial los del devenir habanero, un conocimiento que me enriquecería como individuo y me perfilaría como escritor... habanero. Y, por último, ese ejercicio me aportó una convicción: cuando escribes, es para comunicar algo.

Con muy amable nostalgia recuerdo ese período de intenso trabajo periodístico que absorbió todas mis capacidades y me mantuvo alejado por largo tiempo de la creación literaria. Son esos años en que publico mis extensos reportajes para *Juventud Rebelde* (varios de ellos salieron en dos o tres entregas, de domingo en domingo), ese período que va desde 1983 a 1990, o sea, los años que separan la escritura de *Fiebre de caballos* y *Pasado perfecto,* la novela en que nace Mario Conde, comenzada en 1990 y publicada en 1991. El lapso que media entre el novelista aprendiz y el que se siente con posibilidades de hacer una literatura con más dominio de sus capacidades.

Salir por la ciudad y por el país a buscar historias dignas de ser escritas para las ediciones dominicales del diario fue una aventura que realicé con todo mi entusiasmo y pasión. La mayoría de esos textos fueron investigaciones sobre asuntos, personajes, lugares de los que todo el mundo sabía algo, pero nadie lo sabía o lo recordaba todo, o simplemente habían sido olvidados, a pesar de que en algunos casos fueron momentos o personas importantes en algunas de las facetas de la vida nacional. De las decenas de reportajes y crónicas que por esa época publiqué, una selección de veintisiete textos integraría la primera edición cubana, en 1994, de la antología *El viaje más largo,* un libro que ha tenido impresiones en varios países a lo largo de tres décadas y que demuestra que el periodismo no es siempre un ejercicio efímero, sino que también puede gozar de una permanencia en el tiempo.

Como es lógico, La Habana fue el escenario de muchos de esos reportajes, algunos de los cuales los hemos escogido como pruebas representativas no solo de un ejercicio periodístico, sino también de una indagación en la vida capitalina que, por distintas vías, ha venido a nutrir mi relación con la ciudad y mi labor como novelista.

De manera muy evidente se revelan las conexiones de los reportajes sobre la historia del barrio chino habanero y el de la vida de Alberto Yarini con novelas como *La cola de la serpiente* y *Personas decentes.* Otros textos, como «Mi pasado perfecto» o «El Calvario, memorias del olvido», descubren algunas conexiones entre mi experiencia vital y la del personaje de Mario Conde. Las historias de músicos como Chano Pozo y El Chori se conectan con un libro tan musical como *La neblina del ayer.* La lucha de la memoria contra el olvido que se desarrolla en cada uno de esos textos es semejante a la que siempre procuro realizar desde mi novelística.

En las crónicas y artículos escritos y publicados después de 1995, La Habana siguió siendo un espacio recurrente. Diversos aspectos de la vida de la ciudad, muchos de ellos dedicados a registrar ese deterioro físico y urbano que he llamado «la deconstrucción» y el proceso de extrañamiento o «ajenitud», son reflexiones que bien pudieran estar en las novelas o que, de hecho, están en algunas novelas: la degradación de un espacio simbólico como es (o fue, ya no lo sé) La Rampa, la persistente presencia del Malecón como primera o última frontera urbana, la pérdida de valores morales y sociales que hemos vivido y que seguimos viviendo en La Habana y en todo el país.

La Habana real, periodística, y La Habana ficcionada, novelística, son una misma ciudad y su imagen y fijación en la memoria y en los textos revelan una búsqueda obsesiva en la que he vivido desde mucho antes de escribir mi primer artículo o cuento y que me persigue todavía hoy, como lo que es: una necesidad, una obsesión. Un reflejo de mi sentido de pertenencia y una crónica de lo que el paso del tiempo ha ido provocando en la imagen física y el espíritu humano de la ciudad a la que pertenezco en cuerpo y alma.

1
Mi pasado perfecto

Debía de tener yo unos once o doce años cuando mi tío Min me regaló el segundo uniforme de pelotero que tendría en mi vida. El primero que vestí me lo habían comprado mis padres cuando cumplí un año de edad y por algún rincón de la casa andan todavía un par de fotos en las que se puede ver cómo, a la vez que doy mis primeros pasos, visto aquel traje de franela, con la A azul del histórico club Almendares en el pecho, y encarno en mi breve estatura el sueño gigantesco de mi padre (el mismo que han compartido tantos padres cubanos): que su primogénito llegara a ser un pelotero famoso.

El traje que me regalaría diez años después el tío Min, en lugar de letras y números en azul los llevaba en rojo (aunque no recuerdo a qué club de poca monta representaban) y era un uniforme de adulto, obviamente grande para mi estatura de entonces, por lo que mi madre se vio obligada a hacer un trabajo de reconstrucción total para que yo pudiera usarlo en los incontables juegos de pelota en que solía invertir cada día de mi vida.

Entre el primer uniforme que me compraron mis padres y este traje desproporcionado que me entregó mi tío Min ocurrieron muchas más cosas que un simple crecimiento físico o la adquisición enfermiza de la pasión por el beisbol que me trasmitieron mi padre, mi tío y el aire que se respira en Cuba. Entre esos dos uniformes está toda mi niñez y, además, está el signo tremendo de un cambio de tiempo y de historia que alteró para siempre la vida de mi familia paterna, los Padura, y de la localidad habanera donde nacieron y crecieron, el barrio de Mantilla: el sitio donde todavía vivo, como un náufrago aferrado a los restos de un buque tragado por las corrientes de la historia y el tiempo.

Unos ciento veinte, quizás ciento treinta años antes —es un cálculo aproximado—, cuando nació mi bisabuelo Filomeno Padura, Mantilla no era siquiera una muesca en el mapa del Camino Real que unía la costa norte con la sur de la isla, partiendo desde el puerto de La Habana y llegando a la ensenada de Batabanó. Cinco o seis casas de madera y techo de guano, a la vera del sendero polvoriento o enlodado según los caprichos de la lluvia, difícilmente pudieron hacer pensar a mis tatarabuelos, cuyos nombres se perdieron de la memoria familiar, que alguna vez —más o menos cuando empezáramos a nacer y crecer sus tataranietos— Mantilla sería un barrio próspero y fraternal, en el que, a pesar de vivir ya varios miles de personas, todos sus vecinos se conocerían por su nombre y sus dos apellidos. Pero aquellos pioneros de la familia, que escogieron para hacer sus vidas aquel punto de la geografía habanera todavía innominado, con seguridad debieron de soñar que sus descendientes, los Padura, llevarían con indudable orgullo el singular apellido llegado sabe Dios por qué vías desde unas montañas de Vizcaya. Y lo harían no solo por haber sido una de las familias fundadoras del barrio que nombrarían «Mantilla», sino, y sobre todo, porque llegaría a ser el clan más próspero y numeroso de la localidad. Y estoy seguro de que tienen que haberlo imaginado, por la simple razón de que, al fin y al cabo, ellos también eran Padura y el orgullo a veces desmedido y hasta poco justificado por ese patronímico parece trasmitirse por vía genética.

El tío Tomás —que en realidad era el mayor de los tíos de mi padre, pero que tenía el honor y la responsabilidad de ser el *Tío* de toda la familia— era, en los años 60 del siglo pasado y gracias a sus casi nueve décadas de residencia en la tierra, el nexo vivo entre aquella Mantilla recién nacida y la Mantilla juvenil y vigorosa en la que yo nací en 1955. A lo largo de aquellos muchos años que el tío Tomás podía recordar con su mente prodigiosa para los detalles, Mantilla no había dejado de crecer, y la familia de los Padura, de pobres y empecinados recolectores de frutas que luego eran vendidas en los mercados de La Habana, se habían transformado en pequeños comerciantes, afortunados y pujantes, gracias a su trabajo tras el mostrador de un puesto de frutas y verduras o de una bodega, o en choferes de la ruta de ómnibus que, desde los inicios del siglo, había facilitado el tránsito entre Mantilla y el centro de la ciudad. Pero lo que mejor trasmitía el tío Tomás a las camadas de sobrinos y sobrino-nietos que escuchábamos sus historias, era el orgullo de pertenecer a una familia, casi un clan, para el que el trabajo había sido la fuente de todas las venturas y, gracias a lo cual, jamás, un miembro de la familia Padura había andado sin zapatos ni se había ido a la cama con la barriga vacía.

Ser un Padura, en la Mantilla de mi niñez, significaba recibir por vía sanguínea aquel orgullo ancestral de haber estado en el principio de algo y de haber conseguido el respeto y el cariño de los coterráneos gracias el éxito limpio del trabajo y el esfuerzo.

Por aquellos días, si uno quería saber qué significa ser un Padura en Mantilla, lo mejor que podía hacer era sentarse en el portal de la casona familiar de mis abuelos Juan y Juana, ubicada en el mismo corazón del barrio, es decir, frente al aglutinador paradero de ómnibus de la eficiente ruta 4. En el portal de la casa, que en la década de 1950 ya era de mampostería y placa, solían sentarse en las tardes mis tíos y tías, mi abuelo y mi abuela, mientras mis primos y yo gastábamos el tiempo en diversos juegos. Aquella reunión familiar solía convertirse en una especie de tertulia local por la que pasaban, a veces por unos minutos, a veces para quedarse toda la noche, los vecinos del barrio (blancos y negros, locos y cuerdos, pobres o afortunados) para conversar de cualquier tema o recordar tiempos pasados, mientras desde el paradero, al otro lado de la transitada calzada en que se había convertido el antiguo Camino Real, salían (a un ritmo que pronto disminuiría, hasta la extinción final), ómnibus tras ómnibus, muchos de ellos conducidos por algún tío, primo, sobrino, hermano, o cuñado de alguno de los sentados en «el portal de los Padura».

La Mantilla de esa época parecía una ciudad en miniatura. A pesar de que aquellos ómnibus de la ruta 4 llegaban en treinta y cinco minutos al centro mismo de la ciudad, para nosotros, los mantilleros, la zona más vieja y comercial de La Habana se solía sentir como un sitio distante y distinto, y tal vez por eso cuando nos desplazábamos hacia ella solíamos decir que «íbamos a La Habana». Pienso, también, que la razón verdadera de sentir aquella distancia entre Mantilla y «La Habana» se debía, además, a que uno no necesitaba salir del barrio si no era por un motivo muy especial, pues allí, en unas diez cuadras de la calzada, se podían encontrar escuelas, tiendas de ropas y víveres, un cine, peleterías, peluquerías y barberías, panaderías, dulcerías, bares, salones para jugar billar, una sociedad pública que organizaba bailes y otra privada para los empleados del paradero, varios puestos de comida ligera y un par de fondas para comidas más contundentes, una tintorería, una casa de socorros y un dispensario médico, una imprenta, ferretería y almacén para materiales de la construcción, varias bodegas que vendían lo imaginable y lo inimaginable, una iglesia para confesar ciertos pecados y una cárcel de tránsito para confesar otros, gasolineras, talleres de diverso tipo, una logia masónica, farmacias, tiendas de fotografía, mueblerías y, para rematar el panorama, un enigmático castillo inglés en la colina en que terminaba el barrio. Quizás lo único necesario para cualquier ser humano que Mantilla no ofrecía era un cementerio, pero para eso teníamos al vecino pueblito de El Calvario, un poco más allá del castillo inglés de tejado rojo.

Pero de todo lo que tenía la Mantilla de aquellos años, lo que más me atraía era la gallería ubicada justo frente a mi casa —y a dos cuadras de la casona de mis abuelos—. La gallería no era propiamente una valla de gallos donde se efectuaran combates, aunque podían celebrarse algunos. La gallería era, en su estructura, una destartalada casona de madera y zinc, con una pequeña valla circular al fondo, donde se entrenaban los animales. En el interior y el exterior de la casona estaban las jaulas donde se criaban los gallos que luego lidiarían en otras vallas de la ciudad. Como mi tío Tomás era un visitante asiduo de la gallería y mi abuelo Juan un fanático de las peleas de gallos, muchas de las mañanas de mi niñez, incluso muchas mañanas que están más allá de mi memoria, las pasé en aquel local, entre jaulas de gallos y sacos de maíz, escuchando las conversaciones del tío Tomás y mi abuelo Juan, con Garrido y Guayabo, los encargados de cuidar y entrenar los gallos, y los otros dueños de animales que allí se preparaban para el combate y la muerte.

Como un recuerdo indeleble de aquellas mañanas idílicas, en las que no existían la prisa ni la necesidad, llevo todavía conmigo un sabor y un olor que, espero, nunca me abandonarán: el peculiar e indescriptible olor de los gallos cuando sus plumajes eran lavados con una esponja empapada en agua mezclada con vinagre, y el sabor ácido profundo de los tamarindos, los frutos diminutos de aquellos árboles gigantescos y centenarios cuyos follajes cubrían todo el ámbito de la gallería.

Sentado en un taburete, recostado contra una pared, el tío Tomás solía contar, allí en la gallería, las historias de la Mantilla primitiva de su niñez. De todos sus relatos, el que más me impresionaba solía ser el de la única ocasión en su vida en que había pasado hambre (por causas no achacables al empeño familiar): había ocurrido durante los meses más álgidos de la Guerra de Independencia de 1895, cuando el capitán general español Valeriano Weyler puso en práctica una «reconcentración» de la ciudadanía para impedir que esta apoyara al Ejército Libertador. Con aquella práctica, Weyler había ejecutado el primer ensayo de los futuros campos de concentración y *gulags,* y había provocado la muerte por hambre de cientos de personas y a punto estuvo de acabar con la de mis bisabuelos y mi tío Tomás, pero no consiguió lo que ya era imposible: la victoria militar del ejército cubano.

Mi abuelo Juan, por su parte, mucho más pragmático y egocéntrico, solía hablar de sus viejas aventuras amorosas, de sus proezas como jugador de pelota y, con un énfasis especial, sobre la filosofía de las peleas de gallos, todo un sistema de pensamiento que él podía resumir en una frase: «nunca juegues si no estás seguro de que vas a ganar», y solía explicarme entonces los infinitos trucos posibles para lograr ventajas en una riña de gallos.

Mientras yo escuchaba embelesado las historias del tío y de mi abuelo Juan, una mutación profunda se estaba gestando en la vida de mi familia y de todo el barrio de Mantilla. En realidad, de todo el país. El 1 de enero de 1959 (es decir, cuando yo acababa de cumplir mis cuatro años) había triunfado el movimiento revolucionario comandado por Fidel Castro y, con el cambio de Gobierno, pronto empezó a instrumentarse un cambio de sistema político, social y económico que, en 1961, sería proclamado como socialista. Toda una serie de acontecimientos históricos (de los que aparecen en los libros de Historia) se sucedieron en aquellos tiempos de transformaciones radicales, esperanzas colectivas, sueños realizados, y el país empezó a ser diferente. Y, aunque al principio no lo notamos casi (yo apenas recuerdo haber notado algo), también Mantilla empezó a ser diferente, porque la revulsión profunda que engendra una revolución real recorrió todos los rincones de la isla y entró en cada casa del país.

Como recién entonces yo comenzaba a tener mis primeras nociones de la vida, la revolución que se instauraba y expandía fue mi medio natural y en él crecí sin tener otra imagen del mundo que la de aquel presente cambiante y la del pasado que relataba el tío Tomás. Las transformaciones, sin embargo, al principio apenas parecieron penetrar en el mundo de la familia de los Padura, que sostuvieron algunos de sus negocios, sus puestos tras el timón de los ómnibus de la ruta 4, las tertulias en el portal de la casa de mis abuelos, la afición por las peleas de gallos y el orgullo de pertenecer al clan más viejo y exitoso de un pequeño barrio de La Habana llamado Mantilla. Incluso, entre tantos acontecimientos que escapaban a mi capacidad de entendimiento, la salida hacia Estados Unidos de mi tía Delia, con su esposo y sus dos hijos, no resultó para mí una alarmante advertencia de futuras fracturas en el cuerpo familiar y en la vida de varios Padura.

Para mí todo respiraba la nueva normalidad revolucionaria cuando pude empezar a poner en práctica la que es, todavía hoy, una de las grandes pasiones de mi vida: jugar beisbol. Como en la Mantilla de mi niñez había varios placeres yermos y calles no asfaltadas, ideales para jugar a la pelota, disfruté desde siempre de una libertad sin límites para recorrer el barrio, con un guante en la mano y una gorra en la cabeza, participando de partidos de beisbol con los que serían mis primeros y más entrañables amigos, adquiriendo las habilidades y la filosofía de ese extraño deporte que los cubanos llevamos en la sangre y metiéndome en las entrañas del barrio que era mi casa y la casa de todos los Padura.

Creo que si pudiera hacer la contabilidad, dediqué más horas de mi niñez a jugar pelota que a cualquier otra actividad, incluso que a asistir a la escuela o a dormir. Bien despierto, en una calle o en un placer, soñaba ya con llegar a ser un jugador de beisbol reconocido (es la fama con la que más cubanos han soñado) y, quizás influido por el pensamiento de mi abuelo, me empeñé en competir para ganar y desde entonces me convertí en un competidor a tiempo completo. Y entre los sueños más persistentes que entonces cargaba estaba el de poseer un traje completo para jugar pelota, algo que ya se hacía imposible de conseguir por las vías normales, pues la escasez de productos y opciones empezaba a ser parte de la vida cotidiana del país en revolución.

Precisamente, quien más me alentaba en mi afición por el beisbol era mi tío Manolo, el hermano mayor de mi padre. Manolo, llamado Min en la familia, era un personaje peculiar, pues nunca había sido ni regular como pelotero, pero vivía ese deporte con una pasión desmedida, mayor incluso que la de mi padre, que, cosa curiosa, por esos años había decidido dejar de seguir los campeonatos cubanos cuando por ley revolucionaria se suprimió el profesionalismo y desapareció el equipo de su preferencia, los azules del Almendares (razón evidente por la cual mi primer uniforme había sido una réplica de los que usaba aquel equipo). Pero el tío Min, que había sido fanático del club Habana —los irreconciliables rivales del Almendares, esfumados también—, sí mantuvo intacta su pasión por la pelota y se dedicó por aquellos tiempos a dirigir un equipo de adultos que jugaba en los torneos de categorías inferiores.

La pasión explícita de mi tío y el fanatismo reprimido de mi padre mucho tuvieron que ver con mi vocación beisbolera, y creo que alguno de ellos llegó a pensar, al ver mis habilidades, que tal vez yo podría llegar a ser el primer pelotero Padura que jugara a un cierto nivel, lo cual habría sido la coronación del orgullo familiar.

Hay momentos y acontecimientos, interiores y exteriores, que marcan la existencia de una persona. En la mía ha habido varios que me gustaría rescatar: el día en que me matriculé en la carrera de Letras en la Universidad de La Habana y, sin saberlo todavía, empecé a desandar mi destino de escritor; haber conocido en el momento justo a la mujer justa, Lucía, mi compañera desde hace casi treinta años; el día en que comencé a escribir una novela titulada *Pasado perfecto* y decidí crear un personaje llamado Mario Conde. Antes de todos esos, creo que hubo dos demasiado importantes: como ya es fácil de colegir, uno es haber nacido en Mantilla y ser un miembro de la familia de los Padura; el otro fue recibir la noticia de que mi tío Min se iba de Cuba, para siempre, hacia los Estados Unidos.

Cuando uno tiene diez, once años, y ha vivido en un barrio fundado por su tatarabuelo que más de cien años después sigue siendo como una burbuja en medio del mundo, y si además uno no ha sufrido la muerte de ningún ser cercano, ni se ha acostado nunca con el estómago vacío, siempre ha tenido a su disposición una escuela y ha vivido con la cabeza llena de sueños de grandeza deportiva, cualquier desgajamiento de esa perfección es un terremoto. Y como un terremoto llegaría a sentir la partida definitiva y sin retorno de mi tío Min.

Tal vez, a causa de la decisión de mi tío tuve plena conciencia de que me tocaba abrir otra etapa de mi vida y de que ya nada volvería a ser como había sido. Tuve la noción, por ejemplo, de hasta qué punto mi entorno se transformaba cuando comenzaron a desaparecer muchas de las cosas materiales que simbolizaban mi niñez. Casi todos los sitios memorables de Mantilla habían empezado a esfumarse o a cambiar su destino (las sociedades, las tiendas, el cine, el paradero de ómnibus que era nuestro mayor orgullo, la bodega de mi padre y la quincalla de mis tías, y entre un largo etcétera, la gallería donde aprendí algunas cosas importantes de la vida). Pero la revelación de que vivíamos tiempos ya diferentes se produjo para mí cuando empezaron a desaparecer o a transformarse las cosas intangibles, pero no menos importantes, entre las que había crecido, entre ellas, la unidad física y geográfica de la familia Padura, pues tras la partida del tío Min se sucedieron las de otros tíos y tías, primos y primas, la muerte del tío Tomás y, años después, la de mis abuelos Juan y Juana y todos los tíos que permanecieron en Cuba. Con esos desgajamientos tormentosos se perdió parte de nuestra historia familiar y local, aunque no el persistente orgullo de pertenecer a una familia, pues todavía hoy, tantos años después, mis tíos sobrevivientes y mis primos mayores y menores arrastran por Nueva York, Miami y Los Ángeles la recóndita satisfacción, manchada de nostalgia, de llevar nuestro apellido, la satisfacción que nos inculcaron el tío Tomás y el abuelo Juan, sin duda porque a ellos se la habían inculcado su padre Filomeno y aquellos remotos fundadores Padura de cuyos nombres nadie en la familia consigue acordarse.

Una de las sensaciones más extrañas que suelo vivir en los últimos tiempos es la de caminar por las calles del barrio de los Padura. A la ausencia física de lugares y personas entrañables se suma una sensación de «ajenitud» que siempre me agrede con la certeza de que, aun siendo el mismo, mi barrio ya no es el mismo. Lo de menos, en realidad, son los lugares cuyo destino cambió o se perdió de forma definitiva. Lo más desgarrador es la ausencia de tantas gentes, de tanta memoria, que se han dispersado por la ciudad, por la isla y por el mundo, provocándome un sentimiento de extrañeza y añoranza, que a veces suelo achacar a los años que voy acumulando en las espaldas.

Han pasado cuarenta años desde aquella tarde en que el tío Min me entregó el que sería el segundo traje de pelotero que usaría en mi vida. Todavía puedo recordar cómo sentí un arrebato de felicidad al recibir el obsequio. Sin conciencia real de lo que significaba para mi tío aquel desprendimiento, disfruté la posibilidad de ser uno de los pocos afortunados que podría jugar pelota de completo uniforme, como los peloteros «de verdad» que yo tanto admiraba, aun cuando, a pesar de los esfuerzos de mi madre, nunca me quedó del todo bien aquel bendito uniforme. También puedo recordar la tarde en que se produjo la despedida definitiva de mi tío. Los abrazos, besos y llantos finales se produjeron en el portal de la casa de mis abuelos, y, sin tener una cabal dimensión de lo que aquel momento significaba en la vida de mi familia, pude respirar la tristeza del ambiente y la sensación de ruptura irreparable que estábamos viviendo.

Al día siguiente, al regresar de la escuela, salí a jugar pelota, como hacía cada día. La diferencia sustancial es que esa tarde yo iba con el segundo traje de pelotero que usé en mi vida y fui la envidia de todos mis amigos. No puedo recordar si jugué mejor o peor que en otras ocasiones, pero quiero creer que lo hice con más orgullo que nunca, pues el uniforme que llevaba tenía en la espalda un número veintidós y seis letras formando un arco sobre él: Padura. De lo que no tenía idea, en realidad, era que ese día estaba ocurriendo algo más irreversible, mientras jugaba un simple y cotidiano partido de pelota: ese día yo dejaba atrás mi niñez en las calles de un barrio fundado por una familia que ya nunca, ni el barrio ni la familia, volverían a ser los mismos.

NOTA BENE: En noviembre de 1992 visité por primera vez la ciudad de Nueva York. Mi propósito era, además de conocer la ciudad más famosa del mundo, encontrar a un viejo músico cubano que vivía allí desde 1929 y era como el gurú de la historia musical cubana en la Gran Manzana. Mi intención oculta, sin embargo, era visitar a mi tío Min, establecido desde su partida en la zona de Queens. Luego de concertar una cita telefónica, una mañana me presenté en su casa. Mi tío era un anciano, y me pareció un hombre cansado de la vida, que se sostenía en pie solo por un motivo tan válido como cualquier otro: ver jugar pelota al equipo de los Mets de Nueva York, que se había convertido en su club favorito. Aquella mañana, mientras comíamos unas hamburguesas y bebíamos unas malteadas en un Wendy's cercano a su casa, le recordé al tío Min la historia del uniforme de pelotero que me había regalado veinticinco años antes, cuando preparaba su salida definitiva de Cuba. Mi tío Min no se acordaba de la existencia de aquel traje.

Pocos años después, sin haber vuelto jamás a Cuba, Juan Manuel Padura murió en Nueva York. De aquel traje de pelotero con el número veintidós y el apellido Padura en la espalda que me dejó en herencia, solo queda el recuerdo de un niño que se sintió como un príncipe al poder jugar, vestido de completo uniforme, en una calle polvorienta de Mantilla.

2006

2
Entre el Malecón y la nostalgia

Alguna vez he dicho que el Malecón de La Habana es el parque público más largo del mundo. Y es que en toda la extensión de sus varios kilómetros de recorrido, este parapeto de hormigón, que va bordeando el mar desde el interior de la bahía de La Habana, en el este, hasta la desembocadura del río Almendares, en el oeste de la ciudad, cada noche de verano se convierte en el punto de reunión más concurrido de la isla, el sitio al que parecen conducir todos los caminos.

¿Por qué el Malecón? ¿Solo por la probable brisa del mar que en las noches refresca la atmósfera tórrida de la capital cubana? ¿También porque su altura es la apropiada para utilizarlo como asiento? ¿Quizás por ser un espacio económicamente democrático al que cada cual puede llegar con su botella de ron y disfrutar, solo o acompañado, de una noche de tragos incosteable para tantos cubanos en otros sitios de la ciudad? ¿O será además porque allí la gente, en especial los más jóvenes, se sienten más libres, más dueños de sí mismos, a pesar de que el mar los limita por un flanco y, por el otro la policía los observa en sus continuas rondas?

Más que cualquier edificio, más que cualquier plaza antigua o moderna, más que cualquier parque público, el Malecón es el símbolo que mejor caracteriza a La Habana, el que la sintetiza y define como ciudad marítima para la cual esa condición costera es un alivio y una condena: en esa frontera que marca de modo tan evidente el muro del Malecón comienzan y terminan los sueños de muchos cubanos, esos anhelos múltiples —que a veces están en el interior de la isla, otras en el mundo que existe más allá del mar— sin cuyo conocimiento no es posible entender el alma profunda de una sociedad.

Si alguien quiere tener una idea de qué cosa es Cuba, un principio inevitable resulta tratar de ver qué cosa es La Habana: porque aunque La Habana no es Cuba, de muchas formas en esa ciudad radica su corazón. Y el motor que impulsa al músculo vital es precisamente ese Malecón que se desborda de olas agresivas ciertos días de invierno y de personas acaloradas y en busca de distracción en las noches veraniegas.

En una sociedad en la que el igualitarismo socialista se desvanece y que se va estratificando económicamente a una velocidad desconocida hasta hace muy pocos años, las posibilidades materiales de las gentes se van readecuando y los polos sociales se van distanciando. Una proyección evidente de esa naciente redistribución social se manifiesta en los sitios a los que acuden las personas según sus posibilidades económicas. En La Habana, una minoría favorecida se mueve entre paladares (restaurantes privados) y bares cada vez más lujosos, negocios nacidos al calor de una política más permisiva con la pequeña empresa privada, vencedora absoluta sobre la empresa estatal en la calidad de sus servicios: hoy, en La Habana, desde reyes foráneos hasta políticos (incluidos los norteamericanos), desde empresarios hasta turistas y esos cubanos financieramente favorecidos (más de los que cabría imaginar) pasan sus noches en sitios de gestión privada como La Fontana, El Patio de Liliam o La Guarida (restaurantes con años de existencia) o en El Cocinero, Estarbien o Vista al Mar (entre los de más reciente creación) o en bares de copas, sacados de revistas de diseño, ubicados en los sitios más atractivos de la ciudad.

Mientras tanto, una mayoría abultada de cubanos se mueve por lugares más discretos (o por ninguno, pues sus bolsillos no se lo permiten) y el Malecón parece ser el más recurrido, el mejor y último refugio.

Pero, ahora, la «amenaza» de una invasión de viajeros norteamericanos que se ha concretado a partir del inicio de conversaciones entre los gobiernos de Washington y La Habana, que han dado como resultado más sonoro la reciente apertura de embajadas de ambos países en sus respectivas capitales, ha puesto en tensión a la isla y, en especial, a La Habana. A diferencia de otros visitantes (canadienses y alemanes, por ejemplo), que buscan en Cuba destinos de sol y playa y prefieren permanecer atrincherados en sus hoteles «todo incluido» de las playas de Varadero, la cayería del norte-centro de la isla o de los balnearios de Holguín, los esperados norteamericanos podrían venir buscando otras cosas, pues playas, con servicios de mayor calidad las tienen en la Florida, en Bahamas, República Dominicana o Cancún (con la opción del juego incluida)... ¿Qué tiene Cuba para ellos, además del morbo político que provoca probar la fruta tanto tiempo prohibida? Pues la curiosidad histórica del regreso a un sitio mítico en la memoria afectiva norteamericana, una plaza con códigos culturales conocidos hace muchos años y, por añadidura, con una seguridad callejera excepcional en América Latina.

Esta es una relación histórica y una coyuntura presente que potenciará el destino cubano, en especial el habanero. Y tomando a La Habana como epicentro, varios hombres de negocios (algunos de ellos abiertamente mafiosos, como Meyer Lansky, cuasi residente en La Habana de la década de

1950) por ese entonces planeaban convertir la costa norte occidental de la isla, desde Mariel a Varadero, en un paraíso para turistas donde podrían encontrar de todo. Y de todo significaba de todo...

Quizás el único sector de la ciudad que se prepara con velocidad para el nuevo y exigente desafío sea la zona colonial, la llamada Habana Vieja. Desde el área del Parque Central, con sus edificios y hoteles emblemáticos (el teatro García Lorca, el edificio Bacardí, los hoteles Telégrafo, Plaza, Inglaterra y Parque Central), centros culturales y bares famosos (El Floridita de Hemingway y el Sloopy Joe's de Errol Flynn), hasta las inmediaciones del puerto y las más viejas plazas de la ciudad (la de la Catedral, la de Armas, la hermosa Plaza Vieja), el territorio más histórico de la capital cubana se ha ido llenando de espacios con diversos fines culturales y recreativos que vuelven a ser referencia para el visitante que vendrá buscando lo nuevo, pero... también lo conocido por una memoria cultural detenida pero viva.

En el resto de la ciudad, más dispersos pero no menos emblemáticos, son y cada vez serán más referenciales sitios como la Finca Vigía, donde vivió y escribió Hemingway por veinte años, o el mítico cabaret Tropicana, donde antes cantó Nat King Cole y en el cual, en un futuro no muy lejano, podría cantar... ¿Celine Dion?, ¿o Rihanna y Beyoncé, que ya se pasearon por La Habana? Algo similar está ocurriendo con los hoteles históricos, anteriores a 1959, con su sabor de época acentuado por los años: los albergues típicos del período emblemático de la década de 1950, como el Riviera, el Capri, o el Habana Libre, originalmente Hilton, y, sobre todo, el magnífico Hotel Nacional (abocado, por cierto, al Malecón), sede en un momento de reuniones de la mafia italoamericana, para las que cantaba Frank Sinatra.

Entre un pasado congelado pero visible en una ciudad

que físicamente se estancó hace sesenta años y un presente en evolución hacia una sociedad de formas y relaciones extrañas, La Habana vive su presente y mira con suspicacia hacia un futuro de momento impredecible... La Habana se ofrece entre la nostalgia, con sus símbolos sobrevivientes, y sus nuevos sitios de altas exigencias económicas, aunque siempre pasando por el espacio democrático y popular del muro del Malecón, sobre el que cada noche se sienta el corazón más verdadero de Cuba.

2015

3
La Rampa

Durante diez, quince años, una parte inalienable del espíritu de la ciudad de La Habana estuvo sintetizado en cinco cuadras, con sus bocacalles adyacentes. Esos años, que corrieron desde mediados de la década de 1950 hasta la agonía del decenio de 1960 fueron posiblemente los más animados, contradictorios, promotores de cambios (políticos, económicos, morales) que se vivieran en Cuba desde la independencia hasta la llegada del turbulento Período Especial en la década de 1990. Y todo aquel sentimiento de renovación, de búsqueda de lo nuevo, de exploración de la modernidad, tuvo sus mejores y más nítidos reflejos cubanos en el tramo de calle 23, pendiente entre L y la frontera del Malecón: la emblemática Rampa habanera.

Tal fue la profundidad de la relación de este espacio urbano con la vida del país que el arquitecto italiano Paolo Gasparini definió a La Rampa no como un sitio, sino como un «estado de ánimo», como le gusta recordar al también arquitecto Mario Coyula, estudioso de las esencias pasadas y triste presente de este emblemático paseo capitalino.

Diseñada y construida en lo fundamental entre los años finales de la década de 1940 y la mitad de la de 1960 (en el año 1966 se termina la heladería Coppelia, obra de Mario Girona), la Rampa consiguió en sus tiempos de esplendor convertirse en el corazón palpitante de la ciudad, desplazando de ese sitio al centro anterior, esencialmente comercial y mundano, ubicado en el cruce del Paseo del Prado y la calle Neptuno, la famosa esquina del pecado, junto al Parque Central. El éxito de La Rampa, sin embargo, tuvo que ver más con su vocación social, cultural, nocturna, gracias a lo cual se fue llenando de cines, restaurantes, estudios de televisión, clubes de jazz, hoteles, galerías, centros de arte y diseño, cafeterías, cuya enumeración sería casi interminable, además de algunos edificios de apartamentos, como el Retiro Médico, y el que llegaría a ser el más emblemático espacio expositivo habanero, el modernísimo y funcional Pabellón Cuba, inaugurado en 1963 precisamente con ocasión de reunirse en La Habana el VII Congreso de la Unión Internacional de Arquitectos que pretendió renovar con espíritu de vanguardia los por entonces todavía revolucionarios arquitectura y urbanismo cubanos.

Tan acogedor y propicio resultó el espacio físico de La Rampa y la utilidad pública de sus instalaciones que con notable facilidad el espíritu de la época también recaló en la avenida y sus sitios aledaños. La música cubana de aquellos años gloriosos de la década de 1950 y de principios de la siguiente, tuvo en los espacios del entorno sus más notables escenarios: desde el restaurant Monseigneur, animado por el imprescindible Bola de Nieve, hasta el Rincón del *Feeling*, sobreviviente aún en la década de 1980, donde recalaban César Portillo, José Antonio Méndez y otros renovadores de la canción cubana, pasando por los escenarios más sofisticados del Salón Rojo del Capri, El Parisién del Hotel Nacional y los más diversos clubes, como El Gato Tuerto y La Zorra y el Cuervo, donde bolero, jazz y *feeling* se daban la mano y abrían el abanico de opciones. Las exposiciones de artes plásticas también tuvieron hitos en La

Rampa, pues desde los mismos mosaicos empotrados en el granito de sus aceras, obras de maestros cubanos, hasta el apoteósico Salón de Mayo, forman parte de la realidad y la memoria gráfica del país. Los dos cines emblemáticos, el Radiocentro (Yara) y La Rampa, convertido en cine de ensayo, son parte de la memoria fílmica de dos generaciones de cubanos, como lo fueron las pequeñas salas teatrales de la zona. Y hasta la literatura, con obras como *Tres tristes tigres,* de Guillermo Cabrera Infante, en una época vecino de La Rampa, y la presencia viva en sus inmediaciones, en sus instalaciones y a través de sus evocaciones de los escritores cubanos de aquellos años, tuvieron su espacio en esa misma Rampa donde, en la recién inaugurada heladería Coppelia, solían reunirse los integrantes de la primera etapa de la revista *El Caimán Barbudo*.

Sin embargo, no solo de creadores y consumidores de cultura, de eventos históricos, de edificios emblemáticos se pobló La Rampa. Su verdadero destino se lo entregó la juventud de aquellos tiempos, en buena parte proveniente de la muy cercana colina universitaria y otras facultades próximas, pero absolutamente variopinta y ansiosa de libertades. La Rampa fue, por ello, el muestrario de las primeras melenas, las primeras minifaldas, los pantalones de tubo y de campana, las muchachas sin brasiers, los homosexuales desprejuiciados, los primeros fans de los Beatles y los Rolling, incluso de los primeros hippies tropicales, todas aquellas especies que, en una época de mayor rigidez política y supuestamente ética, resultarían fumigados con tanto esmero y encono en nombre de la homogeneidad y la prisa por el nacimiento de un Hombre Nuevo.

Pero tan fuerte resultó el espíritu encarnado en La Rampa que su aliento incluso sobrevivió a la época del cierre de los clubes nocturnos, a la Ofensiva Revolucionaria, a las cacerías de brujas de los años finales de la década de 1960 y los tiempos drásticos y aplanadores del decenio de 1970, pletórico de ortodoxias. Fue la época en que la Casa de la Cultura Checa se convirtió en sitio de referencia, al igual que los ciclos cinematográficos de La Rampa. Aquel empuje hasta resucitó en la década de 1980, cuando el Festival de Cine se hizo carne de la avenida, con las noches interminables del Hotel Nacional, un tiempo en el cual todavía era posible escuchar en el Pico Blanco a César Portillo y hasta a Elena Burke y Omara Portuondo, gastar unas horas en el Coppelia, comprar una ropa diferente en el Centro Experimental de la Moda y sostener el ejercicio tradicional de andar «Rampa arriba, Rampa abajo», por el simple placer de caminar por el corazón moderno de una ciudad que resistía los embates de una desidia institucional que empezaba a ser alarmante. Quizás el acontecimiento capaz de marcar lo que va siendo el destino trágico de La Rampa, el fin de su esplendor y su providencial glamur cultural, fue el incendio del local del antiguo cabaret Montmartre, reciclado como el gigantesco restaurante Moscú, convertido desde aquellos días hasta hoy en la ruina dolorosa que encarna físicamente la muestra más alarmante de lo que fue y ya no es.

Porque no solo desidia y falta de recursos han agredido el espíritu de La Rampa hasta llevarlo a su agonía actual. Quizás esos dos elementos se hayan combinado para impedir la resurrección del Montmartre/Moscú, para transformar en pústulas los balcones desconchados del Retiro Médico, para impedir la implosión del edificio Alaska sin que nada nuevo haya crecido en su territorio, para que la vida nocturna haya languidecido y se haya dolarizado... Porque tal parece que algo mucho más macabro ha rondado sobre el destino de la calle más céntrica de La Habana para que un espacio como el de la tienda Indochina se transforme en local de control de pases de un ministerio, para que la Casa de la Cultura Checa devenga Centro de Prensa Internacional sin funciones culturales, para que las vidrieras de la antigua Ámbar Motors estén casi siempre tapiadas y definitivamente subutilizadas, para que el Centro Experimental de la Moda se convierta en nada, para que el Mandarín haya perdido su encanto y sea un restaurante de mala muerte y peor vida, para que espacios privilegiados se conviertan en oficinas bancarias que se oscurecen a las tres de la tarde, mientras el Pabellón Cuba muestra unos jardines muchas veces más poblados de desperdicios urbanos que de plantas ornamentales.

Al menos para mí, habanero que paseé La Rampa en mis tiempos de estudiante pre y universitario, es evidente que no solo la economía ha influido para que los bares y cabarets del Habana Libre se hayan convertido en sitios ajenos y sin mayor encanto o para que el Coppelia no conserve nada de sus atractivos sociales; para que varios de los clubes nocturnos y restaurantes de la zona hayan perdido su carácter o cerrado sus puertas mientras las amables cafeterías Wakamba y Carabalí ya se sabe ni qué cosa son; para que, mientras se construye en otras partes de la ciudad, la esquina de 23 y O, y el costado de K entre 23 y 25 sean furnias donde se siembran plátanos y se levantan casetas rústicas... Y lo pienso así porque creo que no solo la mala economía le ha robado el espíritu de modernidad, irreverencia, búsqueda de placeres corporales y mentales, de juventud, en fin, ese que por décadas se deslizó por esta pendiente habanera cuyo fin u origen, es el mar.

¿Se trata de una agonía por muerte natural o parte de un plan de asesinato con premeditación y alevosía? Quizás pensar en la intencionalidad del crimen resulte algo rebuscado. Pero, con o sin intencionalidad, el resultado está siendo el mismo. La Rampa está muriendo, está cada vez más muerta, y no es por vejez.

2013

4
El Calvario, memorias del olvido

> Y cuando hubieron llegado al lugar llamado Calvario...
>
> LUCAS, 28:33

Aquel Viernes Santo la isla de Cuba era azotada por un sol que hacía recordar los peores veranos de su historia. Por eso, cuando el fugitivo Zachary Turner, ateo convencido y burlón, detuvo su caballo al pie de la colina, pensó que, de cualquier forma, un día como aquel hubiera resultado muy molesto para morir crucificado.

Con las manos en la cintura, el hombre rubio y sudoroso buscó un resquicio libre entre el follaje de ceibas y algarrobos silvestres y sus ojos pálidos como el cielo del trópico observaron entonces la pequeña población de casas blancas y triple campanario de piedra. Zachary Turner sonrió, pues nadie podía negar que había llegado a uno de los confines del mundo civilizado, donde resultaría prácticamente imposible que alguien lo encontrara.

Regresó a donde había dejado su alazán y extrajo un libro de las alforjas. Lentamente, uniendo las sílabas con dificultad, el hombre leyó el fragmento preferido del grueso volumen que —solo por mantenerse en forma— se había robado en una librería de La Habana. «Nada revela mejor la indigencia y atraso del El Calvario», leyó, «que la circunstancia de carecer de botica, y de no tener más que un solo médico, al cual tiene que recurrirse para todos los casos de enfermedades y aun de reconocimientos judiciales...» «Pues bien, *ladies and gentlemen*», pensó, «aquí está el tránsfuga Zachary Turner, el boticario que necesita El Calvario.»

El hombre abordó nuevamente su cabalgadura y tomó el camino que conducía al pueblo. Al alcanzar la cúspide de la colina, llegó hasta sus oídos el sonido opaco de un tambor y un coro de voces que, al parecer, lanzaba un lamento. El jinete dobló a la derecha y de pronto se encontró en la pequeña plaza de una iglesia de mampostería, por cuya puerta principal brotaba, en ese instante, un grupo de hombres y mujeres ataviados de negro y precedidos por la efigie de un Cristo crucificado y sangrante. En procesión, los fieles recordaban el aniversario número 1833 del suplicio del Mesías.

Desde su caballo, el recién llegado observó cómo recorrían las pedregosas calles del pueblo, mientras el párroco Manuel Iturrondo recitaba sus latines con voz de barítono acatarrado, y alcanzaba el punto más alto de su escala al leer el versículo que contaba: «Y cuando hubieron llegado al lugar llamado Calvario, allí le crucificaron, y a los malhechores uno a su derecha y otro a su izquierda». Zachary Turner miró al sol y no pudo evitar un leve estremecimiento.

El fugitivo esperó a que la comitiva se hubiera alejado por la calle de los Ángeles, y decidió, por primera vez en su agitada y pecaminosa existencia, entrar en una iglesia. Cuando traspuso el umbral del templo, el hombre se detuvo horrorizado: sus ojos de ateo se vieron agredidos por una imaginería infantil y colorida, rústica y salvaje, de modesto barroquismo, destinada a recordar el martirio del señor de aquella religión milenaria y dolorosa.

Zachary Turner comprendió rápidamente que aquel no era sitio para un alegre fugitivo, buscado desde el final de la guerra por la justicia de la Unión Norteamericana, acusado de veintiséis asaltos a mano armada y otras fechorías menores y mayores en los desangrados estados del sur. Salió de la iglesia y, refugiándose del sol bajo un álamo de tronco maltratado, encendió un habano dispuesto a esperar que el pueblo recuperara la normalidad. *«Oh, my God»,* bostezó.

Un nombre para el calvario

La localidad de El Calvario —donde por primera vez se comerían helados hacia 1868, gracias al talento emprendedor de Zacarías el Americano y el genio gastronómico de Sebastián Wong— era, aquel Viernes Santo de 1866, un pueblo moribundo, condenado al olvido. Aunque su fundación databa de los años ochenta del siglo XVII, en los tiempos de la llegada imprevista de Zachary Turner era una villa de doscientas cincuenta casas —una sola de mampostería y alto— y mil quinientos habitantes, incluidos los trescientos treinta y siete esclavos y los setenta y cinco chinos que allí vivían.

Sus primeros habitantes, según todo parece indicar, fueron unos canarios tozudos y sin retorno, que no comprendieron la primera señal que les dio aquella tierra baldía: en sus esfuerzos por sacarle productos al suelo, los agricultores descubrieron que, a un metro de profundidad, la tierra se convertía en una capa compacta de piedra caliza, estéril y porfiada. Pero, aun así, decidieron quedarse allí —justamente a dos leguas provinciales y media del sur de La Habana—, pues se consideraron a salvo, cuando menos, de cualquier acometida de corsarios, piratas o invasores ingleses.

En 1685, los canarios fundadores levantaron la primera iglesia de tabla y guano y comprendieron que necesitaban un santo patrón a quien ofrecer el rústico altar mayor. Debió de ser entonces cuando Lázaro Hernández, el más emprendedor y lúcido de los isleños, propuso al improvisado cabildo el nombre de Santo Calvario... El suplicio de los emigrados canarios por lograr la subsistencia en aquella agreste colina debió de parecerle comparable con el de Aquel que fuera crucificado en otro monte rocoso y estéril, como este, pero de Jerusalén.

Rápidamente, la Iglesia cedió al pueblo su bíblico y locuaz apelativo, y los canarios acordaron que cada Viernes Santo sacarían en procesión de via crucisl la Santa Cruz, para recordar el martirio del redentor de los cristianos

Pero, por tener un nombre, la suerte de El Calvario no mejoró. Aunque los rudos canarios hicieron fructificar la tierra, abonándola con su abundante sudor, y lograron colocar en los mercados habaneros su producción de verduras, huevos y leche —después de fracasar en el cultivo de caña y tabaco—, el pueblo creció muy lentamente y hasta 1735 su iglesia no adquirió categoría de parroquia, gracias al indulgente obispo fray Juan Lasso de la Vega, que la segregó de la sede parroquial mayor de La Habana. El otro gran éxito de El Calvario, en este siglo, fue su conversión en cabecera de la localidad rural, en 1765.

Pero la ingrata estrella de aquel caserío de guano y tabla volvió a brillar en el firmamento del año de gracia de 1779, cuando un incendio lo devastó. Sin embargo, los descendientes de los antiguos canarios tampoco atendieron a esa nueva señal de la fortuna: prefirieron reconstruir el pueblo y mantenerse aferrados a su tierra sin futuro.

Lázaro Hernández III, más tozudo y menos lúcido que su abuelo, se dedicó entonces a recoger donativos para la construcción de la nueva iglesia, de teja y piedra. Su inauguración con bancos e imágenes de estreno se produjo en el año del Señor de 1780, aunque, como nuevo castigo para el pueblo condenado al olvido, el obispo Santiago Hechavarría tomó la inesperada decisión de retirarle su categoría de parroquia, y se la bajó a la de auxiliar de la iglesia de Guanabacoa...

Zacarías el americano

Poco tiempo después de la silenciosa llegada de Zachary Turner, abrió sus puertas la primera droguería de El Calvario. Con el dinero adquirido en sus facinerosas aventuras por Mississippi, Tennessee y las Carolinas, el fugitivo norteamericano decidió convertirse en honrado comerciante y pasar en paz los últimos años de su vida. Por fin, El Calvario tenía su añorada farmacia.

Pero Zacarías el Americano, como lo conocerían los moradores del pueblo, no se limitó a la venta de medicinas, hierbas e infusiones, sino que introdujo la modalidad de vender helados y confituras en un rincón del mostrador que se convirtió en el más concurrido del lugar. Con una sorbetera adquirida en La Habana, las variadas y abundante frutas que le llegaban de La Chorrera y Cruz de Palma y el arte refinado de Sebastián Wong —un chino pequeño y meditabundo, amigo de los refranes y sentencias—, la máxima atracción de la droguería fueron sus helados de anón, chirimoya, mango y mamey. Zachary Turner devino, rápidamente, el más próspero de los siete comerciantes de El Calvario.

El pueblo olvidado vivió, entonces, sus mejores años: desde 1850 tenía un comisario dependiente del sexto distrito de la policía; en 1865, por el costo de mil ochocientos pesos, el constructor Francisco Gutiérrez y García levantó un nuevo cementerio, con paredes de mampostería y rejas de hierro, que vino a sustituir el abierto y silvestre camposanto de la Loma de la Corona, donde —por su excesiva modestia— solo eran enterrados los esclavos, los chinos y los blancos más pobres. Además, desde la mitad del XIX se había comenzado la explotación de las canteras de San Miguel, donde laboraban más de ciento cincuenta esclavos y se construían las mejores lozas para patios y zaguanes que se producían en La Habana... Pero los dueños de la cantera, lógicamente, no vivían en El Calvario.

A mediados de la década de 1880, un acontecimiento singular vino a revolver, por unos días, la vida de monotonía de la localidad rural que ya tenía bajo su jurisdicción los caseríos de Mantilla, La Chorrera y San Agustín. Cuentan que una mañana de invierno apareció frente a la iglesia del pueblo un lujoso cortejo fúnebre, de procedencia desconocida y con el símbolo heráldico de un condado inglés. Pocos minutos después, todos los habitantes de El Calvario se sumaron a la insólita caravana mortuoria que llevó hacia el cementerio el inesperado cadáver de una condesa británica... Catorce pasos a la izquierda de la puerta principal fue abierta una sepultura en la que se colocó, con bandas de oro, el lujoso ataúd de aquella aristócrata que quedó sin nombre para la historia de El Calvario. Su enigmática cruz solo anunciaba: E.P.D. MARGARET.

Sin embargo, las mejoras parciales no alteraron el aspecto del pueblo: su economía agrícola estaba arruinada y los vecinos vivían al borde de la mayor pobreza. La iglesia estrenada en 1780, mientras tanto, empezaba a deteriorarse, y desde 1838 cada sacerdote que oficiaba desde el altar mayor se quejaba al obispo de las malas condiciones del recinto. Y ya en 1900, el párroco de El Calvario, «dando cuenta del estado ruinoso de la iglesia», escribió: «La iglesia de mi cargo se encuentra en tan malas condiciones que amenaza desplomarse, si no toda, parte de la techumbre. El maderaje está podrido y, cuando llueve, puede decirse que cae libremente el agua peor que si nada la cubriera, por no ser repartida».

Mas, a pesar de ese voraz olvido, en la guerra de 1995 El Calvario se convirtió en tierra de mambises y aportó gran cantidad de jóvenes a las tropas insurrectas de Adolfo del Castillo. La llegada de la independencia no fue especialmente benéfica para aquel poblado, que ya no podría dar alcance a los prósperos caseríos que, sin su fatalidad ancestral, crecían a su alrededor, condenándolo a la dependencia perpetua.

Epílogo

Un día de 1965, en la plaza de álamos que se extiende frente a la iglesia de El Calvario, se celebraba un partido más de la interminable y reñida serie de pelota al flojo que, durante largos años, celebraron los Descamisados de Mantilla y los Mataperros de El Calvario. Ninguno de los integrantes de los dos equipos sabía que aquel terreno y la iglesia del fondo habían sido declarados Monumento Nacional.

Se jugaba el tercer *inning* y el partido iba ocho por tres, favorable a los Mataperros, que por aquella época dirigía Panchín Bola de Pelo. Al bate estaban los Descamisados y abría la tanda Danilo El Gordo, cuando se escuchó un terrible estruendo que puso en fuga a jugadores y fanáticos... Varios minutos después de la explosión, cuando regresamos al terreno, comprendimos que, al fin, la iglesia de El Calvario había perdido su techo...

A la mañana siguiente el tío Tomás, octogenario, lúcido y conversador, llegó a mi casa en su invariable visita de cada mañana. Después de entregarle la única taza de café que bebía en su recorrido matinal —distinción que otras tías y parientes envidiaban a mi madre—, le relaté al tío el derrumbe ocurrido en la vieja iglesia de El Calvario.

Entonces, con los ojos brillantes, el tío me contó que, en los años noventa del siglo pasado, él solía acompañar a su madre cada domingo a las misas de El Calvario, aunque a él nunca le importó demasiado aquel ritual: lo mejor del viaje era que, después del oficio religioso, su madre lo gratificaba con un helado de anón de los que se vendían en la farmacia del pueblo. El tío Tomás me dijo entonces que aquellos helados los fabricaba un chino muy viejo y delgado, que se movía sin prisa a pesar de la mirada pálida del propietario de la farmacia, un hombre rubio, encorvado por los años y de expresión aburrida, al cual —si la memoria no lo traicionaba—, le decían Zacarías el Americano.

—Cuando murieron Zacarías y el chino —me contó, finalmente, mi tío—, yo dejé de ir a la iglesia, porque en El Calvario nunca se volvieron a vender helados como aquellos.

1985

5
La Maestranza, último capítulo de una larga historia

Desde hace algún tiempo, la zona demarcada por las calles Cuarteles, Cuba y Chacón, en la parte más vieja de La Habana, se ha convertido en punto de atracción para habaneros y visitantes. Debajo del asfalto que ya no existe han quedado develados, como testigos inmejorables de una época, los restos de la Maestranza de Artillería que hasta el surgimiento de la República funcionó en este lugar. Cimientos de solidez pretenciosa, cañerías para el enfriamiento y desagüe, balas capaces de hundir un navío y largas hileras de cañones, echados en tierra, como cachalotes vencidos, hablan de lo que allí existió.

Pero lo que no suelen saber quienes observan los restos de aquella gigantesca fundición es que la Maestranza solo fue el último capítulo de una larga historia, iniciada en el remoto siglo XVI, cuando los españoles aún vivían de conquistas y los indios no eran un amargo recuerdo sin retorno.

1

Al parecer, hasta los más mínimos actos del valiente Hernando de Soto estaban encaminados a eternizar su memoria. Tal vez por ello, su olfato de predestinado lo guio en el instante de escoger el paraje donde ordenó levantar la primera fortaleza de La Habana, sabiendo, quizás, que esa sería una zona histórica. Y su instinto, en esta ocasión, tampoco lo traicionó, pues en ese lugar preciso se alzaría, tres siglos después, lo que sería uno de los últimos reductos activos del colonialismo español en América; e incluso 442 años después de la muerte de Hernando, la zona llegaría a ser lo que los especialistas denominan «un sitio arqueológico privilegiado».

Pero aquella mañana de 1539, cuando el aguerrido aventurero —calificado por el Inca Garcilaso de la Vega como «la segunda mejor lanza que pasó al Nuevo Mundo», solo superado por el rebelde Gonzalo Pizarro— partía a conquistar los reinos de la Florida, desde la boca de la bahía solo vio una tímida construcción de madera y piedra, con una torre a medio levantar. Y justo desde la cúspide de la torre inconclusa, su constructor, Francisco Aceituno, le dio a Hernando de Soto el adiós definitivo.

Tres años más tarde, sin materializar conquista alguna, Hernando de Soto moriría en los pantanos de la Florida, atacado por unas comunes fiebres tropicales contra las que su valor y su coraza nada pudieron. Sin embargo, en La Habana seguía en pie el bastión que él había ordenado levantar y desde cuya torre, al fin terminada, los defensores de la ciudad oteaban el inmenso mar.

Pero, también como Hernando, su fortaleza estaba condenada a muerte y, en 1555, aquella miserable torre fue arrasada por la furia del pirata francés Jacques de Sores, quien, según le notificó al rey el gobernador habanero Gonzalo Pérez de Angulo, llegó a la villa con «ducientoonbres los masdellos armados de cocolotes y çeladas y arcabuçes e saquearon e Robaron el pueblo tomaron la foraleça i artillería questaba en ella e lo asolaron todo de manera que no quedo cossa por destruyr e fizieron otros daños mas graves...».

Sin embargo, durante otros veintidós años las ruinas de la fortaleza todavía sirvieron de trinchera para defender la siempre asediada ciudad, hasta que, luego de la construcción del castillo de La Real Fuerza, el gobernador Luján ordenó, en 1582, su definitiva demolición. Terminó así el primer capítulo de la existencia de una zona que antes era bañada por un mar que los hombres retiraron unos cincuenta metros para que hoy exista el plácido malecón habanero.

2

Parece, además, que el destino de este punto específico de San Cristóbal de La Habana estaba ligado con la guerra. Porque, justamente donde se levantó la fortaleza de Hernando de Soto, se comenzó a construir, hacia 1588, lo que sería la primera fundición de artillería de la ciudad. Así, el 11 de mayo de 1600 —según el testimonio de Marcos Varela Arceo, tesorero de la institución—, se fraguaban allí las primeras piezas de artillería fabricadas en La Habana, una culebrina de cien quintales y un pedrero de cincuenta y cinco.

Esta maestranza original estuvo a cargo del capitán de artillería Francisco Sánchez de Moya, un hombre de sangre inquieta que desde 1597 recorría la desolada isla con la misión de investigar su potencial mineralógico, y que recibió después la ingente encomienda de poner en funcionamiento las minas de cobre de Santiago del Prado, en las inmediaciones de Santiago de Cuba.

Así, del cobre santiaguero enviado por Sánchez de Moya, se fundieron en la maestranza —entre 1600 y 1607— más de dos mil trescientos quintales, para construir cuarenta y cinco piezas de artillería, todas las cuales, según orden expresa del propio Sánchez de Moya «debían tener el letrero de Real Nombre de Felipe III, Rey de España».

Sin embargo, como el flujo de metal santiaguero era muy poco estable, los fundidores dedicaban su tiempo a los más disímiles trabajos de orfebrería, con la esperanza de ganar unos reales más. Entre los más reconocidos artesanos de entonces estaban los plateros Francisco Ballesteros y Juan de Bruselas, quienes fundieron, entre otros objetos, la imagen de una santa Bárbara, la patrona de los artilleros, que fue vendida por la suma de quinientos reales.

Pero aquella joven maestranza estaba condenada a muerte: en 1608 la corona española, al ver afectados los intereses metropolitanos por la baratura del cobre santiaguero, ordenó cerrar la maestranza de La Habana, pues las piezas de artillería se seguirían fabricando en España, con cobre traído de ¡Hungría!

Era el fin del segundo capítulo.

3

El 2 de mayo de 1672, el gobernador Fernando Rodríguez Ledesma debió de amanecer con muy buen ánimo y por ello decidió ponerse en comunicación con su rey. Y, a pesar de los desalentadores antecedentes, le escribe una carta al monarca donde, además de comunicarle que «...en cuanto a la fundición de artillería ha sesenta años según he averiguado que se fundieron las últimas piezas», pide la venia real para levantar, *en este mismo sitio,* unos cuarteles para proteger la ciudad.

Realmente, Fernando Rodríguez Ledesma no era nada original, pues desde 1624 se venía solicitando la construcción de tales defensas e, incluso, se envió a España una traza de los cuarteles, diseñados por el maestro mayor Andrés Valero, donde se especificaba que ocuparían los restos de la antigua fundición que, a su vez, ocupó los restos del viejo bastión. Por lo demás, la nota de Rodríguez Ledesma confirma la sospecha arqueológica de que la fábrica de artillería estaba abastecida por agua de la Zanja Real, y que esta zona era una pequeña península, bastante baja.

La habitual lentitud de la corona española y la «eficaz» gestión de la Casa de Contratación hacen que los proyectos de 1624 y 1672 no se materialicen hasta el siglo XVIII, cuando —según el historiador Arrate— el gobernador Laureano Torres de Ayala, que dirigió la capital durante los años 1708-1711 y 1713-1716, construyó al fin los baluartes de San Telmo, a la orilla de un mar todavía cercano y azul.

Pero, según todo parece indicar, aquel era un sitio maldito y allí nada podía durar: apenas terminada la construcción de los cuarteles es ordenada su demolición y, en 1730, un nuevo gobernador, deseoso de pasar a la historia, decide que le levanten allí otros emplazamientos más eficaces. Dionisio Martínez de la Vega, gobernador de La Habana, fue el creador de los nuevos y brillantes cuarteles de San Telmo y, también, de la Muralla Marina, cuyo único resto material es, precisamente, la llamada Garita de la Maestranza.

Algunos años después, la historia se encargó de darle la razón al gobernador Martínez de la Vega: el complejo de defensas que ordenó erigir sobre los cimientos de la antigua maestranza desempeñó un importante papel en la defensa de La Habana, sitiada y finalmente tomada por los ingleses en 1762. Desde allí se produjo la concentración de fuego artillero contra los buques anclados en la bahía y se impidió, momentáneamente, la entrada de los invasores en la ciudad.

No obstante la hidalguía de su historia, en las primeras décadas del siglo siguiente, los vetustos cuarteles de San Telmo —inmortalizados con el nombre de la calle aledaña, llamada desde entonces Cuarteles— pasaron a ser solo un recuerdo glorioso: sobre sus muros se erige, en el siglo XIX, una moderna Maestranza de Artillería que abre el último capítulo en la agitada vida de este lugar de La Habana.

4

España ha perdido todas sus colonias continentales en América. Cuba y Puerto Rico son, apenas, los vestigios de un vasto y antiguo imperio. Pero hay sueños de recuperar lo perdido. Y en La Habana, entre 1841 y 1843 —bajo el gobierno ahora de Gerónimo Valdés— se decide montar una fábrica de cañones que abastezca de material bélico a los soldados de la reconquista.

Sobre las paredes de los cuarteles de San Telmo brota entonces un edificio de pretensiones neoclásicas, abierto a un gran patio central, donde se ubican los talleres y la fundición de la nueva industria: La Maestranza de Artillería.

Durante casi sesenta años se fraguan allí piezas y más piezas de guerra: pero España no puede recobrar sus antiguas colonias y sus cañones no bastan siquiera para sofocar la rebeldía en Cuba y Puerto Rico. Y, por fin, en 1898 la Maestranza toca en retirada. España pierde definitivamente sus posesiones en el mar Caribe y el nuevo amo, Estados Unidos, no necesita —y además estima siempre peligroso— una fundición de artillería en La Habana. Es el final.

Epílogo

El apocalipsis de este edificio, modelo notable del neoclásico, es cuestión de años. La abulia seudorrepublicana cayó sobre él —como cayó sobre todo el casco histórico de la ciudad—. Entre sus muros, todavía olorosos a carbón, metal fundido y sudor amargo, se suceden instituciones obsoletas.

Llega 1929 y comienza su decadencia definitiva. Se concibe demolerlo parcialmente, remodelar su estructura y ubicar allí la Secretaría de Instrucción Pública. Pero, cinco años más tarde, se olvida el proyecto de rescate y se decide la muerte irreversible, que se concreta en 1938. Se levanta entonces, en esta zona, un castillejo moderno para albergar la jefatura de la policía.

El asfalto cubrió los últimos restos del edificio. La Maestranza parecía haber muerto para siempre, pero todavía iba a renacer del olvido y sus cimientos, ahora descubiertos, quedan como evidencia de una aventura tormentosa, de hierro y fuego, esta larga historia con cuatro capítulos y un epílogo.

1984

6
Casablanca, según pasan los años

La luz de agosto es amarilla y tórrida, rotunda, pero es incapaz de penetrar la pátina negra y oleaginosa que ha transformado el color de la bahía y que decretó el exilio de los peces, las algas y las aves marinas. La lancha se desliza con una calma ancestral y en su avance construye olas oscuras y levanta un tufo de agua condenada que lo domina todo. El pequeño pueblo, cautivo entre el mar y la montaña, se va haciendo más nítido, sus calles escarpadas y sus casas descoloridas ya se pueden diferenciar. La topografía singular e inconfundible de Casablanca es una promesa desde la proa de la veterana lancha que tantas veces ha cruzado la garganta de la bahía habanera.

Visitar Casablanca siempre me ha parecido una experiencia única, diferente, porque Casablanca es un pueblo único y diferente.

Su estructura de pequeña villa mediterránea, sus afinadas construcciones de madera y esas escaleras que, como pasadizos imposibles, enlazan una calle con otra ubicada en un nivel superior, han conformado también una espiritualidad distinta, pues el casablanquero, a pesar del breve espacio que lo separa de la ciudad de La Habana, al otro lado de la bahía, es un tipo diferente, más callado y circunspecto que sus vecinos habaneros: tal vez la silenciosa convivencia con el mar, quizás la impronta de los gallegos sin esperanzas que se agolparon aquí desde principios de siglo, a lo mejor esa sensación de reposo que concede ver La Habana bahía por medio, les ha forjado una personalidad tan propia como su arquitectura, esencialmente típica y modesta.

Al menos —y de eso no hay dudas, basta con observar la efigie de mármol que se alza en la colina de La Cabaña—, los casablanqueros no viven a la diestra, sino a la izquierda de Cristo, mirándole a veces las espaldas, lo que de por sí es una posición muy poco recurrida.

Un pueblo sin cementerio

Desembarco en el pequeño atracadero de la lancha y pienso que hace cuatrocientos años, allá por 1589, había comenzado ya este tráfico tan breve y habanero.

Una enorme casa blanca, destinada a almacenar insólitas mercancías peruanas y mexicanas, de tránsito hacia Europa, se levantaba en esta angosta vertiente de la bahía y se adueñaba, solitaria, del paisaje de entonces. La casa blanca, que veían todos los forasteros y vecinos de la escuálida ciudad de aquellos tiempos, entregó así su nombre al paraje donde el capitán don José Ruiz de Guillén, un hombre melancólico y amante de la soledad, decidió establecer su morada hacia 1646, sin saber que daba origen a uno de los barrios ultramarinos de la fidelísima San Cristóbal de La Habana.

Don José Ruiz de Guillén, vasco de nacimiento, intentaba, con su retiro, vivir entre el mar y la colonia escarpada, como sus antepasados cantábricos, y, de tarde en tarde, echar un anzuelo al mar azul de la bahía habanera.

Pero la soledad del capitán Ruiz de Guillén parece haber durado bastante poco, pues algunos vecinos de La Habana, abrumados por el tráfico incesante, el bullicio y los fuertes hedores de aquella villa siempre llena de navegantes pendencieros, optaron por cruzar también la bahía para instalarse en los baratos terrenos que rodeaban la casa blanca y vivir de la abundante pesca que ofrecía el mar Caribe. Nació así el ruinoso y caótico caserío que, en 1762, encontraron los ingleses al adueñarse de La Habana.

Justamente al finalizar los meses del dominio inglés, Casablanca empezó a recibir algunos mareantes de cabotaje y carpinteros de ribera, dedicados a la construcción de pequeñas naves y a la reparación de mercantes, y surgieron en el pueblo varios talleres que, poco después, se transformarían en importantes astilleros.

Casablanca crecía, favorecida por su industria naviera, pero precisamente el origen de su prosperidad fue entonces el de su desgracia: el 25 de abril de 1785, a la una en punto de la tarde, en uno de aquellos talleres se inició un tímido fuego que, avivado por la cariñosa brisa de la bahía, se convirtió en el voraz incendio que devastó el pueblo a pesar de todos los esfuerzos de los vecinos y autoridades locales.

Casablanca debió nacer de nuevo y así lo hizo, pues los que allí vivían decidieron compartir otra vez la suerte del barrio ultramarino.

Sus casas volvieron a alzarse, sus astilleros resurgieron y algunos años más tarde, don José Triscornia, medianamente enriquecido con el negocio de la fabricación de naves, construyó un muelle y un carenero, y pronto su ejemplo fue imitado por otros, para que aquella vertiente de la bahía se poblara de arrimos entablonados de madera dura sobre horcones...

Ahora el pueblo penetraba en el mar, mientras la savia vital que compondría al casablanquero se completaba con la fusión de pescadores y constructores de barcos —más algunos contrabandistas de capa y espada— que un día se asentaron allí para no regresar jamás.

No obstante, la población crecía muy lentamente y en 1846, dos siglos después de la primera petición de terrenos hecha por el capitán Ruiz de Guillén, en el pueblo apenas vivían novecientas personas —la mitad de ellas negras— y de sus ciento veinte casas, cincuenta y una eran de mampostería y sesenta y nueve de madera y teja o embarrado y guano.

Además, Casablanca, con menos suerte que su vecina Regla en eso de tener virgen propia, fue postergando siempre la construcción de su iglesia, hasta que sus vecinos, cansados de cruzar a remo la bahía para oír misas y recibir comuniones, decidieron levantar una capilla en el pueblo, con una cúpula de madera que imitaba las catedrales góticas de Praga, y la dedicaron a Nuestra Señora del Carmen.

Sin embargo, lo que a nadie se le ocurrió jamás fue separar un terreno para el camposanto: en Casablanca todo el mundo era tan joven que morirse constituía una exageración y los habitantes del pueblo se olvidaron de construir un cementerio.

Los acontecimientos notables para la vida de aquel barrio durante el siglo XIX fueron la fabricación, muy cerca de la costa, de barracones destinados, primero, a almacenar esclavos recién importados, y, después, a hospedar a los chinos contratados para trabajar en Cuba. Y, tal vez por este tránsito, el pueblo devino, finalmente, sede del Departamento de Inmigración hasta bien avanzado el siglo XX. La construcción que albergaba aquella institución se levantó en la colina de La Cabaña —propietaria, al fin, de su necesaria fortaleza— y allí fueron a parar los numerosos indocumentados que arribaban a la isla. Y algunos de ellos, especialmente los de origen gallego, después de respirar el aire tibio de Casablanca, decidieron hacer de aquel pueblo su nueva morada.

Al despertar el siglo XX, en la ribera de Casablanca aparecieron los grandes viveros de vela dedicados a la pesca de altura en el golfo de México. Aquellos majestuosos barcos, de dos y tres palos, tenían en su barriga hueca una cisterna que les permitía el traslado de peces vivos desde los bancos de captura hasta La Habana. Sus tripulaciones, mientras tanto, también tenían una característica definitiva: su inmensa mayoría eran gallegos avecindados en Casablanca y con una necesidad de trabajar tan apremiante que los hacía resistir las prolongadas campañas en altamar.

Pero la presencia de los viveros no significó que se agilizara el tránsito de un lado a otro de la bahía. Todavía en 1920 era necesario abordar un guadaño para trasladarse de Casablanca a La Habana o viceversa. Aquellos guadaños —con un techo bajo y semicircular y alma de góndola veneciana— se movían a fuerza de remo y ya no daban abasto para el acarreo de los pasajeros. Además, en Casablanca ya todo el mundo no era tan joven, y por la ausencia de cementerio se imponía el traslado de los difuntos hasta La Habana o Regla, para darles sepultura, y se hizo necesario, a veces, hasta emplear un ferry por la insuficiencia de los guadaños en el traslado de muertos, parientes y dolientes.

Fue entonces, en aquella década agitada de 1920, que Casablanca vio navegar la primera de sus entrañables lanchas. Cuatro socios —entre ellos un mallorquín con corazón de pirata— aportaron una lancha de motor cada uno y surgió la Cooperativa de Lancheros de Casablanca, eficiente y orgullosa, que, por cierto, asumió también la responsabilidad de trasladar sobre el techo de sus embarcaciones los restos de los casablanqueros en su último viaje a través de la amada bahía.

Mientras, la villa crecía condicionada por sus límites posibles: prisionera entre la montaña y el mar, era un pueblo condenado a un espacio reducido. Por eso, algunos optaron por robarle un pedazo a la bahía y nació así el caserío de pescadores conocido como Los Cocos, en la misma ladera oriental de La Cabaña. Construido sobre pilotes enterrados en el fondo de la bahía, Los Cocos era, sin embargo, un pueblo cuya vida se agitaba y corría peligro cada veinticuatro horas: noche tras noche, a las nueve en punto, mientras sonaba el folclórico cañonazo habanero, las partículas de pólvora lanzadas con el disparo caían sobre Los Cocos y había que apagarlas con baldes de agua. Durante años, los militares de La Cabaña y los habitantes de Los Cocos practicaron aquel delirante juego de candelitas, hasta que alguien decidió lanzar chorros de agua junto con el cañonazo, y evitar la zozobra cotidiana de los pescadores. Dicen que a partir de ese día Los Cocos fue el caserío más aburrido y húmedo del universo.

Casablanca vista por un turista cubano

En 1939, al regresar de Europa luego de una estancia de once años, Alejo Carpentier visitó Casablanca y, en una de sus más memorables crónicas de finísimo periodista, escribió: «Casablanca es el único lugar de La Habana en que puede hallarse una calma desterrada de la ciudad más ruidosa del mundo», y describió el pueblo así:

> Casablanca me hace pensar siempre en ciertos pueblos de la costa vasca española [...]. Y no es por la arquitectura de sus viviendas [...], sino por el hecho de que al final de cada calle se divisa siempre un barco. Cada vía va a parar a una escotilla

> abierta o a un bote mansamente mecido por las olas... En toscos muelles de tablas montadas en pilotes roídos por vegetaciones misteriosas, se extiende la parda alfombra de redes puestas a secar. Exposición de remos, lonas, cuerdas y cabuyas, en una atmósfera que huele a salitre y alquitrán. Depósito de viveros, sacados a la orilla, descansan sobre un costado, como esqueletos de barcos muertos.

Cincuenta años después recorro Casablanca y me pregunto qué ha sucedido allí. La descripción marinera de Carpentier tal vez sería posible hallarla en Cojímar, quizás en Caibarién o en Nuevitas, pero en Casablanca ya no existe más.

Queda la calma ancestral de Casablanca, pero faltan los botes, los pescadores, el olor a salitre y alquitrán, y falta también el bar del Abuelo, con su magnífica torre pentagonal de madera que hace treinta años aún se divisaba desde La Habana. Falta Paisiño, la ciudadela de madera, la construcción más hermosa y casablanquera de todas las que aquí ha habido, el mítico lugar donde Spencer Tracy, en el papel del hemingwayano pescador Santiago de *El viejo y el mar*, echó un pulso memorable con el negro Brindis. Faltan también el enrejado colonial de la calle Echarte y la reja de lanzas prolongadas que unía las calles San Francisco y Central, retiradas un día y nunca devueltas a su sitio original. Y los bancos del parque, de madera y hierro fundido, corrieron igual suerte que las fiestas tradicionales del pueblo: desaparecieron un mal día.

¿Qué ha sucedido en «el primer barrio» de La Habana? Casablanca, cuando uno la recorre a conciencia, parece un fantasma de otros tiempos, condenado a muerte por desgaste. Mientras a su alrededor otros pueblos crecen y fructifican a un ritmo acelerado, Casablanca duerme un triste olvido, encerrada entre su mar y su montaña, perdiendo su centenaria y peculiar fisonomía, agotada por el éxodo y arruinada bajo el sol y la lluvia, mientras respira el aire enfermo de la bahía que ya no es azul.

«Casablanca», me dijo alguien, «está condenada a desaparecer. La van a demoler para hacer almacenes del puerto.» Por ventura, esa idea no pasó de ser idea y el pueblo se mantiene en pie, soportando el peso de sus achaques de caserío pobre. Pero este rincón de la ciudad, tan habanero como nuestras plazas y fortalezas, anda pidiendo con urgencia una mirada que la ubique en el sitio que le corresponde en La Habana de hoy...

Abordo nuevamente la lancha, ahora con destino a La Habana, y mientras me alejo de Casablanca pienso que esta travesía, que se empezó a cumplir hace cuatrocientos años, debe salvarse del olvido. Tengo la esperanza de que este pueblo revivirá otra vez, para el bien de sus vecinos, de la historia, de La Habana y para el bien de la nostalgia de todos los que alguna vez cruzamos la bahía para enamorar en el parque de Casablanca a una muchacha, dueña de los ojos más bellos del planeta, y con un sublime parecido a aquella Ingrid Bergman que, en otra Casablanca, le robó el corazón al pobre Bogart.*

1987

* Hoy (2024) Casablanca, como toda la ciudad, sufre un proceso de deterioro físico provocado por la falta de inversiones y cuidados. Pero, afortunadamente, sigue ahí, mirando a La Habana desde el otro lado de la bahía y bajo los brazos de la gran figura de Cristo, esa sí, por fortuna, beneficiada con retoques y pintura.

7
Barrio Chino: el viaje más largo

Domingo primero de febrero. Pronto serán las cuatro de la tarde y, en el mismo corazón de lo que fuera del barrio chino más populoso de América Latina, se producirá un espectáculo que parecía borrado de la memoria cubana: los chinos festejan hoy el advenimiento del Año Nuevo, según su calendario de trece lunas. El milenario león de tela volverá a exhibir su exótica prestancia, como en los días lejanos en que recorría las calles de este barrio que quiso ser una prolongación de Cantón.

La leyenda del felino depredador al cual la fuerza no puede vencer y es amansado con astucia no será protagonizada ya por elásticos actores chinos que intentaron reproducir su mundo en este rincón de La Habana. Ahora es un grupo de jóvenes, muy pocos con rasgos asiáticos, quienes luchan por salvar esta colorida tradición habanera.

Suena la música del gong antiquísimo, del tambor grave que dicta la pauta y de los platillos chispeantes. Comienza el combate entre la fuerza y la inteligencia. El león ha salido dispuesto a arrasar las cosechas. Entre la multitud que observa la danza, hoy atisban más caras chinas que todas las que un día cualquiera se pueden ver en este barrio tan habanero que apenas es posible asociar con una lámina de Shanghái o Pekín. Porque el misterio profundo de estos chinos celosos de sus costumbres, aferrados a la tradición en una lucha vana por vencer el desarraigo, se ha ido diluyendo en la fuerza terrible del tiempo y el curso de la historia. Como un organismo vivo, el barrio chino nació, se desarrolló y ahora transcurre en una vejez reposada pero implacable. El barrio chino de hoy es la imagen de un mundo en extinción, como los dragones de las leyendas pequinesas.

Principio y fin de una ilusión

Esta historia comenzó con la duodécima luna, a los cuarenta y siete años del emperador Tu Kong, es decir, el 2 de enero de 1847, cuando más de trescientos culíes chinos embarcaron en la fragata *Oquendo*, en el puerto de Amoy. Iban vestidos con sus pantalones y camisas bastas y muy anchas, y sus sombreros cónicos de bambú tejido, el atuendo ideal para un buen agricultor. Tenían en la mente sueños luminosos y, mientras la nave se alejaba de la patria, todos se veían regresar, ocho años después, cargados de gloria y de dinero, para mitigar la miseria familiar. Su destino era una cálida posesión española del agitado mar Caribe, una quimera donde las monedas corrían a los bolsillos de los que querían trabajar. Y ellos querían trabajar.

Ciento cuarenta y dos días después, el tres de junio de aquel año nefasto, los doscientos seis sobrevivientes de la ingente travesía entraban en el puerto de La Habana. Sus ojos, legañosos y marchitos por el salitre de dos océanos, observaron todavía con júbilo la boca estrecha de la bahía, sus magníficas defensas de piedra y los árboles verdísimos de aquella ciudad de sueños y sol eterno.

Pocas horas después, aquellos contratados que lo habían imaginado todo menos su verdadero y triste destino, solo comparable con el de los negros sacados de África para ser esclavizados, desembarcaban en el distrito habanero de Regla y eran hacinados en barracones construidos para su alojamiento provisional. Se iniciaba, ese día bien señalado en la historia universal de la infamia, una nueva esclavitud, la esclavitud que exigían los nuevos tiempos...

Esta historia terminará tal vez antes que el siglo XX, cuando muera, centenario y gastado, el último de los chinos que llegó a Cuba con la aspiración de enriquecerse y la obsesión de regresar a la patria, y no exista ya ningún paisano que se encargue de ponerle al cadáver un par de monedas en la boca y ordene que lo entierren con la cabeza mirando al sol naciente, para garantizarle un buen viaje al mundo del silencio y las utopías posibles.

No hay regreso para Mario

Cuando Mario Wong Kong llegó a Cuba, el 10 de octubre de 1923, acababa de cumplir veintiún años y tenía un solo sueño en la mente: hacerse rico para regresar, en pocos años, a ToigSang, su pueblito de Cantón donde lo esperaban su joven esposa y su pequeña hija, Can Diam.

Por eso, Mario se fue al campo y se enroló en la zafra azucarera que comenzaba, atraído por la promesa de un sueldo respetable. Dos meses después, con unos pocos reales en el bolsillo y la columna vertebral en mal estado, Mario abandonó los rudos cortes de caña, pero no su inalterable propósito de ganar mucho dinero.

De regreso a La Habana comenzó a trabajar en la fonda de un paisano y, unos años más tarde, a pesar de su vida frugal, comprendió que como dependiente tampoco llegaría a reunir la ansiada fortuna.

Mario decidió montar entonces un tren de lavado, con la ayuda de un sobrino que había llegado a la isla algunos años antes. Así, una mañana de 1934, en la esquina habanera de San Cristóbal y Primelles, abría sus puertas un nuevo tren de lavado chino, con los siguientes precios: un pantalón (lavado, almidonado, planchado y entregado a domicilio): treinta centavos; una sábana: quince; una camisa: diez centavos...

—Pero nunca llegué a reunir los cuatrocientos y pico pesos que costaba el billete de regreso y menos todavía el dinero que necesitaba para hacer una nueva vida en China. Mi esposa, además, murió en 1945, y después mi hija se fue a vivir al Canadá, donde se casó y tuvo dos hijos... Pero mi historia es la de muchos paisanos que vinimos a hacer fortuna y después de tanto trabajo nos encontramos con las manos vacías, sin familia y medio jorobados de tanto usar aquellas planchas de hierro calentadas con carbón. Es cierto que muchos regresaron, pero pocos pudieron volver con dinero.

—Mario, ¿y si ahora pudiera volver?

—Ya para qué... Aquí estoy bien. Hace cuatro años que vivo en el asilo y tengo lo que necesito para morirme tranquilo. Solo quisiera recibir más a menudo alguna carta de mi hija Can Diam... La cara de aquella niña es el único recuerdo que me ata a China.

El nacimiento de un barrio

Apenas diez días después de la llegada del *Oquendo* con su carga de nuevos esclavos, la bahía de La Habana recibía un segundo cargamento de trescientos sesenta y cinco chinos, salidos también de Amoy, a bordo del *Duke of Arguile*. Estos hombres, oficialmente libres, eran contratados por la Junta de Fomento para que trabajaran en la isla —necesitada entonces de mano de obra para la industria azucarera, debido a las trabas que existían para la trata de negros—, y traían firmado un documento que los obligaba a prestar servicios por ocho años.

A pesar de que casi la quinta parte de los culíes morían en la travesía, en 1853 ya habían entrado a Cuba más de cinco mil, y entre ese año y 1873 se importaron otros 132.435 chinos en condición de contratados. La inmensa mayoría de ellos eran hombres, pues, como lo demuestra el censo de 1861, había en aquel momento 34.834 varones de origen chino, y solo 57 mujeres, traídas en su mayoría para la práctica del viejo oficio del amor rentado.

La importación de chinos se hubiera mantenido como un negocio floreciente durante algunos años más, de no ser por la visita a Cuba del mandarín Chin Lan Pin, quien llegó en 1874 con la encomienda imperial de conocer la situación de los culíes. Aunque el Gobierno español y la burguesía criolla trataron de ocultar la verdadera situación de los contratados, Eça de Queirós, quien luego sería el máximo exponente del realismo literario lusitano y que por entonces fungía como cónsul portugués en La Habana, mostró al enviado imperial las calamidades de la esclavitud que vivían sus compatriotas. Como resultado de esta visita se firmaba en 1877 un tratado entre España y China que suspendía legalmente la contratación..., pero no la inmigración. Así, apenas terminado un capítulo oneroso, se abría otro similar en el que solo faltaba el prescindible contrato por ocho años de trabajo.

Sin embargo, junto a este episodio se desarrollaba otro proceso como lógica consecuencia. A partir de 1855, algunos culíes que lograban liberarse del convenio firmado en 1847 pasaron a ser trabajadores libres. Aunque soñaban con el regreso a la patria, el fracaso económico de su empresa

(«Lo engañaron como un chino manila», se dice en Cuba desde entonces) obligó a muchos inmigrantes a permanecer en la isla. Simultáneamente, y atraídos por ciertas facilidades para el comercio, comenzaron a llegar a Cuba, procedentes de California, Estados Unidos, algunos chinos con capital suficiente para devenir pequeños y medianos comerciantes.

Así, en 1858, en la calle Zanja, esquina a Rayo, justo donde luego estaría el mismo corazón del barrio chino habanero, Chung Leng, un asiático que tenía fama de ladino y portaba documentos que lo rebautizaban como Luis Pérez, abrió una pequeña casa de comidas chinas. Su ejemplo fue seguido por Lan Si Ye, nombrado Abraham Scull, quien inauguró también en la calle de Zanja un puesto de frituras, chicharrones y frutas. Poco después, en la calle Monte, abrió sus puertas la bodega de Chin Pan (Pedro Pla Tan), el tercer comerciante chino registrado en la historia de la isla.

A su modesta pero persistente manera, en los alrededores de las calles Zanja, Dragones, San Nicolásy Rayo, comenzaron a asentarse desde entonces una serie de chinos vendedores ambulantes de viandas, frutas, verduras, carne, prendas, quincallería, loza... Había nacido el barrio chino de La Habana.

De prócer a santo, el viaje de San Fan Con

La sociedad Lung Con Cun Sol, de la calle Dragones 364, es una de las más importantes asociaciones patronímicas importadas por los inmigrantes chinos. Fundada, según la leyenda, por los cuatro hermanos guerreros Cuang Con, Lao Pei, Chui Chi Long y Chui Fei, durante la dinastía Han, a esta sociedad pertenecen sus descendientes, aquellos que llevan los apellidos Lao, Chang, Chion y Chui, y se les rinde adoración a los cuatro próceres fundadores.

En la segunda planta de esta cofradía familiar traída a Cuba con el siglo XX, existe el único altar erigido en la isla para venerar la memoria de los cuatro titanes mitológicos, pero especialmente al intrépido Cuang Con, el de las Barbas Rojas, quien entre sus muchas acciones heroicas tiene la señalada victoria de haber rescatado a las mujeres de su jefe y hermano, Lao Pei, secuestradas por el enemigo. Frente a este altar adquirido en Hong Kong en 1925, se festeja cada año la fecha del nacimiento de Cuang Con.

El retablo se divide en dos cuerpos: uno más alto, que vendría a ser el altar mayor del rito católico, hecho de madera trabajada con esmerados arabescos, que alberga la imagen dibujada de los cuatro próceres; y otro, que le sirve de soporte, semejante al ara católica, donde reposan los candelabros y pebeteros para el sándalo, sobre una impresionante reproducción en miniaturas de bronce de la vida en la corte imperial.

Sin embargo, lo más sorprendente es encontrar en este altar la pista definitiva del inconcebible San Fancón: un santo iracundo, dueño del rojo y de la espada —como la santa Bárbara cristiana, como el Shangó yoruba—, sin sitio en ningún santoral reconocido y jamás invocado por ningún señor del Vaticano, y que, no obstante, es nombrado y solicitado por algunas familias del campo cubano y por los chinos con larga residencia en la isla... El venerado guerrero Cuang Con resulta ser el arquetipo original de ese oscuro San Fancón que solo existe en Cuba... Es alentador descubrir que el historial de este héroe mitológico chino no murió, entonces, al llegar al Caribe, y siguió vivo en la memoria de algunos exiliados sin fortuna, para saltar después hacia la simbiosis amulatada que nos define, quizás llevado por los actos amorosos de un chino y una negra de antepasados africanos, padres de un mulato de pelo duro y ojos rasgados. Con ellos, Cuang Con se transformó en el irascible San Fancón, confundió sus atributos con los de santa Bárbara y Shangó, y adquirió aquí nuevos e inesperados descendientes.

—Yo no creo en San Fancón, la verdad. Ni en ningún santo —admitió Francisco Cuang, con esa sonrisa permanente que saben dominar algunos asiáticos.

Francisco Cuang fungía como secretario de la Sociedad Lung Con Cun Sol, y luego de mostrarme el maravilloso altar, encendió un cigarro y se sentó a conversar con una locuacidad inusual entre los chinos. En el salón principal de la sociedad, aquel mediodía frío y lluvioso de febrero, otros paisanos jugaban un silencioso partido de dominó, mientras bebían un té fuerte y aromático.

—Yo también quise regresar a China —siguió Francisco—. En 1929 o 1930 hice todo lo posible por conseguir el dinero del pasaje, pero nada, nunca pude, y creo que después nunca volví a intentarlo en serio. No fueron muchos los que pudieron regresar, y menos con dinero.

—¿Y cuándo llegó a Cuba?

—En 1922, con diecisiete años, en el barco *Presidente Cleveland.* Yo vine porque mi padre había muerto, y aunque mi familia tenía algún dinero, mi padrino, que había montado negocios aquí, decidió traerme. Gracias a él estuve un año estudiando español con un chino muy viejo que vivía aquí en el barrio y daba lecciones a los recién llegados. Pero desde que llegué, mi padrino me puso a trabajar en la quincalla La Ciudad de Cantón, y también vivía allí, en la trastienda, con cinco paisanos más... Después, mi tío lo vendió todo y se fue, y yo salí para el interior y trabajé dos años en Cienfuegos, regresé a La Habana y trabajé en varias bodegas.

—¿Y por qué usted escogió llamarse Francisco?

—Mi nombre chino es Cuang Ken Fu, pero al llegar me

puse Venancio. Después cambié Venancio por Francisco, que me gusta más, y ahora me dicen Pancho.

—Francisco, ¿alguna vez se sintió solo?

—Sí, creo que sí.

—Pero nunca se casó...

—No, no quería responsabilidades y, como pensaba volver a China, ¿para qué comprometerme?

—¿Y ha sentido nostalgia?

—Todos los chinos sienten nostalgia.

Un rostro definitivo

Luego de la instalación de los primeros comerciantes, a finales de la década de 1850, el barrio chino de La Habana comenzó a crecer con una celeridad vertiginosa. No obstante, todavía eran muchos los culíes que no habían podido desprenderse de sus contratos o, ya libres, los que vivían en todo el país bajo un régimen de explotación similar a los del esclavo negro. No es casual, entonces, que como sus hermanos de infortunio, los chinos se sumaran desde el principio a la revolución independentista iniciada por Carlos Manuel de Céspedes el 10 de octubre de 1868.

Los tratantes de culíes habían cometido, entre otros, un error capital: junto a los desesperados agricultores del sur, habían aceptado, a bajo precio, una gran cantidad de prisioneros políticos procedentes del gran movimiento revolucionario chino Taiping, a quienes la nueva esclavitud no hizo más que mantenerles vivo el espíritu de rebeldía, para que se incorporaran, con sus compatriotas labradores, a la Guerra de Independencia cubana, con el mismo ardor que exhibieron en su lejana patria. Fueron incontables, desde entonces, las heroicidades de los mambises chinos que, en cantidades considerables, combatieron en aquella gesta bajo las órdenes de los generales cubanos.

Mientras, el barrio chino que se formaba alrededor de la calle Zanja iba adquiriendo su definitivo espíritu de ciudad asiática en miniatura: entre 1867 y 1868 surgen las tres primeras sociedades de ayuda mutua, y la primera de ellas Kit Yi Tong (La Unión), se propuso reunificar a todos los chinos de La Habana. Poco después se crean la Hen Yi Tong (Los Hermanos) y la Yi SengTong (Segunda Alianza), formada por los chinos hakka.

Hacia 1870 se hace evidente en La Habana la presencia de algunos «californianos», que llegan a la isla con capitales forjados en San Francisco. Así, en marzo de ese año abren la primera casa importadora de artículos de Asia. Sus dueños eran los banqueros Ley Weng, Youy Shan y Lan Ton. Al mes siguiente, en las esquina de Sol y Villegas se instala la casa Con San Tong, el segundo gran comercio chino, fundado con un capital de cincuenta mil pesos. Y cuatro años más tarde, en la calle Dragones 40, abre sus puertas el primer gran restaurante chino de La Habana, con manjares «asiáticos» inventados en San Francisco, pues los comerciantes sabían muy bien que sus auténticos platos de pescado seco y ahumado, arroz y vegetales verdes, sazonados con apio, jengibre y ajonjolí, y además huérfanos de sal, serían un fracaso para el gusto occidental. Se crean así las «comidas chinas» que se harían famosas en todo el mundo.

Desde aquella época comienza a producirse una evidente escisión entre los emigrantes chinos: mientras unos vienen con capital suficiente para instalarse directamente en la vida comercial del país, y traen consigo a sus familiares para alojarlos en casa propia, otros dependen solo de sus manos para ganarse el sustento y viven en condiciones infrahumanas, arracimados en trastiendas o cuartos de solares, siempre sostenidos por un sueño que casi ninguno lograría realizar...

En la década de 1870, cuando resulta palpable la existencia de un barrio chino en La Habana, llegan a la capital cubana, procedentes de San Francisco, California, cuatro empresarios chinos con cuatro mil pesos en los bolsillos y el proyecto de fomentar una sociedad para construir un teatro chino. Dos años después, el teatro abría sus puertas en la esquina de Zanja y San Nicolás.

Recuerda Antonio Chuffat, el primer historiador de los chinos en Cuba, que el escenario de este teatro «era caprichoso y raro, pues no se veían los músicos. Era una especie de tablado, todo cerrado, en forma de reducto octogonal donde se exhibían los muñecos que representaban los grandes sueños de la antigua leyenda china: la dinastía de Men, los antiguos próceres descendientes de Chon Wa, verdaderos chinos. El precio de la entrada era de dos reales fuertes».

A este teatro se unieron el Sun Yen, de Lealtad esquina a Reina, inaugurado en 1875; el Teatro Chino de Zanja, posteriormente convertido en el Teatro Shanghái y dedicado a los géneros burlescos cubanos; y el que tal vez fuera el más importante de todos, el Kam Yen o Águila de Oro, situado en la calle Rayo 104.

En aquel entonces, interpretados por actores chinos procedentes de California, los éxitos teatrales de esta dramaturgia fueron las óperas Shik Yan Kuey, cuya puesta en escena duraba ¡quince días!, y Shi Kong, que se representaba en doce jornadas de cuatro horas cada una...

Un rito para iniciados

Cuando Ana Li escenifica su combate contra el león, cada músculo y cada nervio de su cuerpo vibran con la ancestral intensidad de un arte milenario cuya esencia última ha sido negada a los occidentales. Todo el misterio del mundo chino se alberga en su cuerpo breve y flexible, mientras el rostro contraído adquiere la gravedad de la lucha a muerte.

Hija de chinos, nacida en Cuba hace cincuenta y cinco años, Ana Li parece un raro superviviente de un rito para iniciados que es el teatro de sus mayores.

—Yo trabajé durante veinticuatro años en el teatro chino. Comencé con la compañía KoSeng, una de las cuatro que entonces existían, donde me inicié haciendo papeles de criada. Luego pasé a la compañía Koc Kun y ya interpreté roles protagónicos, como el doble papel de Mou Tai Ton, una obra donde hacía de hombre y de mujer y en la que, además de batirme con el tigre, hacía una escena de casi dos horas en que yo sola cantaba y hablaba con otro personaje.

»Recuerdo que cada compañía tenía veintitantos integrantes, entre músicos y actores, y existía mucha rivalidad entre ellas. Nosotros trabajábamos una vez por semana, en El Águila de Oro y en El Pacífico, y ganábamos solo dos pesos con cincuenta centavos por función y eran obras de unas cuatro horas y a teatro siempre lleno.

»Mis papeles preferidos eran aquellos en que encarnaba un héroe (a veces un emperador) y debía escenificar combates con lanzas y varas. Aquí se exhibía toda la potencialidad del actor chino, que es el más completo del mundo, porque el simbolismo de este teatro te obliga a darlo todo con el cuerpo (apenas hay escenografía y el maquillaje es fundamental), y resulta imprescindible saber canto, acrobacia, danza, pantomima, actuación y artes marciales.

»Cuando no trabajábamos en La Habana, hacíamos giras por el interior, y actuábamos en las sociedades chinas de Santiago de Cuba, Morón, Camagüey, donde salíamos mejor, pues se ganaba más y nos hacían muchos regalos. Sobre todo joyas de jade, que es el mejor obsequio que se le puede dar a una actriz.

»Cuando empezó la decadencia del barrio y se desintegraron las compañías, nunca más pensé en la posibilidad de trabajar con un grupo cubano, a pesar de que soy muy cubana. Es que mi formación es completamente distinta. Pero siempre he recordado con nostalgia el reconocimiento y la fama de mi época de actriz y más de una noche he soñado que estoy en el escenario, y me veo vestida con aquellos trajes largos, brillantes, maravillosos...

La última disyuntiva

Al despertar el siglo XX, Zanja se llenaba, cada mañana, del arrítmico chirrido de las carretillas de los verduleros chinos que prometían vender más barato que nadie. Los puestos de frituras hacían sonar la manteca hirviente que doraba las majúas y los bollitos de caritas, mientras que el dulcero chino, con su diminuto establecimiento a cuestas, salía a probar su pobre fortuna ambulante.

El barrio, donde vivían alrededor de diez mil chinos, se había hecho autosuficiente: sociedades, comercios de todo tipo, teatros, casas de juego y fumaderos de opio, periódicos, farmacias, prostíbulos y funerarias propias, garantizaban la satisfacción de todas las necesidades y apetitos. Incluso, a finales del siglo XIX, y gracias a las gestiones de los cónsules Lin Liang Yuang y Tan Kim Cho, los chinos contaban con un cementerio donde reposar con la cabeza apuntando al este.

Pero los chinos seguían siendo una estirpe mal vista y segregada en una sociedad que los ubicaba en el fondo de su estratificación, y desde 1902, con la Orden Militar 155 del gobernador norteamericano Leonard Wood, la nueva república comenzó a poner frenos a la abundante emigración asiática.

Mientras en 1899 existían casi quince mil chinos en Cuba (de los cuales solo cuarenta y nueve eran mujeres), en 1907 apenas quedan 11.837 y, pese a la entrada irregular de braceros, doce años después la cifra disminuyó a 10.300. En cambio, durante la década de 1920, entre leyes que se alternaban para admitir o prohibir la entrada de chinos en Cuba, su produjo la última gran inmigración y, hacia 1930, la colonia contaba con más de veinticuatro mil almas... En esta gran ola, que se extiende hasta la década de 1940, vinieron los chinos que hoy, ancianos y tranquilos, se sientan en las sociedades del barrio a recordar el terruño, mientras hilvanan interminables partidos de dominó.

Veinte años después de ese último crecimiento, con el triunfo de la Revolución surgió la última disyuntiva para el barrio chino de La Habana, pues, con las nuevas leyes dirigidas contra la propiedad privada, se produce el éxodo de los comerciantes chinos que ven sus intereses afectados, y también el de otros emigrados que habían llegado a Cuba huyendo del fantasma del comunismo y ahora los sorprendía donde menos lo esperaban... Detenida desde entonces la inmigración y ejecutada la diáspora de descontentos, el barrio entró así en su última etapa vital: la que existirá mientras dure la vida de los inmigrantes que vinieron a Cuba a trabajar y soñaron con el imposible regreso a la patria, pero debieron hacer de la isla su segunda y definitiva tierra.

Un sabio y antiguo proverbio chino asegura que «El viaje más largo empieza con el primer paso». Hace ya un siglo y medio se dio el primer paso de esta larga historia de desarraigos que se ha convertido, también, en la historia de una convivencia, de una presencia activa y constante del chino en la vida cubana.

Para siempre han quedado aquí los monosílabos y sonoros apellidos, los gustos culinarios, los ojos rasgados y ágiles llegados con esta migración que vino a entregar una cara más al prisma de la nacionalidad cubana. Los chinos son ya parte de nosotros.

Sin embargo, la esencia última de estos hombres sigue siendo un misterio, velado por una cortina tenue e infranqueable, hecha de aromático humo de sándalo. Algo hay, más allá, que los chinos siempre reservan, como el preciado tesoro de su identidad. Algo existe, milenario y muy asiático, que han sabido guardar con celo incorruptible y que se irá con ellos, tan misteriosamente como vino...

Y en el barrio chino de La Habana vive todavía ese enigma, guardado en el corazón de unos emigrantes sin retorno, nuestros hermanos durante tantos años. Allí vive, todavía, ese misterio ancestral y magnético, porque aún no se ha dado el último paso del viaje más largo.*

1987

* Desde hace varios años, el Barrio Chino de La Habana apenas alberga chinos. La mayoría de sus moradores asiáticos han muerto y el sitio es como un parque temático de lo que fuera el barrio original. En un momento se aprovechó su historia y se pobló de restaurantes con espacialidades «asiáticas». Hoy (2024) incluso la mayoría de esos establecimientos han desaparecidos y, del Barrio Chino solo quedan las sociedades que han sobrevivido y una escenografía alusiva añadida con posterioridad.

8
Xifré, Samà, Martí y otros catalanes en Cuba*

Els catalans de les pedres treuen pans

POR LA CARIDAD Y POR CATALUÑA, dice la tela extendida entre dos árboles. La brisa suave, casi imperceptible de esta mañana del 25 de marzo de 1990, bate apenas la tela, y el hombre que está parado frente a ella y lee la vieja consigna piensa en las velas de un barco, que aguarda vientos favorables para zarpar. Cuando cierra los ojos, puede distinguir incluso, entre los tenues olores de la primavera, el aroma de un salitre remoto que en realidad brota de su memoria más que del aire. Apoyado en su bastón, el hombre siente cómo sus nostalgias y las nostalgias de su padre y de su madre se van apoderando de él, y se pregunta por qué extraños designios se construye el destino de una persona. Tal vez esta misma mañana habría podido estar caminando por la Rambla de Barcelona, o quizá por el barrio gótico, hacia la catedral, donde cada domingo, según le han dicho, los catalanes se reúnen como en los viejos tiempos para bailar las entrañables sardanas. O tal vez ascendería hacia las montañas de Montserrat, siempre impresionado por aquel paisaje único, y entraría en la vetusta abadía para escuchar, con la misa, el «Virolai» que el coro de niños huérfanos entona cada día a la Virgen Moreneta.

* El texto que sigue es una versión condensada del original, publicado en 1990 en el diario *Juventud Rebelde.*

Pero no. Está entre dos almendros apacibles y frente a una tela que dice POR LA CARIDAD Y POR CATALUÑA y hay todo un océano por medio, y más que un mar, una vida hecha en otras latitudes que forjaron otras y mejores esperanzas. El hombre piensa que ya rebasó los ochenta años y que apenas había cumplido tres cuando su padre lo trajo a Cuba, que Cataluña es un recuerdo cada vez más borroso y él es un hombre sin retorno que a lo largo de su vida ha sufrido una sola y muy extraña enfermedad: la nostalgia adquirida por otras nostalgias. Pero la suya es la misma nostalgia que esta mañana está atacando a todos sus viejos compatriotas que, como él, se han reunido en La Habana para celebrar los ciento cincuenta años de la fundación de la Sociedad de Beneficencia de Naturales de Cataluña en Cuba.

Auxiliado por su bastón y con los pasos más lentos de su vida, el hombre da la espalda a la tela y piensa: «Vinimos a hacer la América y la América nos hizo a nosotros», y avanza hacia la capilla consagrada a la Virgen Moreneta, donde todo está listo para comenzar la misa y la celebración del aniversario de la más antigua sociedad regional de españoles en el Nuevo Mundo, fundada en la capital cubana. Saluda a conocidos y amigos, y comprende que está asistiendo al fin de una tradición que desaparecerá con el siglo XX, cuando los últimos catalanes llegados a Cuba encuentren el único remedio para su crónica enfermedad: la muerte.

Alberto Bru, natural de Barcelona, llegado a Cuba en 1912, hijo de Carlos Bru, dueño del famoso café El Suizo, en Guantánamo, sube lentamente la breve escalera de la iglesia donde unas jóvenes le prenden del bolsillo de su guayabera criolla un clavel rojo, y siente que puede llorar, pues con claveles rojos enamoró a aquella muchacha catalana que luego sería su mujer por más de cincuenta años. «Sí, la nostalgia es incurable» se dice y entra en el perfume del incienso.

Alberto Bru sabe que él no inventó la nostalgia, pero todos los catalanes consideran que nadie sabe vivirla como ellos. Durante más de dos siglos, la emigración marcó el destino de este pueblo y entre América y Cataluña se fue forjando un sentimiento de desarraigo que llegó a moldear el carácter de los catalanes: siempre se sienten lejos de algo.

La nostalgia catalana por la patria —o por América, cuando se encuentran de regreso— pudo haber comenzado, sin embargo, mucho antes, medio milenio atrás, cuando Cristóbal Colón, convencido de que había llegado al mítico Cipango navegando hacia el poniente, se presentó en la Ciudad Condal de Barcelona para informar allí a Fernando e Isabel, los reyes católicos, los resultados del primer viaje trasatlántico. El mito de que es posible vivir en el verdadero país de Jauja inflamó la imaginación catalana desde aquel día memorable de 1493 en que los primeros indios americanos, portando bandejas con unas escasas pepitas de oro, pusieron sus pies en Cataluña.

No obstante, solo dos siglos y medio después los catalanes pudieron lanzarse al fin a la gran aventura americana. Porque desde los días de Isabel I y hasta el reinado de Fernando VI, se mantuvo la férrea prohibición de que ningún catalán pudiera comerciar o siquiera vivir en tierras americanas. Solo algunos religiosos y funcionarios, bien recomendados en la corona de Castilla, pudieron tomar la ruta colombina y trasladarse a América, al menos de modo oficial. En cambio, escondidos tras apellidos andaluces y canarios, llegaron al Nuevo Mundo muchos catalanes ávidos de aventuras y riquezas, pero irrastreables para los estudiosos de esta emigración.

Mediado el siglo XVII y apenas unas décadas antes de que Carlos III decretara el libre comercio con América, la vieja prohibición de Isabel I se hizo tan elástica que los comerciantes catalanes empezaron a prescindir de los mediadores de Cádiz y Sevilla y pusieron en funcionamiento la Real Compañía de Barcelona, una casa mercantil con contactos en Puerto Rico, Santo Domingo, la isla Margarita y luego la región del Cumaná. En su corta vida (1756-1778) esta empresa logró apenas iniciar lo que, a partir de 1778, con el decreto del ilustrado Carlos III, sería una aplastante realidad: el genio mercantil catalán, atado hasta entonces a las costas del Mediterráneo, estaba dispuesto a tragarse el comercio americano. Con las ansias acumuladas por probar el fruto tanto tiempo prohibido, los catalanes se lanzan hacia el Nuevo Mundo con la idea de «hacer la América» y sin imaginar todavía que también estaban «haciendo Cataluña».

Porque en realidad, al abrirse el siglo XIX, Cataluña no era precisamente el mejor de los mundos posibles. En vísperas de la invasión napoleónica y los primeros brotes republicanos, la agricultura y la economía catalana vivían días difíciles, que luego se harían aún peores con la Guerra de Independencia (1808-1814), los conflictos políticos subsiguientes y la crisis económica de la década de 1820. Por esos tiempos, además, se concretaban las independencias hispanoamericanas que vienen a interrumpir el naciente comercio ultramarino de los catalanes con su mejor mercado, y por si fuera poco, la implacable filoxera, el parásito más temido por la vid, entra en acción y arruina en pocos años la industria vinícola de la región.

Desintegrado el imperio colonial español y en quiebra la economía nacional, Cataluña pone los ojos en una isla del Caribe, llamada Cuba, donde, salvo el sol inclemente, todo parecía propicio para vivir y prosperar.

Así entre 1800 y 1835 se produce la primera gran emigración catalana hacia Cuba, una emigración que influiría de muchas maneras en la vida económica y social de un país amordazado por la estática administración colonial. Solo en estos años llegan a puertos cubanos —de modo legal— un total de 2.475 catalanes, lo que significó el 60 por ciento de la emigración peninsular a la isla. De año en año eran más los catalanes que arribaban a Cuba y ya hacia 1827-1828, constituían el 72 por ciento de los recién llegados.

La mayoría de estos emigrantes tenían, por cierto, varias características bien notables: eran jóvenes, estaban solteros, en plenitud de sus fuerzas físicas y dispuestos a hacer fortuna; procedían de zonas costeras de Cataluña, lo que tal vez influyó también en su inclinación por el comercio ultramarino; y, como caso excepcional en la colonia española de Cuba, establecieron la costumbre de la «emigración golondrina», pues los individuos que poseía un negocio en la colonia, en propiedad con uno o más socios (todos compatriotas y parientes por lo general), establecían un riguroso sistema de turnos para estar unos al frente de la empresa, mientras los otros volvían al terruño: la nostalgia era más fuerte que el instinto comercial, y los catalanes *tenían* que regresar...

La nostalgia quedaba establecida como institución catalana, y de algún modo tocó a todas las familias de la región. En Sant Feliu de Guíxols, un apacible y hermoso pueblo costero del norte de Barcelona, la tercera parte de los hombres tomó el camino de América a raíz de la aparición de la filoxera. En la modesta alcaldía de Sant Feliu de Guíxols, al borde mismo de la Costa Brava, queda el testimonio de este desgarramiento: allí se conservan miles de peticiones de salida, acompañadas por una «carta familiar» en la que algún pariente —padre, madre, esposa— otorgaba al interesado la posibilidad de emigrar, mientras él quedaba al frente de la familia.

Cuba, más que un sueño, se convirtió desde entonces en una obsesión para la memoria catalana.

Una calle, un edificio, una leyenda

Una de las calles más cortas de La Habana se llama Xifré. Nace en Maloja y va a morir pocas cuadras después y por una rara coincidencia, en el antiguo paseo de Carlos III. Ubicada en un viejo barrio proletario, de los primeros nacidos más allá de las murallas, las casas modestísimas de esta calle tienen un signo distintivo: viven con las puertas abiertas. En Barcelona, uno de los lugares más famosos y típicos de la ciudad es el edificio conocido como pórticos Xifré. Situado a orillas del mar, muy cerca del antiguo puerto de Barcelona, la construcción alcanzó celebridad desde los mismos días en que, cavando en la arena, los obreros levantaron sus cimientos sobre lo imposible, enterrando piedras traídas desde el Montjuic. Su celebridad, sin embargo, alcanzó la cúspide a partir de 1840 cuando, un año después de terminado el imponente edificio, en su planta baja quedó inaugurado el café Las Siete Puertas, durante mucho tiempo el más concurrido de la ciudad condal.

Los Pórticos Xifré, que vino a completar la fisonomía de la plaza del Palacio, es un edificio neoclásico que se permitió licencias barrocas al incluir en su estructura bajorrelieves y estatuas. Para ningún fisgón pasa inadvertido, entonces, que la simbología de estos ornamentos alude directamente a tres motivos de inusual convivencia: la antigua Grecia, las alegorías masónicas y la riqueza natural americana...

El día de 1798 en que Josep Xifré i Casas emprende su camino hacia Cuba, la miseria le estaba pisando los talones. Había nacido veintiún años antes en la villa de Arenys de Mar y su padre, Joan Baptista, dueño de cuatro bergantines, se había sumado en 1778 al comercio americano. Un sino trágico, sin embargo, merodeaba a aquel hombre: en1782, al iniciarse la guerra con Inglaterra, pierde dos de sus barcos mientras el Gobierno le confisca otro, sumiéndolo en la ruina que lo mataría de angustias apenas cinco años después. Como herencia, Joan Baptista le dejó a su familia una cuantiosa deuda.

Al pisar La Habana, Josep Xifré i Casas estaba muy lejos de pensar que llegaría a ser el indiano catalán más famoso de su época, pero pronto se convenció de que su talento era demasiado para aquel rincón del imperio español asfixiado por ordenanzas y prohibiciones coloniales. Como su «carta familiar» de emigración especificaba, su madre lo recomendaba en Cuba a su coterránea María Carbó, dueña de una tenería, y a su tío paterno, Josep Xifré Horta, quienes al recibirlo lo ubican en la tenería habanera de Carbó.

Cinco años después, Josep hace el primer milagro: sin que sus biógrafos se expliquen cómo, el joven adquiere el bajel *San José,* de ciento cincuenta toneladas, y lo inscribe a nombre de un socio para evitar la persecución de sus acreedores. Otros tres años más tarde, en condiciones ya de pagar la deuda familiar, Xifré compra un segundo navío al que bautiza con el nombre de su difunta madre: *Margarita.* En apenas ocho años, y sin duda auxiliado por sus dotes de especulador sin fondos y contrabandista sin nada que perder, aquel catalán había pasado de simple aprendiz de curtidor a propietario de dos embarcaciones y había devenido, además, buen amigo de algunos personajes de la administración colonial, quienes le conceden, en 1808, el derecho exclusivo sobre las pieles extraídas en todos los mataderos de La Habana y Santiago de Cuba. No obstante, su genio se ve coronado cuando, al iniciarse la guerra contra Napoleón, se hace imposible la importación del *roldó* para curar las pieles y Xifré descubre las magníficas propiedades del mangle cubano para tal empeño.

Entonces se produce el gran salto: mientras moderniza su industria de pieles con maquinaria inglesa, Xifré se lanza a la gran especulación y pone su mirada en el mercado norteamericano, al cual envía pieles, azúcar, aguardiente y el café que, según algunos asombrados, provenía de sus propios (?) cafetales.

Sin embargo, dos estocadas más daría en estos años el comerciante: una fue ingresar en la naciente masonería cubana, fuente de amistades e influencias; de la otra se encargaría su afortunada bragueta. Gracias a la masonería, que Xifré empezó a practicar en Cuba, entra en contacto con el comerciante neoyorquino Thomas Downing, fanático director de la Logia Orangista de Nueva York, una sociedad secreta, nacionalista y protestante de origen irlandés. Este hombre y su logia le abren importantes contactos mercantiles al catalán, que, para colmos, atrapa a la joven Judith, la heredera de Downing, con quien se casa en 1818, cuando Xifré cumplía cuarenta y un años y ella diecisiete. La suerte estaba consolidada y aquel ya riquísimo comerciante, después de ver el nacimiento de su único hijo en La Habana, se traslada en 1823 a Nueva York, donde afinca sus negocios al tiempo que empieza a sufrir la enfermedad más cruel que ataca a los catalanes: la inevitable nostalgia.

Su primer regreso a Cataluña se produce entonces por vía monetaria: envía al ayuntamiento de Arenys de Mar dos mil duros para la terminación del teatro Principal, que se inaugura el 26 de octubre de 1828 con la representación de *Otelo*. Dos años después se traslada a Europa para radicarse en París y, a partir de 1831, empieza a visitar el terruño con la insistencia de los que quieren quedarse. Por la misma época en que construye los pórticos, hace otra donación a Arenys de Mar para levantar un hospital que desde entonces lleva su nombre. Pero, al terminar los pórticos, aquel hombre cuya fortuna sobrepasaba los dieciocho millones de pesos oro y recibía en su casa de París a políticos, comerciantes e intelectuales franceses, decide tomar un piso en la planta alta de su edificio y fijar su residencia en Barcelona, la ciudad que le tributa entonces todos los honores civiles y militares, incluida la alcaldía que nunca aceptó.

Cuentan que en los últimos diez años de su vida, Josep Xifré solía asomarse por el balcón de su pórticos que da a la bahía de Barcelona. Mirando al mar, el hombre más rico de aquella ciudad recordaba el día de 1798 en que, sin un duro, tomó la ruta de América para iniciar allí su asombrosa fortuna, la misma que le permitía donar teatros y hospitales, edificios públicos, pagar estudios a jóvenes pobres y gozar de su segura fama de indiano notable. Y cuentan también que alguna vez se le oyó decir: «Fuimos a hacer la América...», para recordar después las ancas de una mulata habanera que jamás pudo olvidar.

La aventura americana

Como la calle Xifré, a lo largo del siglo XIX Cuba se fue llenando de evidencias catalanas y Cataluña se fue transformando con dinero y costumbres cubanas. Más hábiles para el comercio y la industria que sus otros compatriotas y poseedores de una mentalidad neocolonial más apta para los nuevos tiempos, los catalanes se adueñan prácticamente del comercio cubano hacia 1850 y los nombres de Crusellas, Partagás, Martí Torrens, Gelats, Bacardí, Samà, Gener, Payret, Sarrá y muchos otros devienen fortunas y empresas de un potencial envidiable.

El auge económico de esta emigración les permite, incluso, fundar en La Habana, en 1840, la que sería la primera asociación regional de españoles de Cuba: la Sociedad de Beneficencia de Naturales de Cataluña, por cuya presidencia pasaron todos los notables de esta procedencia y que se encargaría de construir, primero, un hospital donde morir en paz, y después, una ermita dedicada a la Virgen Moreneta donde llorar las nostalgias.

Alberto Bru es el actual presidente de la Sociedad Catalana de Cuba. Ya su labor benéfica no es la más importante y no puede prestar ayuda a una emigración que se detuvo en 1941. La cúpula de la colonia catalana de Cuba ya no la integran ricos comerciantes y banqueros, sino viejos emigrados que gustan de reunirse para rumiar sin resentimiento su insalvable nostalgia. Para ellos no hay regreso: Cataluña es un sueño imposible para estos hombres y mujeres que fructificaron aquí, que escogieron esta tierra, pero que todavía pueden llorar escuchando una vieja habanera que habla de marineros y amores perdidos.

Son los últimos catalanes llegados a Cuba y son la memoria viva de una emigración que imitó el destino de las golondrinas.

Alas para ir y volver

—Es verdad —me dijo don Pepe Rovira—, los catalanes son como las golondrinas. Se van pero vuelven, y cuando vuelven, ya sueñan con regresar otra vez, y así se les va la vida, entre añoranzas por un pasado que, por más duro que haya sido, siempre lo recuerdan con afecto. Así vivió y murió mi abuelo, el indiano de la familia.

Y me señala, entre las fotos de los alcaldes del pueblo, la de Ramón Fors Soler, su abuelo materno. Josep Rovira es ahora [1990] el alcalde de Canet de Mar, una población de doce mil habitantes que se precia de ser la más hermosa de la costa del Maresme, al norte de Barcelona. Como Sant Feliu de Guíxols, Arenys de Mar, Mataró, Sitges y toda la costa catalana, Canet vio partir, durante más de cien años, a los jóvenes emigrantes que hicieron de Cuba, su ron, su tabaco, sus mulatas y sus canciones alegres, un mito dorado que el tiempo no ha podido quebrar. Los americanos —como fueron bautizados los indianos catalanes— se convirtieron en personajes de leyenda que, con los dineros ganados en Cuba, traían a su tierra, al inevitable regreso, las costumbres aprendidas en el lejano Caribe y la nostalgia por el lugar donde habían gastado los años más feraces de sus vidas.

—La más hermosa leyenda americana de Canet —continúa Pepe— es por supuesto una historia de amor. Un joven se enamoró, en la mejor tradición romántica, de una muchacha, hija de familia rica. Claro que ella correspondió a su amor, pero la familia se opuso. Y un día, el joven decidió irse a Cuba, para hacer fortuna y merecer así a su amada. Todos los meses, él le escribía largas cartas de amor, donde le contaba de sus trabajos, de lo que aprendía en La Habana y de sus planes para el futuro. Pero la familia de la muchacha se encargó de interceptar todas las cartas. Al principio, ella creyó que él no escribía por el mucho trabajo, pero pasaron los meses, los años y, al no recibir una sola carta, pensó que él la había olvidado, y fue tanta su tristeza que murió de amor, como era la usanza. Al cabo de los años, el joven, que ya no era tan joven, regresó con una fortuna y al llegar al pueblo la primera noticia que recibió fue que aquella muchacha, que años atrás fuera su novia, había muerto hacía mucho tiempo. Una amiga común, entonces, le contó la historia de las cartas y el enamorado se presentó en la casa de su difunta y pidió a sus padres un único deseo: que le permitieran hacer un mausoleo para enterrar los restos de su amada. Pero ellos se negaron, a pesar de que muchos amigos intercedieron. Finalmente, el hombre decidió cumplir su deseo y levantó el más hermoso panteón del cementerio, donde cada día debía colocarse una rosa roja. Esa es la única tumba sin cadáver que existe allí.

«Si te cuento esta leyenda no es por gusto, sino porque la verdad de la emigración fue así, realmente triste y llena de desgarramientos. Muy pocos fueron tan afortunados como Samà, como Xifré, como Gelats, que hicieron grandes fortunas por distintas vías. La mayoría vivió como mi abuelo, que se fue de Canet con solo trece años, y mira lo que le decía a su madre en una carta: «Nos levantamos a las tres y media y nos acostamos a las doce. Esto es, tres horas y media de descanso y luego que digan los charlatanes de Canet que vinimos a robar dinero...

»Porque en verdad hubo tres clases de emigrantes: los que se enriquecieron muchísimo; los que ganaron algún dinero y volvieron con él a sus pueblos; y los que se quedaron allá para siempre, con más o menos fortuna. Para nosotros, los más importantes fueron los segundos, por una sencilla razón: era gente muy industriosa que trajo su dinero para invertirlo aquí, y gracias a ese capital se fomentaron muchas industrias en Cataluña. La industria textil de Canet, por ejemplo, fue obra de estos indianos, igual que el primer ferrocarril de España, el de Barcelona a Mataró, que lo construyó Miguel Biada Buñol a partir de la experiencia del ferrocarril cubano, el primero del imperio, y gracias al dinero ganado allá. Pero, además, ellos traían una mentalidad social muy liberal para la Cataluña de la época, y eso permitió que modificaran muchas cosas. Mi propio abuelo, que vivió hasta los veintinueve años en Cuba, exactamente en la calle Teniente Rey de La Habana, llegó a ser el primer alcalde moderno del pueblo y eso se debe a su estancia allá, un país mucho más vivo que la España del XIX. Y trajeron otra cosa muy importante: sus nostalgias del trópico, que se revirtió en costumbres como las habaneras que todavía se cantan acá; en nombres de lugares, como la plaza de Cuba, que está cerca de la alcaldía; en modos de construir, gracias a los cuales también floreció el modernismo, que es bien importante para la arquitectura de Canet y de toda la región, pues es bueno recordar que Eusebi Güell i Bacigalupi, el mecenas de Gaudí, era descendiente del «americano» Joan Güel i Ferrer, que hizo su fortuna en Cuba, y gracias a la cual Gaudí pudo construir obras como la Sagrada Familia y el parque Güell, que con tanto orgullo exhibe Barcelona. Y también trajeron cosas mucho más íntimas: el sillón de pajilla, el ron para las fiestas y la necesidad de que Cuba no se les fuera del recuerdo y por eso pintaban patios «cubanos» en sus casas, estampas habaneras, mulatas vendedoras de hierbas y frutas, hasta que Cuba se convirtió en un lugar de la memoria catalana. Y fueron tantos los que emigraron de acá que se acuñó una frase que por sí sola da la medida de este fenómeno: "El que no tiene tierra tiene parientes en La Habana", se decía en tiempos en que Canet de Mar tenía apenas tres mil habitantes.»

La aventura americana

Hacia 1830, la tardía pero potente y emprendedora emigración catalana a Cuba comienza a transformarse en una fuerza económica, social y hasta política de evidente importancia en la vida nacional. Todos los renglones económicos parecían interesarles a aquellos españoles que hicieron del comercio con la colonia el pulmón que entregó el aire necesario para que Cataluña diera el salto a la industrialización, al tiempo que reavivan la vida mercantil de la isla.

El propio Joan Güell i Ferrer, promotor indirecto de Gaudí, autor del *Tratado Económico y Político* e inmortalizado por Barcelona con una estatua en sus indispensables Ramblas, escribió al respecto: «La isla de Cuba, española y rica, es el principal mercado externo de nuestros productos agrícolas e industriales (...) *Ella es el centro de donde irradia todo nuestro comercio marítimo y sirve de base al que termina en Montevideo, Buenos Aires, Nueva Orleans y México*». Otras evidencias al respecto afirman que en 1854 Barcelona dominaba el veinticinco por ciento del comercio español con Cuba, mientras la antes monopólica Cádiz solo llegaba al diecisiete por ciento. Mientras tanto, al producirse la independencia de la isla, en 1898, Barcelona andaba por el cincuenta y uno por ciento y Cádiz apenas tramitaba un cinco por ciento...

La verdad es que desde su llegada a Cuba los catalanes ponían su vista en un norte bien preciso, del que nada podía desviarlos: hacer fortuna. Y, para ello, cualquier vía era buena.

Según ciertas fuentes, por ejemplo, el primer cafetal fomentado en Cuba fue obra del catalán Gelabert, quien trajo semillas de Santo Domingo y creó una plantación en el Wajay, en las afuera de La Habana, con la idea de utilizar sus granos no para la infusión —que se extendería como costumbre después, con los emigrados franco-haitianos— sino para extraer aguardiente. La industria azucarera, igualmente, sería empeño importante para los catalanes que ya en el siglo XIX eran propietarios de grandes ingenios como el San Miguel, de Guantánamo (con ochenta caballerías, cien colonias, veinte kilómetros de vía estrecha y catorce mil arrobas de producción: todo un central); el Aguedita, de Colón; el Unión de Matanzas, o los bautizados El Jacinto y Mercedes, de Joan Jova Batlle, antiguo marinero natural de Sitges, quien ensaya con éxito la implantación de la máquina de vapor y construye, además, una refinería en Cienfuegos.

Pero tal vez los renglones donde mayor celebridad alcanzaron los catalanes fueron en las industrias del tabaco y el ron. Mientras los emigrados canarios, con una vinculación ancestral a la agricultura, se dedican con preferencia al cultivo del tabaco, los catalanes se lanzan a su procesamiento y comercialización, y a lo largo del siglo XIX se implantan las marcas de puros y cigarrillos cubanos que de mayor fama gozarían a nivel mundial.

Jaume Partagás i Rabell funda en La Habana, en 1845, la fábrica que todavía lleva su nombre, a pesar de que pronto pasaría a otras manos. Partagás, apellido famoso en el mundo si los hay, murió, precisamente, a causa del tabaco, aunque se asegura que jamás fue fumador: durante una visita que realizaba a sus vegas de Vueltabajo, un tabacalero contrincante y desconocido para la historia, que veía en el ascenso de Partagás el motivo de su ruina, lo mató de un solo balazo varias veces mortal: la bala, que penetró por el estómago, subió y le partió también el corazón, pero, indetenible, siguió su curso hasta alojarse en el cerebro de aquel hombre fatal.

Se dice, además, que fue el catalán Bernardí Rencurrell quien instaló en 1810 la primera fábrica de cigarrillos de La Habana; que otro compatriota suyo, Joan Conill, fue el primer almacenista de tabaco en rama de la capital cubana, con un negocio instalado en la plaza del Cristo. Mientras, otros fabricantes catalanes de mucho éxito fueron Julián Rivas, quien en 1840 lanza la marca El Fígaro, y Prudencio Rabell, que hacia 1870 monta la fábrica La Hidalguía y crea cuatro marcas: La Hidalguía, La Legitimidad, La Honradez y Negro Bueno, todas en la capital de la isla.

El más afortunado, sin embargo, de los tabacaleros catalanes fue el tristemente célebre Josep Gener i Batet, el hombre que en noviembre de 1871 y en su condición de voluntario y presidente del tribunal organizado por la administración colonial, decreta el fusilamiento de los ocho estudiantes de medicina acusados sin que fuera probado de profanar la tumba del periodista español Gonzalo Castañón... Dueño de vegas en San Juan y Martínez, Gener i Batet crea su primera fábrica gracias a un contratiempo: llegado a La Habana con el propósito de vender una cosecha, no obtiene de ningún fabricante los precios que exigía y decide entonces alquilar un local y contratar los obreros necesarios para procesar él mismo su maravilloso tabaco. Surge así, en 1865 y en La Habana, la fábrica La Excepción, cuya especialidad eran los cigarrillos Decouflé y los puros Hoyo de Monterrey y Emperatriz de la India, con los que Gener asiste a la Exposición Universal de Barcelona en 1888 y obtiene el Gran Diploma de Honor.

El dueño de La Excepción, como catalán al fin y al cabo, no fue una excepción en cuanto a sus sentimientos: avasallado por la nostalgia, aquel hombre que había llegado a Cuba hacia 1844, con apenas trece años, y que había conseguido en la isla una fortuna exorbitante, que durante tres períodos presidiría la Beneficencia Catalana y alcanzaría el grado de teniente coronel de Regimiento de Voluntarios, comienza a planear en 1873 su regreso al terruño. En L'Arboç, el pueblo donde había nacido, Gener manda construir un espectacular palacio que incluía piscina y todos los lujos modernos, decidido a pasar allí los años finales de su vida. Josep Gener i Batet, arropado por su esposa, la cubana Panchita, muere en su casa catalana justamente en el año de 1900. Como Xifré, sabía que no solo habían «hecho la América»...

La lista de catalanes licoreros, por su parte, demuestra el especial apego de estos españoles por la fina actividad de la creación de rones. Uno de ellos, por encima del resto, demostró que los catalanes, además de pragmáticos, pueden ser muy pacientes y convertir hasta las piedras en panes. Facundo Bacardí Massó, natural de Sitges, fundó en Santiago de Cuba, en 1862, la pequeña destilería que, gracias al secreto obtenido de un anónimo vinatero francés, llegaría a ser la fábrica productora del mejor ron del mundo, solo debido a la paciencia infinita de aquel hombre que murió sin saber a plena conciencia la maravilla que había legado al universo en aquellos barriles donde se añejaba la obra de toda su vida.

Por los mismos tiempos en que don Facundo Bacardí monta su alambique en Santiago de Cuba, surgen las pequeñas industrias roneras de otros fabricantes catalanes: Rovira funda el ron Castillo; Camp, el Matusalem; Juan Albuerne y Pedro Palau el ron Albuerne; el propio Palau junto a su hermano Francisco, crean el ron Palau; Domingo Balaguer el ron Titán; Salvador Sicars el ron Sicars; y siguiendo esta costumbre, Ramón Fontanals y Joan Guillaume, dan sus poco adecuados apellidos a sus respectivas marcas. Cuba se había convertido ya en la potencia ronera del Caribe.

No obstante, ninguno de estos oficios sirvió para sustentar las vertiginosas y grandes fortunas catalanas nacidas en Cuba. Uno menos aromático y embriagador, pero mucho más eficaz —y para muchos vergonzante—, sería la gran fuente de dinero para algunos emigrados catalanes: la trata de esclavos.

Cuba en Cataluña

Manuel Vázquez Montalbán, aunque de padres gallegos, es catalán por convicción. Su literatura, especialmente las novelas policíacas protagonizadas por el intangible e inefable Pepe Carvalho, me descubrió Barcelona mucho antes de que pudiera visitar la Ciudad Condal. En una de sus novelas más recientes, Pepe Carvalho y su amigo Biscuter llegan a la conclusión de que Barcelona ha cambiado tanto que ya ni los ladrones «nacionales» son iguales que antes.

Sin embargo, la noche de febrero de 1990 en que pude caminar por primera vez las viejas Ramblas de Barcelona sentí —gracias al escritor y a Carvalho— que transitaba un paisaje conocido. Las Ramblas, con sus puestos de flores, de libros, de refrescos, sigue siendo, sin duda, el corazón más profundo de la ciudad y, también sin duda, el punto cero en cualquier búsqueda que un detective emprenda. Yo andaba persiguiendo las evidencias de lo que fue la emigración catalana a Cuba y lo que Cuba significó para Cataluña. Y Ramblas abajo encontré el punto de partida, quizás porque en el corazón de La Habana hay una réplica de este bulevar: el paseo del Prado,* que va desde el Parque Central (nuestra plaza de Cataluña) y baja hasta el mar de la bahía habanera.

Así, las viejas Ramblas, como los ríos y como la vida, van a morir al mar, justamente al lugar que, como última imagen de su tierra, guardaban los emigrantes catalanes: la bahía de Barcelona. Allí, en una plaza de tráfico insoportable existe una altísima columna sobre la cual está parado Cristóbal Colón. Este Colón, sin embargo, ha extendido su brazo derecho, para indicar algo: ese, el que marca el brazo, es el camino de América, el que siguió el genovés y el que siguieron, desde el siglo XVIII, miles y miles de catalanes en busca de una vida mejor.

Al parecer —como pude comprobar después—, algunos realmente hallaron una vida mejor. Es posible verlo. No solo los pórticos Xifré y el hospital de Arenys de Mar tienen su origen en aquella aventura económica. El templo de la Sagrada Familia, la obra mayor de Antonio Gaudí, el más genial de los arquitectos modernistas españoles, tiene su trasfondo en una fortuna amasada en Cuba por Joan Güell; las Ramblas de Vilanova i la Geltrú ciudad ubicada al sur de

* Originalmente llamado paseo de Isabel II.

Barcelona, fueron ampliadas y alargadas por Francisco Gumá, hombre de fructífera estancia en Cuba y promotor también de la construcción del ferrocarril Barcelona-Vilanova y de la reconstrucción de la iglesia de San Antonio Abat; en Sitges, Canet de Mar, Mataró, Sant Pere de Ribes, existen varias decenas de casas que parecen extraídas de La Habana y colocadas allí por sus dueños originales, los famosos «americanos», como le solían llamar en esta región a los indianos.

Pero, tal vez, el más impresionante testimonio de esta vida mejor está en el Baix Camp tarragonés, muy cerca de Cambrills, donde existe uno de los palacios más fantásticos que el hombre pueda imaginar, contrincante orgulloso del Xanadú de W.R. Hearst y Orson Welles: el Palacio Samà, con su impresionante casa, su jardín exuberante, su lago artificial y su zoológico en miniatura, fueron obras de un hombre cuya fortuna se hizo en Cuba: Salvador Samà i Martí, introductor del dique flotante de la bahía de La Habana, fundador del Banco Español de Cuba (1856), presidente de la Beneficencia Catalana (1844-1845) y, además, espléndido donante para obras de caridad en su tierra, entre las que se hallan el colegio de los escolapios de Vilanova i la Geltrú y los más de doscientos mil pesos entregados para la reconstrucción de la iglesia de San Salvador, también en Vilanova i la Geltrú.

Lo que algunos historiadores pocas veces mencionan es que Salvador Samà, al igual que sus compatriotas Josep Baró i Blanxart y Francisco Martí Torrens —todos, por cierto, excelentes amigos de Miguel Tacón y otros gobernadores de la isla—, fueron algunos de los catalanes que contribuyeron a crear la leyenda negra de esta emigración gracias al lucrativo —y para ellos seguro— comercio de esclavos.

El domingo 28 de febrero de 1838, en La Habana solo se hablaba de un tema que parecía tocar a todos, ricos y pobres, blancos y negros: en aquella ciudad que crecía por semanas y se preciaba de moderna y libertina a un tiempo, había nacido un esplendoroso teatro que, como todos sabían, llevaba el nombre del insigne capitán general de la fidelísima isla: Teatro Tacón. Aquel magnífico edificio, construido a un costo de cuatro cientos mil pesos y ubicado en el corazón de La Habana, dejaría abiertas sus puertas esa tarde, con seis grandes bailes de disfraces, y todos los vendedores ambulantes, músicos callejeros, saltimbanquis, vagabundos, carteristas, cómicos sin suerte, señoritas y señoritos alegres y curiosos de la ciudad, se agolpaban en los alrededores del teatro para ver, al menos, los trajes que lucirían los afortunados que habían recibido una invitación para la apertura o pudieron comprar una de las carísimas entradas.

Entre aplausos y algarabías, los curiosos se preciaban de haber sido, cada uno de ellos, el que identificó a tal o cual personaje, pero en realidad a quien aguardaban con mayor júbilo era al dueño de aquel maravilloso lugar, el hombre emprendedor que salido de la nada alcanzaba estas alturas y, según se decía, había invertido otros ochenta mil en el más fastuoso montaje de *Macbeth* que Shakespeare hubiera podido imaginar.

Cinco minutos antes de la hora prevista, cuando todo lo que valía y brillaba en La Habana había llegado al teatro, incluido el capitán general Miguel Tacón, cuyo nombre llevaba el edificio, hizo su más triunfal entrada el gran personaje del momento. Francisco Martí Torrens, aquel hombre nacido en Barcelona el 11 de junio de 1786 y llegado a Cuba en 1810 —sin un céntimo en sus bolsillos—, saludó entonces a fanáticos, conocidos y amigos, mientras la multitud coreaba «Pancho Marty, Pancho Marty...», y lo consagraban como a un elegido del destino.

En realidad, el señor Francisco Martí Torrens no creía en elecciones ni en destinos preestablecidos, sino en algo mucho más concreto: creía en el poder del dinero y toda su fe se le iba en el agradable empeño de ganar más y más plata —y que lo aplaudieran después—. Porque durante muchos años nadie hubiera batido una palma por aquel catalán empecinado y analfabeto que con sus primeros ahorros abrió la fonda El Vapor en la plaza del Mercado habanera, para quebrar poco después. Nadie hubiera querido ser como él, cuando su esposa y su hija, recién llegadas a Cuba, murieron de fiebre amarilla, o cuando se le incendió la pequeña bodega de las calles habaneras de Consulado y Virtudes. Y menos todavía cuando, con dinero prestado, logró reabrir el comercio, solo para que el fuego insistente lo devorara por segunda vez.

Pero aquel hombre, hasta entonces sin suerte, decidió al fin que, para empezar, no podía hacerlo desde abajo y, gracias a un amigo, consigue el insignificante nombramiento que precisamente él deseaba: en 1829 es designado subdelegado de Marina de la Fortaleza de la Chorrera, al oeste de La Habana, y Francisco Martí Torrens, con el respaldo de la ley y el prestigio de una captura memorable —la del famoso contrabandista Antonio Mariño, prófugo de La Cabaña y del Morro santiaguero—, se lanza él también al más oficial de los contrabandos, interesándose por todos los renglones: desde el tabaco hasta el alcohol, pero insistiendo, en aquellos tiempos difíciles, en la compraventa del producto que apenas nueve años después lo convertiría en el hombre más aplaudido de La Habana: los negros esclavos.

Así, el simple Pancho Marty se convierte en el señor Francisco Martí Torrens, pues con el dinero aprende a escribir algo mejor y logra disipar la duda caligráfica en cuanto a la última i de su apellido. Con el dinero se convierte, además, en sólido amigo del capitán general de la isla y consigue, incluso, que los cronistas de la época lo califiquen de «espíritu emprendedor, al cual impulsó muy mucho su carácter firme, perseverante, generoso y tan arrojado que nunca se le vio vacilar en la realización de sus atrevidos planes»... de negrero.

Pancho Marty, que en una fecha tan tardía como 1856 seguía recibiendo grandes cargamentos de negros, que en 1857 vendía el Teatro Tacón por setecientos cincuenta mil pesos,* y que al morir dejaba una herencia de dos millones, fue, en verdad, parte del cuarteto catalán que mayores ventajas sacó del comercio de esclavos que se hizo particularmente provechoso luego de prohibida la trata por los convenios angloespañoles de 1817 y 1820, ratificados en 1835. Junto a sus compatriotas Samà, Baró y Julián de Zulueta, lideraron un comercio en el cual los catalanes participaron activamente desde finales del siglo XIX para convertirse en los mejores negreros de la metrópoli. Incluso Pancho Marty, asociado en el negocio de la trata con uno de los fundadores de la Beneficencia Catalana, el señor Antoni Font i Guasch, patenta en su momento una variante que engrosaría considerablemente su fortuna: opuesto a la, según él, despreciable emigración de braceros chinos para la agricultura, monta un comercio con el general y presidente mexicano Santa Anna, y trae a la isla campesinos yucatecos, en condición de contratados. Por aquellos tiempos, Francis-

* En el lugar donde se levantaba el Teatro Tacón se construiría el fastuoso Centro Gallego de La Habana, donde se ubica el teatro que hoy se llama Alicia Alonso, y es sede del Ballet Nacional de Cuba.

co Martí Torrens seguía siendo uno de los hombres más aplaudidos de La Habana.

Con este origen oscuro o con otros menos dolorosos, lo cierto es que una cantidad significativa de los emigrados catalanes llegados a Cuba logran copar, a lo largo del siglo XIX, un sector considerable del comercio, la industria y las finanzas cubanas. Fuera del tabaco, el azúcar y la industria licorera, y del pequeño comercio de «ultramarinos» que les fue tan propicio —«el catalán de la esquina», se llegó a llamar, por extensión, a los bodegueros—, los catalanes prueban fortuna en los más disímiles renglones: Sabatés lanza sus velas y jabones; Petit y Mestre construyen la fábrica de papel Puentes Grandes; Sarrá llega a poseer una de las más grandes droguerías del mundo; J. Vallés, bajo el lema «Nadie más barato que J. Vallés», crea sus famosísimos almacenes; Miguel Nin y Pons abre un circo-teatro en la calle Colón y Joaquín Payret inaugura su teatro en 1877, con la idea de que su hija, una notable concertista, tuviera su propio escenario.

Mientras, otros catalanes se dedican al mundo de la banca y la especulación y se establecen casas tan importantes como el Banco de Narciso Gelats y Cía., el Banco Bergnes y Cía., de Santiago de Cuba, o la firma comercial Barraqué, Maciá y Cía., fundada en 1875 por José Barraqué.

El modo absolutamente neocolonial y la visión capitalista con que los catalanes se acercaron a la economía cubana fue un acierto rotundo, al extremo que después de la independencia de la isla estos activos emigrantes logran dominar importantes instituciones comerciales como la Cámara de Comercio y la de Comercio, Navegación e Industria. La aventura americana, emprendida por los catalanes un siglo y medio antes, había sido un éxito.

—Como te dije, yo nací en Barcelona, el nueve de enero de 1909. Por lo tanto soy catalán —afirma Alberto Bru. Estamos sentados en la magnífica terraza de su casa habanera, y la vista de la ciudad es formidable: todo el puerto, con sus almacenes, grúas y barcos; una perspectiva aérea y tan distinta de la vieja estación de ferrocarriles; un trozo de muralla, el Capitolio, los árboles del Parque Central. Le he pedido al viejo Bru que me cuente su historia, más no puedo evitar, entre preguntas, echarle una mirada a la ciudad que engendró tantas nostalgias a los catalanes.

»Por esa época ya mi padre se había instalado en Guantánamo y tenía un lindo café estilo francés, llamado El Suizo. Él iba a cada rato a Barcelona y, en uno de esos viajes, nací yo, pero no nos trajo a mi madre y a mí hasta el año 1912. Así que mi niñez y mi juventud fueron cubanas.

»En Guantánamo había entonces muchos catalanes, y fundaron incluso el Bloc Nacionalista Catalunya, que fue primero un centro separatista y después una sociedad de recreo. Yo iba mucho allí con mi familia, igual que todos los catalanes de la ciudad, pero en realidad vivía como un cubano más, y aprendí a jugar pelota y hasta se me pegó algo del "cantaíto" con que hablan los orientales. Imagínate, a esa edad todo se pega. Pero mi padre nos hacía ir con frecuencia a la tierra y volvimos en 1923, y luego de 1926 a 1928 y ahí conocí a Montserrat, la muchacha que sería mi mujer de toda la vida. Por ella fui en 1930 a Cataluña y nos casamos para regresar a Guantánamo, donde tuvimos dos hijos. Pero otra vez en 1933 voy a Barcelona y me quedo hasta el 36. Hasta ahí mi vida fue así, entre dos aguas: mi mujer catalana, tenía dos hijos cubanos y allá yo era el "cubano" y aquí el "gallego" como les decían a todos los españoles. Y fíjate si era cubano que entré en un club de pelota que había en Barcelona, el México, y fui primera base y cuarto bate y conmigo ganaron tres años seguidos el campeonato de España.

»Por eso no sé decirte si me siento cubano o catalán. Soy las dos cosas: allá está mi origen, mis primeros recuerdos, el encuentro con Montse; acá mi casa, mis hijos, la tumba de mi esposa y otros muchos recuerdos. Y la nostalgia es algo que va y viene, como las golondrinas que me decías: a veces quisiera estar en Barcelona, ver a la gente bailar una sardana y caminar por las Ramblas. Pero la última vez que estuve allá, en 1979, extrañé muchísimo los juegos de pelota, el ruido de los trenes, el arroz con frijoles negros y las reuniones de la Sociedad con esos viejos catalanes que se parecen tanto a mí. ¿Qué voy a hacer? —me pregunta Alberto Bru y empieza a mostrarme, como jalones de esa nostalgia, las fotos que también cuentan la historia de sus ochenta años de residencia en la tierra. Para el final, aparentemente olvidado hasta entonces, ha dejado un sólido bate de béisbol, hecho de buena majagua criolla. Bru lo empuña y lo lleva atrás, como preparándose para un swing.

»Creo que soy el mejor pelotero catalán que ha pasado por este país —me dice y sonríe.

La última aventura

Cuando corría el año 1909 y Alberto Bru nacía en Barcelona y los catalanes de Guantánamo fundaban el Bloc Nacionalista Catalunya, la vasta colonia de emigrados catalanes había dado rienda suelta a su natural inclinación a reunirse y protegerse. En cada ciudad de la isla, donde su presencia fuera notable, los catalanes habían fundado agrupaciones de diversa índole y de activa presencia en la vida local y nacional.

A la Beneficencia, fundada en 1840 en La Habana, habían seguido, entre otras, su homóloga de Matanzas, que fomentó la Ermita de Montserrat en las alturas de Simpson (1872-1875) y organizó brillantes fiestas anuales desde 1871 hasta 1925; el centro Balear de La Habana (1881) que construye dos años después la Quinta de Salud conocida todavía como La Balear, el Grop Nacionalista Radical de Catalunya de Santiago de Cuba, hijo del antiguo Centre Catalá de esa ciudad, y que en 1907, al nacer con ese nuevo nombre y gracias a los esfuerzos de Salvador Carbonell, expresaba claramente en los estatutos su corte separatista.

En Camagüey, Pinar del Río, Cienfuegos, Cárdenas, Colón nacen otras agrupaciones catalanas y se crean también sociedades de carácter puramente artístico como las famosas Collas de Sant Mus y de Monserrate, que tanto color brindaron a las tradicionales fiestas catalanas de Matanzas.

Sin embargo, la más activa y feroz de estas organizaciones fue, sin duda alguna, el Centre Catalá de La Habana. El Centre, que fue fundado a finales del siglo XIX como una sociedad de instrucción y recreo, varía toda su orientación en el año 1911 y gracias a su casi eterno presidente y más encarnizado promotor, Josep Conangla i Fontanilles, deviene el más importante núcleo del separatismo catalán fuera de España.

En 1911 y a instancia de Conangla, el Centre Catalá de La Habana aprueba una declaración de principios en la que se afirmaba: «El Centre cree que el Estado Español se halla en el deber inmediato de satisfacer a Cataluña su aspiración de autonomía, no por concesión precaria sino para el mejor desarrollo de la vida y las iniciativas catalanas y como medio de mutua convivencia y de la más franca inteligencia entre Cataluña y las Regiones Hermanas».

Con este programa —que se hace más radical con la declaración de 1923 contra la monarquía española y la dictadura de Primo de Rivera— el Centre desata una campaña que tiene su clímax en la Asamblea Separatista de La Habana, celebrada en 1928 y en la cual participa el propio Francesc Macià, líder del movimiento independentista.

Josep Conangla i Fontanilles, en la cúspide de su carrera política, consigue que su Projecte de Constitució de la República Catalana sea aprobado en la Asamblea habanera y que incluso se adopte la bandera de la «estrella solitaria» como símbolo de la Cataluña independiente...

Muchos años después, en 1965, Conangla muere sin ver logrado el más elevado de sus sueños. El 18 de mayo recibía sepultura en el cementerio de Colón de La Habana, pero en sus manos apretaba un puñado de tierra catalana que en 1937 su hija había traído a Cuba y que, al morir, su nieta se la entregaba para siempre... El 18 de septiembre de 1971, seis años y cuatro meses después de su muerte, en Montblanc, su pueblo natal, se le organizaba un homenaje a aquel romántico empedernido y se inauguraba una lápida en su memoria. Además, desde ese día uno de los pasajes que atraviesa una de las puertas de las murallas de Montblanc lleva el nombre de Josep Conangla i Fontanilles.

La nostalgia sigue siendo igual que antes

El altar mayor de la habanera ermita de los Catalanes donde hoy se celebran los ciento cincuenta años años de la Beneficencia, está ocupado por una virgen de rostro oscuro, eternamente sentada: es la Virgen Moreneta, aquella imagen hallada por el monje Quirico y que tuvo su primera ermita en el año de Dios de 546. Desde el siglo XI la virgen tuvo un monasterio en las impresionantes montañas de Monserrat, muy cerca de Barcelona, y esa diosa oscura representa desde mucho antes el espíritu catalán. Por eso, estos emigrantes la han traído consigo y le han consagrado ermitas como esta, donde vienen a recordar las montañas agresivas que rodean al viejo monasterio de Montserrat y a dar rienda suelta a sus ancestrales nostalgias.

Mientras estos hombres y mujeres, los últimos catalanes llegados a Cuba, escuchan la misa del aniversario y viven sus recuerdos, pienso que otros catalanes como ellos, también entre nostalgias y oraciones, en realidad ayudaron a *hacer la América:* el desarrollo de la instrucción pública en esta isla del Caribe debió su despegue en el siglo XIX a muchos catalanes que fundaron, entre otros, el renombrado colegio de los Escolapios de Guanabacoa, el de Coll de Valdemira y Pelegrín Ferrer en Santiago de Cuba (1861), el conservatorio musical Prellade, o la escuela El Progreso de Cárdenas. Además, un catalán como el padre Benito Viñes llega a dirigir el Observatorio de Belén (1870) y escribe tratados sobre los huracanes de Las Antillas; y su compatriota, el filólogo y frenólogo Mariano Cubí Soler funda la importante revista *Bimestre de Cuba.*

Al mismo tiempo, otros catalanes, a diferencia de Gener i Batet, se alistaron en las tropas independentistas para luchar por la libertad de Cuba: José Miró Argenter, el más reconocido de ellos, alcanzó los grados de general y fue jefe del Estado Mayor de Antonio Maceo; Ramón Pintó, que resultó ser uno de los primeros conspiradores contra el poder colonial; el padre Pedro Soler, que se une a Carlos Manuel de Céspedes después del Grito de Yara... Y también fue catalán Federico Capdevila, capitán del ejército español y apasionado defensor de los estudiantes de medicina condenados por Gener en 1871.

Termina la misa y bajo la tela que dice POR LA CARIDAD

Y POR CATALUÑA se reúnen los catalanes, con sus hijos y nietos cubanos, y alguien pide: «Una sardana, una sardana...».

Comienza la música y tomados de la mano, los bailadores forman pequeñas ruedas, casi siempre familiares. Van al centro, se alejan, alzan y bajan los brazos y otra familia se incorpora a esta rueda que crece. Allá sucede lo mismo con otra rueda y también con aquella. La pequeña coreografía fragmentada en círculos pequeños que se abre y, al final, queda un gran círculo, una sola rueda de hombres y mujeres, catalanes y cubanos, tomados de la mano, bailando la danza ancestral de la patria lejana, mientras en los rostros alternan las lágrimas y las risas... Es la historia natural de las nostalgias y es la vida de estos hombres y mujeres, catalanes prendidos para siempre en la historia de Cuba.

1990

9
Yarini, el rey
Vida, pasión y muerte del más célebre proxeneta cubano

Se veía caminar por una línea de ferrocarril que atravesaba un túnel angosto y húmedo, cuyo final le parecía estar siempre al alcance de la mano. Pero, mientras avanzaba, su desesperación crecía y la ansiada salida se le hacía cada vez más remota. Sudaba y sentía en su nariz el aroma de los musgos violáceos que colgaban de las paredes del túnel. Y por fin apareció un tren desbocado y negro que le apuntaba con la potente luz de su reflector: se lanzó entonces en la carrera más urgente de su existencia, mientras el tren se aproximaba hasta quemarle las espaldas. De pronto la vio: la rana parecía dormir sobre una de las traviesas de la línea y él trató de no pisarla. Su pie, sin embargo, fue a posarse justamente sobre el lomo viscoso del animal y cayó bajo las fauces del tren que...

Se despertó. Volvió a cerrar los ojos esperando a que su respiración se normalizara. En sus veintiséis años de vida había soñado en contadas ocasiones y se alegraba de tener pocos tratos con ese mundo intangible de la inconsciencia: desde que tenía uso de razón, sus sueños habían gozado de un realismo desorbitado y, generalmente, tétrico. Pero la pesadilla angustiosa de aquella mañana había sobrepasado todos los límites, y trató de explicarse el significado de aquella premonición de muerte.

Cuando Alberto Yarini y Ponce de León volvió a abrir los ojos, vio que un mediodía esplendoroso se extendía más allá de las cortinas de encaje de su ventana. Pero su mirada se detuvo sobre el cuerpo brillante y desnudo de la joven que dormía a su lado. La Petite Bertha era como una gema invaluable y exótica en ese mundo de mujeres gastadas y tantas veces digeridas, y era una maestra en el arte de hacer el amor.

El joven abandonó la cama y, completamente desnudo, abrió las cortinas de su ventana. A sus pies, la vieja calle Paula refulgía con el sol otoñal y Alberto Yarini, olvidado ya de su sueño, se sintió fuerte, hermoso, potente. Un rey.

—*God save the King* —dijo, y sonrió.

Apenas ocho horas después, aquel cuerpo bello y codiciado iba a yacer, sangrante y sucio, sobre los adoquines de otra calle de La Habana, perforado por tres heridas de plomo. Porque la noche del 21 de noviembre de 1910 se desataría en La Habana la Guerra de las Portañuelas.

> El Rey de todos ellos era el famoso y mitológico personaje de Yarini.
>
> [...] Yarini era el ideal. Imagínense ustedes [...], un personaje fabuloso que pasaba con su traje de dril cien, con un tremendo jipijapa, de esos que valían como doscientos dólares en la época, que venían de Panamá, y montado en un caballo de cola trenzada, con una alparda criolla, unos caballos de condiciones, bonitos, alazanes o bayos [...] y hay veces que hasta enfilaba por la calle Obispo a caballo, saludando a las amistades, y las mujeres y todo el mundo salían a la puerta de los establecimientos a ver pasar a Yarini.

«Sobre La Habana», Alejo Carpentier

Cirilo José Aniceto Yarini, consorte de Ponce de León, titular de la cátedra B de Ortodoncia de la Universidad de La Habana, jamás se pudo explicar el origen de las mundanales inclinaciones de su hijo Alberto. Aquella familia, síntesis y mezcla de los antiguos Yarinis italianos y los renombrados y criollísimos Ponce de León, parientes de los marqueses de Aguas Claras y los condes de Villanueva, era una estirpe de personas ilustres y bien educadas, amantes de la cultura, la ciencia, la urbanidad, y respetuosos de sus deberes cívicos.

De pie, ante el lujoso féretro donde reposaba su hijo, Cirilo Yarini se preguntó dónde se había equivocado para que aquel muchacho terminara así. Quizás fue un error enviarlo a los Estados Unidos cuando tenía diez años, pero la isla ya estaba revuelta con la nueva guerra de independencia y los *colleges* americanos le brindaban a cualquier estudiante latino la instrucción necesaria para triunfar en sus atrasados países. Tal vez el error, pensó, fue traerlo a Cuba en 1900, con la esperanza de que el joven siguiera la tradición familiar e ingresara en la Escuela de Estomatología de la Universidad de La Habana. Quizás sí, porque a los dieciséis años Alberto le confesó, con su rebelde petulancia de siempre, que en aquel nuevo país la vía más rápida para el triunfo estaba en la política y él no pensaba gastar cinco años de su juventud calentando el pupitre de ninguna escuela.

Desde entonces, Alberto se lanzó a una vida disipada y caótica que ninguno de sus esfuerzos, consejos y presiones de padre pudo desviar. A pesar de la escuálida mesnada que le entregaba, el joven empezó a vestirse como un príncipe y, con frecuencia, don Cirilo tenía noticias de las juergas en que se enrolaba su hijo, quien se había convertido al poco tiempo en uno más de los alborotadores y temidos muchachos que se reunían en la Acera del Louvre, y jugaban allí a sentirse dueños de la ciudad y hasta del futuro nacional.

¿Pensaría, de verdad, llegar a ser presidente de la República?, se preguntó don Cirilo al recordar aquella sobremesa en que su hijo, sonriente, le confió su altísima aspiración. Eran los días en que Alberto se entregó en cuerpo y alma a la campaña electoral a favor de su querido Partido Conservador. El viejo Yarini, sin embargo, se sintió emocionado al evocar los acontecimientos del mitin político que los conservadores pretendían organizar en el pueblo de Güines, cacicazgo indiscutido del liberal Ernesto Asbert, un hombre que había hecho su prestigio luchando contra los españoles bajo las órdenes de Adolfo del Castillo. El tren que llevaba a los conservadores se detuvo un instante en el andén de la localidad y Alberto fue el primer y único conservador que abandonó el vehículo: el maquinista, al ver el grupo de hombres que, armados y dando vivas al Partido Liberal, se acercaba a todo correr, echó a andar nuevamente la maquinaria y se alejó del pueblo. Don Cirilo sonrió al imaginarse a su hijo que, abandonado a su suerte, desenfundó el revólver y, él solo, hizo frente a la enfurecida turba de enemigos políticos. Guapo el muchacho... «Mira si voy a ser mejor dentista que tú», le dijo después Alberto, relatando su viril encuentro, «que de un solo tiro le saqué dos muelas a uno...»

Pero de ahí a convertirse en el proxeneta más renombrado de La Habana existía un abismo que Cirilo José Aniceto Yarini no se podía explicar. Con lágrimas en los ojos, el anciano se preguntó dónde se había equivocado.

En 1894, cuando nació Alberto Yarini, la prostitución era en Cuba un negocio todavía caótico, pero potente y en vías de florecer... Veinte años antes, ante el auge de la ramería —que se practicaba en La Habana desde los días remotos del siglo XVI—, el Gobierno colonial debió crear sus primeras instituciones encargadas de controlar y supervisar la venta de caricias: el organismo que sería el embrión del futuro Servicio de Higiene, abrió la Quinta de San Antonio, en la barriada del Cerro, para luchar contra el incremento vertical de las enfermedades venéreas. Los censos de la Quinta, en el mismo año de su fundación, reportan la existencia de casi quinientas prostitutas registradas y atendidas allí, las cuales fueron obligadas a contribuir con un impuesto sobre las ganancias, como cualquier otro comerciante.

Hacia 1888 existían ya en la ciudad de La Habana cinco centros fundamentales —y autorizados— para el ejercicio del amor pagado, y ya el sesenta por ciento de las mujeres que ejercían en la ciudad eran de origen cubano: trescientas setenta y cuatro en total, aunque imperaban aún las de piel oscura, como había sido tradicional. Sin embargo, solo un año después se produce una notable y rápida variación en la composición étnica de las oficiantes, y por primera vez las cubanas blancas superan a sus colegas de color.

El libro *Confesiones de la Quinta de Higiene* —como se conocía ya al sanatorio de San Antonio—, recoge precisamente en 1889 los siguientes datos: existían en la isla 744 prostitutas registradas, de las cuales 585 son cubanas y 235 laboran en La Habana, mientras que en otros puntos de la isla la cifra no supera las 30 «unidades», excepto la culta y próspera Matanzas, donde trabajaban de luna a sol 77 hijas de Afrodita. El negocio crecía, próspero e indetenible, se desarrollaba.

Un dato curioso y revelador lo constituye la composición étnica y nacional de aquellas meretrices de 1889. De las 235 laborantes capitalinas de origen cubano, ya 146 son blancas, y apenas ejercen 50 negras y 39 mestizas, que antes fueron mayoría. A nivel nacional, mientras tanto, las cifras son de 378 blancas, 111 negras y 76 mestizas. De las 156 extranjeras, por su parte, el 36 por ciento provienen de la madre patria, el 25 de México, el 15 de Puerto Rico y el 9 (ya solo el 9 por ciento) de las Islas Canarias, el 4 por ciento del vecino del norte y el 10 por ciento restante de distintas nacionalidades, casi todas europeas. De todas estas mujeres, el 65 por ciento eran analfabetas.

Poco tiempo después, con la crisis económica que provoca la Guerra de Independencia de 1895, las reconcentraciones humanas dictadas por el Gobierno colonial y la muerte de muchos hombres —padres y maridos— en la contienda bélica o en las mismas reconcentraciones, nace un nuevo ejército de mujeres que para sobrevivir solo tienen la opción de vender sus encantos íntimos. La cuestión era tan simple como prostituirse o morirse de hambre.

La República de 1902 nace políticamente mediatizada y en el inicio de una lenta recuperación económica, lo que favorece el incremento de la prostitución. Y, recién llegado de los Estados Unidos, un joven llamado Alberto Yarini y Ponce de León, en breve se lanzará a la conquista de aquel mercado donde su hermosura, donaire y excelente educación —cualidades que nunca le fueron a la zaga a su valor personal— le asegurarían un espacio cada vez mayor, hasta convertirse en el más famoso «accionista» del amor rentado en Cuba. El Rey.

> Toda la fama que corre hoy en día de Yarini es mitad cierta y mitad invento del vulgo... Yarini es ahora como un santo o un guerrero. Algo famoso. Eso es debido a las pocas noticias reales,

porque él de chulo no pasó. De chulo del barrio de San Isidro. Las mujeres que viven de su sexo, las prostitutas, para hablar en plata, se enamoran. Son mujeres de carne y hueso como las otras, lo que un poco más desenvueltas, sin tapujos.

Yarini tuvo su harén. Mujeres loquitas por él. Se les caía la baba, se abrían de piernas. Yo comprendo esa ilusión. Para mí el amor de un hombre arrogante es lo más grande que hay. De los mojigatos nadie se enamora. Pero de un tipo como ese, ya lo creo. Yo misma, sin haberle hablado nunca, solo de haberle visto pasearse, ya estaba medio embelesada.

Porque él era algo imposible. Un tipo de varón que no se daba fácil. Había que rogarle, hacerle sus cuentos y sus guiños. ¡Qué época! Hoy no se ve eso, el amor es una vulgaridad... Poder decir: yo vivo con Alberto Yarini era muy difícil para cualquier mujer, para cualquiera.

Canción de Rachel, Miguel Barnet

Los chulos sí toman sopa

Las seis mujeres ocuparon sus asientos en la larga mesa familiar y clavaron la vista sobre el plato que tenían enfrente. Todas iban vestidas con elegancia y esmero, como si asistieran a una comida de ocasión. Entonces entró el hombre. Llevaba un traje gris, bien cortado y distinguido, y su pelo relucía, negro y cuidadosamente peinado. De su cuerpo brotaba un olor a rosas frescas. Los ojos del hombre recorrieron el comedor y lo encontraron todo en el orden perfecto que él exigía. Al fin se acomodó en la cabecera de la mesa, se colocó una servilleta de hilo sobre el pecho y otra en las piernas y, con elegancia, levantó el brazo derecho. La negra que servía la mesa empezó a llenar los platos de sopa.

Aquel ritual se efectuaba todos los días en la casa de Paula 96, la mansión que Alberto Yarini compartía con sus seis mujeres favoritas, entre las que se hallaba su última y fatal adquisición, la Petite Bertha. Pero ninguna de aquellas meretrices, que noche a noche abrían su amor a incontables clientes, podía levantar la cabeza en el acto solemne de tomar un rebosante plato de sopa, la comida preferida de Alberto Yarini y Ponce de León. En una ocasión, una de las mujeres sopló sonoramente una cucharada del caldo, para manifestar así su inconformidad con aquel plato que detestaba y, tranquilamente, Yarini le rompió la sopera en la cabeza y la obligó después a ingerir toda una cazuela de sopa, bien cargada de viandas y fideos.

Terminado el almuerzo, Yarini hizo su reposo habitual y luego abandonó la casa, acompañado de sus dos perros san Bernardo. Aquel mediodía del 21 de noviembre de 1910, cuando apenas faltaban cinco horas para que su cuerpo rodara ensangrentado, Alberto Yarini era el hombre más importante de San Isidro. Además de ser el dueño indiscutible de las once mujeres más codiciadas de la zona, el joven era también el líder del Partido Conservador en el barrio y, sin duda, un hombre querido y respetado que aspiraba incluso a un escaño en la Cámara de Representantes, pues, a su prestigio de *souteneur* afortunado, persona cabal y servicial, unía la virtud de defender, en cualquier frente, el orgullo nacional. Por todos era conocido el episodio que, hacía algún tiempo, había protagonizado en la Acera del Louvre...

Yarini conversaba con un grupo de amigos en el café El Cosmopolita. Entre sus compañeros de mesa estaba el general Jesús Rabí, negro y masón y abakúa, patriota por quien el joven profesaba una abierta admiración. En una mesa cercana dos hombres hablaban en inglés y, de vez en vez, observaban al grupo de cubanos, y en especial a Rabí, que les explicaba algo a los jóvenes oyentes. Yarini, de pronto, se puso de pie y lanzó la proposición de ir a conversar a otro sitio. Aunque contrariados, sus amigos accedieron. Una vez fuera del café, Yarini se disculpó y regresó a El Cosmopolita. Se acercó a la mesa ocupada por los dos extranjeros y en perfecto inglés les explicó que aquel negro que estaba allí junto con los blancos era un héroe del país y ellos tenían que respetarlo. Hecha la aclaración, Yarini le fue encima al más hablador de los extranjeros y, a puño limpio, le fracturó la nariz y el maxilar. A la mañana siguiente, los periódicos capitalinos reseñaban el último acontecimiento de la Acera del Louvre: un joven cubano había agredido y herido al encargado de negocios de la embajada de los Estados Unidos de América en La Habana...

Acompañado por sus dos hermosos perros, Yarini torció por la calle Compostela y, antes de llegar a la esquina de San Isidro, se detuvo frente a una casa de aspecto ya ruinoso y avanzó por un patio interior. Tocó la puerta del último cuarto y se encontró con la sonrisa eterna de María la Gambá, aquella negra vieja que, en sus años mozos, se había dedicado a la prostitución. «Te tengo un arroz con leche delicioso», le dijo la anciana y Yarini le besó la frente. María era una de las quince negras viejas, antiguas prostitutas todas que, gracias al generoso bolsillo de Alberto Yarini, tenían un cuarto donde pasar los últimos años de su vida. En pago a su favor, Yarini solo exigía que las mujeres le prepararan los dulces caseros que más lo deleitaban: la especialidad de María eran el arroz con leche y los coquitos prietos.

—Hoy no vengo a comer dulces. Quiero contarte un sueño.

Media hora después, con un manto punzó sobre los hombros y un vaso de agua entre los pies, la mujer le explicaba a Yarini, con la voz inquieta del espíritu congo de

Manquí Kumbele que la poseía en el trance con los espíritus africanos del más allá, que su vida corría peligro. Efectivamente: algo tan veloz y potente como un tren, avanzaba hacia él.

> Lo que le hicieron a Yarini no tiene nombre. Te lo digo yo: Consuelo la Charmé. Todos saben que él era muy hombre, hombre hombre de verdad, no de esos que se arratonan ante el peligro. Pero no solo era hombre de los buenos, sino amigo, sí señor, muy buen amigo; de esos que una cuando está de verdad jodida, puede contar con su ayuda sin condición de ninguna clase, sin nada a cambio, a pesar de que él era político, conservador.
>
> Él no era de esos que te dan la mano y el saludo porque seas fulano o mengano. ¡Qué va! Él lo mismo hablaba con un negro, que con un chino, con cualquiera. No se tragaba a la gente que se ponía a murmurar si tú eras esto o aquello... Lo que le hicieron no tiene nombre.
>
> *Recuerdos secretos de dos mujeres públicas,* Tomás Fernández Robaina

La primera batalla

Aquel ingrato 21 de noviembre, mientras Yarini consultaba su fortuna con María la Gambá, en el café de Habana y Desamparados se decidía la suerte del chulo más notable de la historia de Cuba. Los *souteneurs* franceses Louis Lotot, José Cournier, Jean Petitjean, Cesare Boggio, Raoul Finet, Ernest Laviere, Cecil Bazzout y Pierre Valentin, acordaban que Alberto Yarini tenía que morir: el honor y el prestigio de los «apaches» franceses había sido mancillado desde que el cubano le «levantó» la Petite Bertha a Lotot, y aquella ofensa, que Yarini había agravado en los últimos días, solo podía lavarse con sangre.

Había empezado la Guerra de las Portañuelas.

La vida de un barrio

El barrio de San Isidro, en 1910, era el centro nacional de la alegría y la infamia. Pero, en los años iniciales del siglo, la zona había vivido días difíciles. Desde 1902, el muy estricto gobernador norteamericano Leonard Wood, en su afán de enseñar a vivir a los cubanos, había convertido aquel barrio habanero en un gigantesco burdel. Al revitalizar el Servicio Especial de Higiene y dictar su nuevo Reglamento General —el cual incluía la creación de una policía especial—, fue decretada una reconcentración de prostitutas, y las antiguas zonas de tolerancia desaparecieron, en favor de un centro del amor rentando que se ubicó en el barrio de San Isidro, que se pobló de proxenetas y matones.

En la época en que Wood lanza sus prescripciones, la prostitución había alcanzado altísimos niveles. Ahora, junto a las rameras ubicadas en burdeles y casas de cita, la ciudad de La Habana conocía un verdadero contingente de prostitutas andariegas (bisabuelas de las jineteras de hoy), que salían a recorrer las calles en busca de «puntos», mientras procuraban burlar la vigilancia de la Policía Especial (al igual que las jineteras de hoy), siempre empeñada en registrarlas y hacerles pagar la contribución correspondiente...

El mismo año del nacimiento de la República, fueron procesadas y recluidas ochenta y tres prostitutas, se celebraron mil treinta y siete juicios por los delitos de riña, escándalo, embriaguez e infracciones varias del Reglamento

Especial, mientras ochenta y una menores de dieciocho años eran internadas en reformatorios.

Pero la prostitución era un mal que difícilmente podía extirpar aquella sociedad. Aparte de otros factores, es revelador un dato recogido por el censo de 1907. En ese entonces, de las 974 098 mujeres que vivían en Cuba, solo el siete y medio por ciento tenía trabajo, por lo general en la industria tabacalera y en el magisterio, o empleadas como lavanderas, criadas y costureras. La venta del amor constituía, entonces, la única fuente de subsistencia para muchas mujeres pobres. Y el número de prostitutas crecía de año en año.

En 1910, cuando Alberto Yarini alcanza la cúspide de su fama, en La Habana existían quinientas veintinueve prostitutas registradas, aunque según un estudioso de la materia, en realidad esa cifra no debía pasar del diez por ciento de las mujeres dedicadas a vender sus caricias.

Aquellas damas tristes, sin embargo, debían vivir como mujeres alegres, y al caminar por San Isidro era común oírlas entonar canciones y establecer controversias de punto guajiro, mientras otras limpiaban el quicio de las puertas, pues existía la superstición de que una entrada limpia siempre atraía a más clientes.

Las prostitutas de entonces escondían sus verdaderos nombres tras los más disímiles apelativos: unas se llamaban como la localidad que las vio nacer, otras empleaban nombres de flores y algunas usurpaban patronímicos de artistas famosas o personajes de la alta sociedad. La más dolorosa de sus costumbres era llevar tatuajes sobre el cuerpo. Se pusieron de moda, a principios de siglo, los lunares sobre las manos y en el rostro; las flores grabadas en los muslos y los senos (preferiblemente el izquierdo); los corazones sangrantes y enamorados en brazos y nalgas; las figuras eróticas en el vientre. Otras, en cambio, únicamente se marcaban con las iniciales del chulo que las representaba. El 21 de noviembre de 1910, más de veinticinco mujeres de San Isidro llevaban, en algún lugar de su cuerpo, las letras A.Y.

Vivir de las mujeres

Louis Lotot se preciaba de ser un verdadero profesional. Como buen *souteneur* —y buen francés— conocía las reglas y secretos de su viril oficio y, entre todos los «apaches» de la época, era el que más mujeres había traído a la isla. Por eso, todos los años, Lotot emprendía una gira de negocios por su tierra natal y, varios meses después, desembarcaba en La Habana con un cargamento de primera calidad. Y fue en el último viaje que realizó a Francia, a finales de 1909, cuando Lotot trajo a Cuba a la mujer de sus desgracias, la habilísima y despampanante Bertha Fointaine, una parisina de veintiún años y ojos transparentes.

En el otoño de 1910, cuando Lotot regresó de su viaje de recreo por California, no se asombró al saber que Bertha se le había escapado y figuraba ahora en el harén de Alberto Yarini, el más popular de los «guayabitos», denominación que los «apaches» les habían dado a los chulos cubanos.

Lotot sabía de la vertiginosa carrera de su rival. En pocos años, aquel joven que algunos conocían como «El Estudiante», deslumbró con su belleza, educación y virilidad, a las prostitutas de San Isidro, mientras hacía política en la zona. Lo que más disfrutaba Lotot de Cuba eran precisamente aquellos disparates: un líder político podía vivir de la prostitución. Maravilla de país...

Así, al recibir la noticia de la deserción de Bertha, Lotot recordó su lema de trabajo: «Vivir de las mujeres y no morirse por ellas», y como un profesional supo asimilar el golpe a pesar de la insistencia de sus compatriotas que, desde el principio, lo impulsaban a tomar venganza...

Por eso, el francés nunca hubiera llegado a la violencia de no ser por la más desafortunada acción que Alberto Yarini realizó en sus veintiséis años de existencia: el 19 de noviembre, acompañado por sus socios Emilio Zayas y Juan Cabeza, Yarini se presentó en la casa de Lotot, en Desamparados 42, y le reclamó la ropa de la Petite Bertha. El francés, que comprendió que Yarini hacía algo así solo porque estaba enamorado de la prostituta, llegó al colmo de la comprensión y le entregó las pertenencias de la joven.

Pero Yarini no había concluido su ciclo de torpezas y actuó entonces como un aficionado o —lo que es mucho peor— como un hombre enamorado. Solo así se puede explicar que el 20 de noviembre se atreviera a pasar solo frente a la casa de Lotot y le gritara al francés que cuidara a sus otras mujeres, pues Bertha sola no alcanzaba para quitarle la calentura que tenía en esos días...

Desde la puerta de su casa, Louis Lotot le respondió entonces con una sola frase:

—Yarini, yo me voy a morir una sola vez.

Al día siguiente, aquel ingrato 21 de noviembre, mientras Alberto Yarini consultaba su fortuna con María la Gambá, en el café de Habana y Desamparados se decidía la suerte del chulo más notable de la historia de Cuba. Había empezado la Guerra de las Portañuelas.

Pues mira que sí, yo conocí a Alberto Yarini. Tú dirás que yo era muy chiquito cuando lo mataron, pero el día que se formó la balacera yo andaba por la calle y al oír los tiros me mandé a correr, por supuesto, y cuando oí decir Mataron a Yarini, mataron a Yarini, pregunté quién era ese y me dijeron: «El señor elegante que andaba con dos perros». Y entonces supe que aquel hombre que andaba con dos perros de raza era Alberto Yarini.

Y después fui oyendo sus historias y conociendo mejor a aquel hombre. Te puedo decir, por ejemplo, que Yarini era un caballero a pesar de la vida que llevaba. El trataba a sus mujeres muy finamente, sin darles golpes ni nada, y nunca le quitó la mujer a otro chulo cubano. Lo que pasa es que las mujeres se enamoraban de él. Y por eso llegó a tener entre doce y quince mujeres. Además, él era un tipo muy querido aquí en el barrio. Cuando había racismo de verdad, él era amigo de los blancos y de los negros, y tenía buen corazón. Por ejemplo, yo conocí algunas putas viejas que Yarini estuvo manteniendo una pila de años. Y todo lo que te he dicho lo puedes escribir así mismo, porque yo sí sé de este barrio: nací aquí y nunca he vivido fuera de aquí.

Carlos Oliver, vecino de San Isidro

Una corona vencida

María la Gambá había conseguido alarmar a Yarini. Por eso, la noche del 21 de noviembre, el hombre revisó su revólver antes de realizar su primer recorrido nocturno por el barrio. Pepito Basterrechea, su amigo del Louvre y compañero de partido político, decidió hacer la ronda con él, y a las 7.38 minutos de la noche los jóvenes caminaban por la calle San Isidro, visitando las casas donde oficiaban las mujeres del famoso proxeneta.

Mientras, en el café de Habana y San Isidro, Louis Lotot y Jean Petitjean observaban los movimientos de Yarini. Una hora antes, dos «apaches» se habían apostado en la azotea de San Isidro 61, para asegurar con sus armas el éxito del plan.

Louis Lotot, vestido con un traje marrón y cubierto con un bombín reluciente, le confesó a Petitjean que en realidad él no odiaba a Yarini. Petitjean pidió más coñac, y cuando faltaban seis minutos para las ocho, dijo, «Vamos», y los dos franceses avanzaron por San Isidro.

Cuando el reloj marcaba las 7.55, Yarini había entrado en la casa de San Isidro 60, donde trabajaban Elena Morales y Celia Marín. Cuatro minutos le bastaron a Yarini para conversar con Elena y Celia, tomar la última taza de café de su vida y oír un chiste de Pepito Basterrechea.

Rosa Martínez, la prostituta de San Isidro 61, se asomó a la puerta cuando el reloj se disponía a marcar las 7.59. La calle estaba inexplicablemente desierta a esa hora ya favorable, y vio avanzar, hacia donde ella se encontraba, a dos hombres. Uno usaba bombín. Entonces Rosa escuchó una risa y desvió la mirada hacia la acera de enfrente. De la casa número 60 salían, en ese instante, dos hombres: Yarini y Basterrechea... Muchos meses después, durante el juicio celebrado en la Audiencia de La Habana, Rosa Martínez recordó que al ver a Yarini sintió unos pasos en la azotea y oyó, inmediatamente, una voz que advertía: «¡Yarini, te voy a rajar!». Y empezaron los disparos. Rosa no pudo ver nada más, porque se tapó la cara.

Cuando sonaron las primeras detonaciones, el detective José Marechal y los agentes Carlos Varona y Serafín Monteagudo, de la Policía Nacional, corrieron hacia la intersección de Compostela y San Isidro. Al llegar a la esquina fatal, los policías chocaron con un hombre que, pistola en mano, huía del lugar de los disparos, en dirección contraria a ellos. El primer detenido resultó ser Pepito Basterrechea.

Mimí era una de las mujeres de Lotot y trabajaba en San Isidro 65. Esa tarde había recibido un cliente y a las

7.59 salía del baño, fresca y perfumada, dispuesta a continuar la faena. Al oír las detonaciones, Mimí se asomó y vio a dos hombres que corrían en direcciones opuestas y a otros dos que yacían en el suelo. Un presentimiento insondable la hizo acercarse al que estaba frente a su casa y, con lágrimas en los ojos, fue testigo de la agonía de su amado Louis Lotot.

Casi a las ocho en punto de la noche, Elena Morales cayó arrodillada junto a su hombre: le parecía imposible que, sobre los adoquines de San Isidro, yaciera como un simple mortal el cuerpo del más hermoso y fatigante ejemplar del sexo masculino que ella jamás hubiera conocido. Yarini sangraba por tres heridas: una en la cabeza, otra en el hombro y la última en el costado izquierdo del cuerpo.

El sargento Arturo Nespería también había corrido al conjuro de las detonaciones y, cuando levantó a Elena Morales de la calle, reconoció al joven que se desangraba. Entonces pidió auxilio para trasladar el cuerpo del hombre, todavía vivo. Eran las 8 y 2 minutos.

Ninguno de los testigos notó que en el borde de la acera, junto a la casa de San Isidro 60, temblaba, con un impulso telúrico indetenible, una corona vencida.

> JABÁ.— La tierra en tinieblas; la isla en tinieblas; San Isidro en tinieblas; porque habrán desaparecido la simpatía y la generosidad. Luto, mantos negros para las mujeres, porque cerrada está la boca que supo dar los más ardientes besos; cerrados los labios en los que dibujaron los dioses la más cautivadora de las sonrisas. Mantos negros para las honradas, porque alimentaban sus inquietudes viéndole pasar, ruborosas y estremecidas. [...] Mantos negros para las prostitutas, porque él se lleva la escala por la que pudimos ascender hasta la suprema felicidad: la de sentirnos consideradas seres

humanos, porque él mismo, siendo dios, no conoció el asco de rozar con sus labios los nuestros, mancillados e impuros.

Réquiem por Yarini, Carlos Felipe

Sangre y dolor

Aunque Louis Lotot y Alberto Yarini habían caído, aquella guerra viril no había terminado. El *souteneur* francés llegó sin vida a la casa de socorros adonde fue remitido. De las tres heridas de bala que le hizo Yarini, solo una fue mortal: la que le abrió la frente. Yarini, mientras tanto, fue remitido al antiguo Hospital de Emergencias de La Habana* y puesto en manos de los mejores médicos por su amigo el general Fernando Freyre de Andrade, pero muy pronto aquellos especialistas perdieron todas las esperanzas en la salvación del joven.

Minutos después de la llegada de Yarini, el hospital se convirtió en un hervidero de policías, políticos, prostitutas y familiares. La última acción de Yarini, como cabía esperarse de un rey, fue pedirle un papel a Freyre de Andrade y escribir con su letra tenue de moribundo: «De las tres heridas recibidas por el francés, el único responsable soy yo. Se las di al sentirme herido».

A pesar de la redada que realizó la policía, los amigos de Yarini no estaban dispuestos a verlo morir tranquilamente. Por eso, el 22 de noviembre, a las 5.50 de la tarde, se produce la segunda gran batalla de aquella guerra absurda. Los com-

* El dato de que Yarini llegó al Hospital de Emergencias es falso. El Hospital aún no existía. Fue atendido en un centro médico cercano a San Isidro.

pañeros de Yarini se emboscaron en la calle Zapata, en las faldas del castillo del Príncipe, y esperaron pacientemente el regreso de los «apaches» que asistían al entierro de Lotot. Entonces Antonio Infante, el negro Secundino Sánchez, el mulato Marcial Mendoza y Antonio Álvarez, alias «El Curro», se lanzaron a la calle cuando vieron la carroza que traía a los franceses. El conductor detuvo el carruaje y se dio a la fuga, pero solo otros dos franceses lograron imitarlo. Ernest Laviere cae herido de gravedad y Raoul Finet muere degollado.

Algunos días después, otro de los amigos de Yarini cuyo nombre es un secreto todavía bien guardado, continuó la venganza y, con un palo de escoba afilado como una lanza, le atravesó el pecho a un «apache» galo.

Pero ni siquiera la furia solidaria de sus amigos pudo salvar a Alberto Yarini. El día 22, a las once en punto de la noche, el joven moría. La multitud que desde el día anterior se congregaba en el hospital, siguió entonces el cadáver hasta la casa paterna donde se efectuaría el velorio más concurrido de los primeros años de la República.

Sin embargo, la apoteosis de dolor se produciría el día 24, a las nueve de la mañana, cuando el cortejo partió hacia el cementerio de Colón. Miles de personas abarrotaron la calle Galiano y los amigos del rey insistieron en llevar el ataúd en hombros. Todo el mundo asistió a aquel entierro memorable: desde el presidente de la República, José Miguel Gómez, hasta los homosexuales más baratos de San Isidro. Por las calles, mientras tanto, se desplegaban fuerzas de la Policía Montada y del Cuerpo de Infantería, para impedir cualquier acción de los «apaches» franceses.

El féretro, finalmente acomodado en la carroza, fue sustraído a la altura de Carlos III y, sobre los hombros de los amigos, avanzó hasta su última morada. Al llegar al cementerio, los dolientes y curiosos que asistieron a aquel funeral inolvidable, escucharon entonces el sonido inesperado y telúrico de un coro de tambores, y vieron, por primera vez en el entierro de un «pagano», la danza abakuá de dolor por la pérdida de un ecobio: los ñáñigos, infinitamente agradecidos a Yarini por su decisiva contribución monetaria y moral para el entierro de un «ecobio» bailaron su danza fúnebre, el «enyoró», y así dijeron adiós al rey.

> El cortejo salió de La Habana. Los balcones repletos. Parecía un día de luto nacional. Yo me quedé pasmado, porque cuando se trata de un hermano de uno esas cosas duelen más.
>
> Llegando a la Calzada de Zapata los souteneurs franceses empezaron a buscar rencillas. Se formaron dos bandos, con puñales en los bolsillos. Querían vengarse de la muerte del marsellés matando a uno de nosotros.
>
> Yo hubiera sido un blanco perfecto para ellos. La policía hizo un cordón, pero ni así. La reyerta fue violenta de todos modos. Yo me escondí detrás del coche fúnebre, y gracias a eso estoy vivito y haciendo el cuento. Pero a la Petite Bertha le hirieron un seno. Así, sangrando, ella llegó al cementerio. Eso es lo que se llama una mujer. Las coronas volaron hechas añicos. La gente se dispersó por las calles de tierra del Vedado, pero al cabo de media hora el tumulto estaba otra vez organizado. Había que enterrar al hombre por encima de los tiros y puñaladas. Y se hizo, con la ayuda de Dios.
>
> *Canción de Rachel,* Miguel Barnet

Desde la muerte de Alberto Yarini, Louis Lotot y Raoul Finet, la violencia se apoderó de San Isidro. Los chulos cubanos, los feroces «guayabitos», declararon la guerra eterna a los «apaches» franceses, y entonaron, incluso, un himno de combate: «Franceses carentes de honor / salid de Cuba enseguida / si no queréis que Yarini / os arranque vuestra vida».

Entonces, con una frecuencia alarmante, se escucharon disparos en aquel barrio antes alegre y siempre infame. Morían los proxenetas y los prostíbulos desamparados tenían que buscar nuevos protectores. Pero el negocio decaía, pues los clientes temían andar por las calles ensangrentadas de San Isidro... Hasta que llegó el fin: el 23 de octubre de 1913, por un decreto presidencial, quedó oficialmente suprimida «la zona de tolerancia de San Isidro»..., pero no la prostitución.

Por eso se puede pensar que Alberto Yarini y Ponce de León, hecho mito y recuerdo, siguió andando por las calles de la ciudad y todavía hoy vaga por ellas, dueño de la corona que ningún otro chulo ha podido lucir.

1988

10
La noche triste de Chano Pozo

> Chano Pozo fue un revolucionario entre los tambores del jazz; su influjo fue directo, inmediato, eléctrico [...]. Por el tambor de Chano Pozo hablaban sus abuelos, pero también hablaba toda Cuba. Debemos recordar su nombre para que no se pierda, como el de tantos artistas anónimos que durante siglos han mantenido el arte musical en su genuina cubanía.
>
> FERNANDO ORTIZ

Ahora estoy convencido de que Caridad Martínez, la mulata blanconaza y esbelta que vivió varios años con Chano Pozo, jamás conoció a su hombre. Lo delata el hecho de que Cacha llegó a declarar que aquel sombrío 3 de diciembre de 1948, víspera de Santa Bárbara, Chano salió de la casa «más alegre que nunca», con la mente ocupada, únicamente, por las ilusiones de su cercano debut en el Strand. La alegría del músico, según Cacha, se debía a la seguridad que tenía Chano de haber tocado al fin la cumbre de su carrera artística y al poder de aquellos dólares que llevaba en los bolsillos, tantos como él jamás imaginó que existieran en el mundo.

Sin embargo, mientras cubría el camino entre su apartamento de Harlem y el Rio Cafe and Longue de la calle 112, el más grande de los tamboreros cubanos de todos los tiempos era, ese preciso día, un hombre triste y melancólico, maltratado por la nostalgia, que miraba sin entusiasmo las infinitas luces de la opresiva ciudad, algunas de las cuales servían para hacer refulgir su propio nombre: MANTECA, CHANO POZO CON LA BANDA DE DIZZY GILLESPIE. Por eso, con los pies heridos por el frío de Nueva York, Chano Pozo no pudo impedir que su corazón se le hubiera escapado hacia

La Habana: a esta misma hora, en Cayo Hueso, Pueblo Nuevo y Belén, los altares tapizados con mantos rojos están llenos de ofrendas y velas, esperando el 4 de diciembre, y los tambores ya están llorando su salvaje y ancestral plegaria de bienvenida al guerrero Changó, tu padre, dueño del rayo y de la espada... Pero esta noche, Chano, faltará tu tambor... Por eso ahora, en Nueva York, bajo la nieve intermitente, tú piensas en Changó y en ciertas promesas incumplidas que te atizan más que el frío.

Aún quedaban dos horas para la medianoche cuando Chano Pozo entró en el Rio Cafe and Longue, donde había decidido esperar a unos amigos. Apenas saludó a unos conocidos y se dirigió a la victrola. Después de mucho pensar, había encontrado al fin una forma personal de saludar el día de Santa Bárbara... Chano Pozo, con la mente perdida en sus nostalgias y promesas, nunca pudo imaginar que, poco antes de la medianoche, lo sacarían de aquel local envuelto en dos manteles rojos y con seis balas en el cuerpo.

Viaje a la semilla

Cayo Hueso tiene el sino de ser, para siempre, Cayo Hueso. La antigua y reconocida fiereza de este viejo barrio capitalino, los ecos de su fama miserable y violenta, apenas han cambiado en los dos últimos siglos. Los negros curros sevillanos de antaño se ven reproducidos ahora por algún guapo de la nueva escuela; sus más renombrados y tétricos solares, célebres desde «los tiempos de España» sobreviven aún, ocultos tras una sucia fachada incapaz de expresar la imagen de lo que vivió y vive en sus entrañas. Sin embargo, si uno va bien acompañado —y esto solo se logra con algún vecino del barrio—, puede desandar a cualquier hora del día —siempre es aconsejable no hacerlo por la noche— sus más famosas calles, sin demasiado temor a que una navaja sigilosa le atraviese un pulmón o que lo encuadrillen en una esquina y le quiten hasta los calzoncillos. Entonces descubre que no todo sigue siendo igual: ahora en Cayo Hueso hay edificios grandes, limpios, de un lujo simplón, y el parque de Trillo es un lugar para que los muchachos corran y se diviertan.

Durante muchos años este barrio feroz, con ventaja sobre Pueblo Nuevo y Belén, se ha disputado la paternidad de Chano Pozo, aquel percusionista callejero que, en un tiempo récord y con sus tambores cubanos, logró revolucionar la revolución del bebop en Estados Unidos. Tras la pista de Chano Pozo y su historia singular ando y desando Cayo Hueso, converso en las esquinas, observo los sitios que frecuentó, respiro el aire que él respiró, y más de una vez siento que el barrio vuelve a ser el mismo de antes, tétrico y animado, y consigo escuchar la frenética rumba de cajón que se ha armado en el solar Rancho Grande, oigo los gritos de una bronca fratricida que hay en el parque de Trillo y observo con recelo de forastero el paso tempestuoso de dos guapos que advierten a voz en cuello, mostrando sus dientes dorados, que ellos no creen ni en la madre que los parió y se matan con cualquiera...

—Yo no sé bien si Chano nació aquí o no —me advierte Herminio Sánchez, un mulato flaco y de voz cansada, que se vende a sí mismo como una autoridad en la historia oculta de Cayo Hueso y me sirve de escudo en algunos de mis recorridos por el barrio—. Lo que sí sé es que aquí fue donde pasó su miseria más grande. Por aquí andaba él, hecho un apargatú, un habitantón, con su hermano mayor, el Mamadeo, y sus socios Armando el Mono y Francisco el Africano, tratando de inventar un peso, metidos en mil líos, tocando en cualquier rumba. Por cierto, el Mamadeo fue el que mató a un hombre de una puñalada en una bronca que formó Chano, y el pobre se pudrió en la cárcel... Y en este barrio, después, fue que Chano salió con las comparsas, y aquí se hizo abakuá, en uno de los juegos de este barrio.

»Ah, otra cosa de la que estoy seguro es de que Chano vivió ahí, en la otra esquina, en el solar El África. El África era un solar de ampanga, mi compadre. Por las noches el patio se alumbraba con un solo bombillo y las tendederas y guindalejos daban más oscuridad todavía. Aquello era una jungla y de contra ahí vivían como doscientos negros... ¿Se le podía poner otro nombre mejor? Era el África misma. Y fíjate si era malo, que allí no entraba la policía. No se atrevían. Pero lo mejor que tenía el solar era sus cinco salidas: uno entraba por un lado y podía salir por cualquiera.

El solar El África ha corrido la suerte de otras cuarterías habaneras. El tiempo lo venció y en 1980 debió ser demolido y solo existe hoy un inofensivo frontón. Pero mucha gente del barrio asegura que justamente allí nació Chano Pozo.

—La gente no debería hablar de lo que no sabe, muchacho. Para saber esas cosas hay que conversar con la familia, ¿verdad? —me advierte Petrona Pozo, la hermana más pequeña de Chano, la preferida del músico y la única sobreviviente de aquella familia asediada por todas las miserias—. Nosotros nos mudamos para El África cuando ya éramos grandecitos, después que murió mamá. Pero nacimos todos en El Vedado, en el solar Pan con Timba, de la calle 33: de ahí salió Chano Pozo.

Un hombre afortunado

—Después de todo Chano fue un hombre con mucha suerte —afirman, puestos de acuerdo por única vez, familiares, amigos y conocidos del excepcional tamborero cubano—.

Hay que tener tremendísima suerte para salir de donde él salió y llegar hasta donde él llegó.

—Y fíjate si tuvo suerte —remata Herminio Sánchez—, que le cayó bien al senador Alfredo Hornedo, el dueño del periódico *El País,* el magnate que vivía en la casona esa de la calle Carlos III, la que ahora es la Casa de la Cultura. Porque Chano era un tipo así, vaya, chistoso y jodedor, y Hornedo lo protegió y le consiguió algún trabajito y todo. Pero lo suyo era la música, y él era el único aquí que tocaba el tambor, cantaba y bailaba, y lo que tocaba era inventado por él, porque nunca estudió música y creo que hasta era analfabeto. Pero tenía eso que se llama un «don», ¿tú no crees? Y na, cosas de la vida, como le caía bien a Hornedo, entraba y salía de su casa cada vez que le daba la gana. Y Hornedo fue el que lo levantó, te lo digo yo.

—Sí, la verdad es que Hornedo fue muy bueno con él —admite también Petrona Pozo—. Gracias al senador, Chano no tuvo que vender periódicos ni limpiar zapatos, como mi padre, que estuvo de limpiabotas, hasta que se murió, ahí en la esquina de Zanja y Belascoaín. Pero la persona que de verdad más ayudó a Chano fue Amado Trinidad, el dueño de Radio Cadena Azul. Fue, incluso, el que puso el dinero para que a Chano lo enterraran en Cuba.

—Yo conocí muy bien a Chano —confiesa, con un dejo de orgullo, Roberto Cortés Ibáñez, hermano de religión de Chano Pozo, hombre nacido y criado en Cayo Hueso—. Lo conocí cuando chiquito, pero después lo dejé de ver porque estuvo preso hasta los dieciséis años en el reformatorio de menores de Guanajay, por una de sus broncas. Allí fue donde Chano aprendió a leer y escribir... Después nos volvimos a ver cuando él se mudó para el solar El Ataúd, en el barrio de Colón, muy cerca de mi casa. Allí vivía con Laura, una de las mujeres que tuvo.

»Chano era un tipo bajito, pero muy fuerte, "trabao", como se dice. Y también era muy impulsivo y no le tenía miedo a nadie. Pero creo que donde se equivocó fue metiéndose a abakuá, porque la religión no tiene nada que ver con la guapería y, además, nosotros no tenemos que andar pregonando por ahí que pertenecemos a esa hermandad. Incluso, cuando Chano murió, estaba expulsado de su juego, no por un problema de hombría, no, su lío fue que grabó para Radio Cadena Azul unos cantos secretos y su juego lo expulsó por ciento veinte años.

»Por otro lado, yo sí sé que la persona que más ayudó a Chano Pozo en este país fue Rita Montaner. No vayas a estar creyéndote eso de Hornedo. El senador no era tan bueno ni quería tanto a Chano como dice la gente. La verdad..., no sé si debo decírtelo, pero bueno, de eso hace mucho tiempo. La verdad es que Chano era uno de los guapos de Hornedo, que como todo político tenía su piquete de matones. Fíjate, era una época muy dura y no había forma de ganarse cuatro pesos, así que Chano, después que salió del reformatorio, no tuvo más remedio que trabajar para Hornedo, porque si no, ¿qué iba a hacer?

»Y ya que te dije eso, te voy a decir algo que casi nadie sabe: cuando Rita Montaner ayudó a Chano, y hasta salieron juntos al frente de los Dandys de Belén, ellos eran marido y mujer, no casados, claro, pero marido y mujer al fin y al cabo. —insiste Roberto Cortés Ibáñez.

Un rostro en la muchedumbre

¿Quién era, en realidad, aquel negrito feo y guapetón que gracias a su habilidad innata para golpear el tambor escaló uno a uno todos los peldaños que conducen a la inmortalidad?

¿Quién era este hombre que obligó a escribir a un importante crítico de jazz: «La poderosa y principal influencia de la música afrocubana sobre el jazz, y, especialmente, en el bop, alcanzó su punto culminante en el invierno de 1947, cuando el director de banda Dizzy Gillespie contrató al tamborero cubano Chano Pozo para un concierto en Town Hall»?

¿Quién era, en verdad, Luciano Pozo González?

Chano Pozo era todo lo que dicen los cronistas, sus familiares, sus amigos, pero era mucho más: Chano era el marginalisno habanero de su época y era La Habana misma, maltratada y alegre, ruidosa y adolorida, la única ciudad capaz de parir, de sus entrañas más oscuras, un talento silvestre y natural como el de aquel hombre destinado a la inmortalidad gracias a su habilidad única para golpear los cueros de un tambor.

—Por eso, cualquiera te puede decir algo de Chano, porque Chano estaba en todas partes —confirma Roberto Cortés Ibáñez—. Lo mismo vivía en un barrio que en otro, andaba con esta o con aquella mujer, y salía con cualquier comparsa. Él era de cualquier barrio... Para que veas, que todavía me acuerdo: él fue bailarín y tocador de las comparsas de El Barracón, La Mejicana, La Colombiana Moderna, La Sultana y La Jardinera, que son todas comparsas de barrios distintos. Con los Dandys de Belén, haciendo figura de «barón», salió después, ya en la década de 1940, cuando era famoso, porque para salir al frente de los Dandys había que tener dinero y buena ropa.

—Chano empezó a subir cuando entró en Radio Cadena Azul, la emisora de Amado Trinidad —recuerda su hermana Petrona—. Enseguida empezó a ganar buen dinero y lo primero que hizo fue comprarse un traje de petronio, esa tela carísima. Después invertía mucho dinero en trajes y prendas, y por eso llegó a ser uno de los hombres mejor vestidos de La Habana, y más de una tienda lo usaba como modelo exclusivo de sus ropas, para que sepas cómo se vestía ese negro... Nunca se me olvida el sortijón aquel que se compró, tenía una piedra así, del tamaño de un garbanzo, pero de un garbanzo cocinado, y usaba una medalla de santa Bárbara en la cadena que era del tamaño de una tapa de esas de litro de leche, de oro macizo, pesaba una barbaridad. Y toda la corona de la virgen era de rubíes...

»Pero lo que te decía: ahí en la emisora fue donde formó el Conjunto Azul y empezó a hacerse famoso de verdad. Y fue allí donde conoció y se hizo amigo de Rita Montaner.

—Aunque yo era muy chiquito, me acuerdo de Chano en la casa de Rita —rememora Cala, fotógrafo de oficio, bongosero de corazón, conocido entre los jazzistas cubanos como «el blanco con manos de negro»—. Yo era amigo de la familia y, como me gustaba tanto la música, me colaba en las fiestas que hacían todos los fines de semana. Allí siempre estaba Chano, elegantísimo. Pero había que ver cómo tocaba ese hombre: sacaba música hasta del piso, porque se tiraba en el suelo y con esas manazas que tenía empezaba a repiquetear en las lozas. Del carajo... Según tengo entendido, fue Rita quien lo metió en Radio Cadena Azul y Chano siempre se lo agradeció. Aunque él era muy bruto, siempre fue sentimental y agradecido.

—Por esa época, ya a principios de los años cuarenta, Chano Pozo era un personaje famoso en Cuba, porque tenía el Conjunto Azul y era músico exclusivo de la emisora —afirma el musicólogo Jesús Blanco—. Yo me acuerdo de que Chano siempre andaba para arriba y para abajo con Manana, que era como todo el mundo le decía a Agustín Gutiérrez, el que fue bongosero del Septeto Habanero y también del Septeto Nacional. Chano y Manana formaban una pareja terrible y se cuenta que hicieron cosas que parecían de locos. Un día estaban en El Ataúd, preparándose para irse de rumba y, antes de salir, Chano cubrió la cama con billetes de cinco y diez pesos, porque ya tenía mucha plata, y después, como estaba sudado, se tiró de espaldas en la cama y le dijo a Manana: «Negüe, lo que se me quede pegao en el lomo es pa gastarlo hoy». Manana le desprendió como cien pesos de la espalda, y para gastar eso en un día, ¡ay mi madre!, cómo había que hacer cosas en esta Habana. Pero entonces fue que vino lo mejor. Dicen que Chano abrió el escaparate donde tenía como veinte trajes, de las mejores telas, y se puso a hablar con los trajes. El siempre hacía así, se mordía el nudillo del dedo anular cuando pensaba, y le hablaba entre dientes a los trajes. Él les decía: «A ver, a ti no te voy a sacar hoy porque estás muy pesao últimamente. Y tú», le decía a otro, «ni me mires, descarao, que te enfangaste to el otro día. Y a ti, ¿qué te pasa? Na, no te pongas triste, que tú eres el que va a salir hoy», y escogía ese. Por eso hay gente que dice que él no estaba muy bien de la cabeza...

»Pero todo eso que se dice, que si Hornedo, que si Amado Trinidad, dígale a la gente que no: la persona que más ayudó a Chano Pozo en este mundo fue Miguelito Valdés. Fíjate: Miguelito fue el que le grabó las canciones a Chano en Estados Unidos, como «Blem, blem, blem», que fue un éxito, y siempre le respetó su dinero, nunca le hizo maraña, como sí pasó aquí en la Asociación de Derechos de Autor, donde le tumbaron una plata, y cuando fue a reclamarla hasta le metieron un tiro en una nalga, porque la verdad es que Chano no era tan guapo como dicen... Pero, además, Miguelito Valdés fue el que inventó lo de la academia de baile que Chano y Manana hicieron por El Ataúd, y el mismo Miguelito les mandaba para acá a las americanas que querían aprender a bailar rumba, aunque de verdad lo que ellas querían era otra cosa: en dos palabras, venían aquí a fumar, a beber y a joder. Y también fue Miguelito Valdés quien le consiguió a Chano sus primeros contratos en los Estados Unidos y lo mandó a buscar para que triunfara allá y se hiciera, al final, el tumbador más grande que ha dado este país... Y fue Miguelito Valdés el que pagó el regreso del cadáver de Chano en 1948...

—Sí, claro que sí, ya en los años cuarenta Chano era un personaje importante en La Habana —confirma Litico Rodríguez, entonces bailador de swing, ahora actor de indetenible vis cómica—. Amado Trinidad era «su padrino», como él decía, y Rita Montaner era su mujer, aunque no tuvieran papeles firmados. Era la figura de RHC Cadena Azul, y la sastrería Oscar, de San Rafael, le cosía en exclusivo. Rodaba un Cadillac, usaba Chanel N° 5, y tocaba lo mismo en Tropicana que en el Casino Nacional. Además, él y Bola de Nieve eran los únicos negros aquí que podían comprar en El Encanto, que era la tienda más cara y más chic de toda La Habana... Pero lo más increíble es que ese mismo hombre, con todo el dinero que ya ganaba, nunca dejó de vivir en solares: era como si tuviera una maldición y no pudiera vivir fuera del solar. Tenía varias mujeres y a todas les ponía un cuarto en un solar, y a la misma Cacha, que quería ser bailarina y rumbera, la puso a putear en el barrio de Colón. Es más, muchas veces venía con Rita para el barrio y se metían en rumbas o se sentaban con los socios en una esquina a tomar ron y cerveza en cualquier bodega. Yo creo que Rita, "La Única", fue con Chano que vino a saber lo que era "el mantecao" de verdad. Digo yo...

»Y claro que fue Miguelito Valdés el que más lo ayudó. Ellos se conocían de muchachos y ya Miguelito estaba cantando en Estados Unidos con la orquesta de Xavier Cugat cuando viene a Cuba de vacaciones y le propone a Chano que se vaya con él, pero a Chano no lo dejaban viajar porque tenía antecedentes penales (na, boberías: robos, navajazos, broncas y esas cosas), pero Miguelito le arregló los papeles y le inventó una gira con Cacha y Pepe Bequé como bailarines. Y así fue que Chano salió a consagrarse en el jazz, porque aquí ya era el rey de la rumba.

El camino de la gloria y de la muerte

Para 1946, cuando Chano Pozo sale de Cuba dispuesto a probar fortuna en la imprescindible Nueva York, su personalidad y su obra habían llenado ya un capítulo trascendente de la música cubana. La rumba, de la mano de Chano Pozo, había cumplido el tránsito insólito del solar al disco y había penetrado definitivamente el universo del son a partir de sus trabajos al frente del Conjunto Azul, que formó gracias a Amado Trinidad. También había combinado su obra con la de Arsenio Rodríguez, el más grande sonero cubano de aquellos años. El Ciego Maravilloso, el hombre que había transformado la esencia y la rítmica del son al «inventar» el formato del conjunto sonero (en virtud, entre otros cambios, de la introducción de la hoy indispensable tumbadora cubana) y que había comenzado a popularizar varias composiciones de Chano, entre ellas piezas clásicas como los sones montunos «Tumba palo cocuyé», «Apurrúñenme, mujeres», «Tintorera ya llegó», y los sones guaguancós «Serendé», «Rumba en swing», «¿Por qué tú sufres?» y «Cómetelo to», entre otros, que luego grabaría en Nueva York.

Éxito tras éxito, aquel negro feo, convertido ya en un hombre elegante, se había hecho de un nombre en la radio y en los cabarets habaneros, en las comparsas carnavalescas y en los bailes populares gracias, más que a un mecenas más o menos importante, sobre todo a su desbordado talento de músico natural y de tamborero excepcional, capaz de expresar con sus manos una forma de vida, una manera de entender el mundo.

—Entonces fue que empezó la envidia —me dice con su tono rotundo, que no admite debates, Mario Bauzá.

He aprovechado una breve estancia en Nueva York para citarme con el mítico músico cubano, el padre del afrocuban jazz, y al fin nos vemos en el bar La Catedral de Amsterdam Avenue y la 106, en la misma frontera de El Barrio y Harlem. Hablamos de su obra, de jazz, de la inexistencia de la salsa («Nadie ha escrito una salsa y lo que no se escribe, en música, no existe», me dijo) y también de Chano Pozo.

—Todo el mundo hablaba de él y acuérdate que nunca en la vida, en el Casino Nacional de La Habana, se había puesto con luces lumínicas, allá arriba, la imagen de nadie, hasta que llegó allí Chano Pozo. Me acuerdo que se veía por toda la Tercera Avenida... Y esas cosas no son buenas en Cuba, qué va, la gente no las recibe bien...

—Me acuerdo como si fuera hoy del día que Chano salió para los Estados Unidos —dice Petrona, y entonces observa el altar que está a su lado: en el sitio de privilegio, flanqueada por la Virgen de la Caridad del Cobre y san Lázaro, está una gigantesca santa Bárbara, empuñando su brillante espada—. A mí se me hizo tarde y tuve que salir corriendo para el puerto, porque se iba en barco para llevarse el convertible rojo que se había comprado con un dinero que le mandó Miguelito Valdés. Él pensaba estar allá poco tiempo, y por eso fue hasta con Cacha, la mujer que tenía por esa época. Pero yo sabía que Chano no iba a volver. Lo sabía. Unos días antes, él se hizo un «registro» con una santera y le salió que tenía que hacerse santo, coger Changó antes de cruzar el mar. Pero mi hermano era muy desobediente y dijo que, cuando regresara, él se lo hacía. Pero yo sabía que Chano no iba a volver. Changó no perdona... Aunque la verdad es que parecía que lo había perdonado, porque mi hermano llegó y enseguida triunfó en el jazz. Allá mismo, donde inventaron el jazz.

—Cuando Chano llegó a Estados Unidos, yo tenía ya mi propia orquesta —relata Dizzy Gillespie, el excepcional trompetista que junto a Charlie Parker y Chano Pozo desarrolló hasta sus últimas consecuencias la revolución del bebop—. Pero el problema es que no encontraba un buen tamborero. Entonces fui a ver a Mario Bauzá, quien ha sido mi padrino musical, incluso, el que me consiguió un puesto en la banda de Cab Calloway cuando la banda de Cab era la mejor de Nueva York y él era su director musical. Entonces le pregunté a Mario, que era una autoridad en música afrocubana, si conocía a algún tamborero bueno de verdad. «Tengo un muchacho para ti, pero no habla inglés», me dijo. Así fue como tomé a Chano Pozo y no me arrepentí nunca. Cuando lo vi tocar a la vez siete tambores, supe que había encontrado un genio de la música. Y, por cierto, no hizo falta que hablara inglés: logramos entendernos perfectamente, por el lenguaje musical de nuestros ancestros.

—Sí, la historia fue así —me confirma entonces Mario Bauzá—. En 1947 yo estaba trabajando otra vez en el cabaret La Conga, donde ya era el director artístico y musical, además de dirigir y tocar con la orquesta de Machito y los Afrocubans. Y un día me dicen que ha llegado un grupo de Cuba, unos músicos y una pareja de baile y que querían localizarme para ver si podían trabajar allí. Entonces fui a verlos al camerino, me presenté y allí conocí a Chano Pozo y a Cacha, la que era su mujer. Esa misma noche vino al cabaret Miguelito Valdés, que era como el padre de Chano (fíjate que cuando él le hablaba, Chano hasta bajaba la cabeza, como un niño), y Miguelito le dijo: «Mira, Chano, este hombre es como si fuera yo, así que oye todo lo que él te diga...».

»Ese fue nuestro primer encuentro, y luego, cuando lo vi tocar, supe que ese hombre era un fenómeno de la música. Por eso fue que pudo poner aquí como ocho números "jiles": "Nagüe, Nagüe", "Pim, pim, cayó Berlín", "Boco-boco", "Ariñáñara Bocuere", y en 1947 abrieron un club latino en el famoso salón Palladium, que se llamó como una canción suya: el Blem-blem. Todo lo que él sacaba triunfaba, y lo más asombroso es que Chano no sabía nada de música, pero es que nació con un don. Él tocaba, cantaba y bailaba porque era un genio. Eso es así. Olvídate de buscarle explicaciones.

»Entonces, un día vino a verme Dizzy, que se había ido de la orquesta de Cab Calloway y tenía ya su propia banda, y me dice: "Mario, me han dado un chance grande de hacer un concierto en el Carnegie Hall y vengo a verte para que me aconsejes qué es lo que hago". Y le digo: "Ni lo pienses, métele al afrocuban jazz". Y él se asombra y me dice que sin mí no sabe nada de ritmo cubano. Y yo le digo: "Pues no te preocupes que tengo aquí un hombre que es un león tusao...". Nos montamos en el carro y arrancamos para acá, para la 111 con la Séptima Avenida, donde estaba viviendo Chano. Y en cuanto llegamos, sin explicarle nada, le digo: "Oye, agarra los tambores y toca algo para este amigo". Y Chano tocó "Manteca", y Dizzy se quedó así, con los ojos abiertos. Ahí mismo empezó otro de los momentos grandes del afrocuban jazz de Mario Bauzá, porque la versión de "Manteca" que hicieron Chano y Dizzy y aquel recital del Carnegie Hall quedaron en la historia del bebop y de todo el jazz.

—Y para que veas bien cómo fue la cosa —recuerda ahora Litico Rodríguez—, antes del debut anunciaron: «Dizzy Gillespie con Chano Pozo», y al día siguiente pusieron

«Chano Pozo con Dizzy Gillespie». El tipo se había robado el show...

Al sumarse a la banda de Dizzy Gillespie, empieza para Chano Pozo el camino hacia la consagración y la fama. Junto al gran trompetista norteamericano emprende una gira por varias ciudades del país y graba, entre otros éxitos, algunas de las piezas clásicas del bop y del jazz latino: «Manteca», «Cubano bip» y «Cubano Bop». Es la apoteosis de los tambores cubanos que enriquecían, definitivamente, la concepción rítmica de la música popular norteamericana.

Chano se había convertido «en una celebridad», ha escrito Ciro Bianchi Ross, en un lúcido reportaje. «"Manteca" le había reportado ya una buena suma de dinero, cobrada horas antes de ser asesinado. Después de unas vacaciones cumplimentaría un contrato en Billy Berg, el famoso cabaret-restaurant de Hollywood, que a su vez le serviría de antesala para su debut en el Strand. Las pantallas de los *trailers* del teatro Strand ya lo anunciaban...».

—Con Chano Pozo habíamos tenido un éxito inmediato —recuerda, conmovido, Dizzy Gillespie—. Pero lo que es más importante: Chano cambió el gusto de la música en los Estados Unidos, y a mí me alegra haber tenido algo que ver en ese fenómeno. Chano, con sus siete tambores cubanos, fue el factor decisivo en el proceso de introducir e integrar la música afrocubana en el jazz norteamericano. Chano Pozo fue un innovador, y un nuevo punto de partida.

—¿Cómo no iba a ser así, mi amigo? Ese hombre podía hacer con sus tambores lo que le diera la gana... Fíjate, cuando Cristóbal Colón llegó a Cuba, ya Chano Pozo era, hacía rato, el mejor tumbador que había dado este país, y yo sé que todavía no ha vuelto a nacer otro como él —sentencia, sin margen a la discusión, Cala.

—Pero Chano no se sentía bien en los Estados Unidos,

seguro que no —afirma Idelfonso Inclán, el Chino, masajista de boxeadores famosos, entre los que se cuentan los campeones mundiales Kid Chocolate, Kid Gavilán y Ray Sugar Robinson—. Él quería regresar porque sabía que se la debía a Changó y él le tenía un miedo del carajo. Además, su ambiente estaba en La Habana, en los solares y en los barrios, donde hacía todas esas locuras. Para colmos, cuando hizo la gira por el sur de Estados Unidos, y vio que allí lo trataban como a un negro cualquiera y no como él se merecía o pensaba que se merecía, se desilusionó mucho. Como él y yo nos conocíamos desde 1930 y salimos juntos en los Dandys, él fue varias veces al gimnasio Stigman, donde yo trabajaba para Sugar Robinson, a que le diera masajes y siempre lo noté muy tenso. Y, por cierto, yo estaba presente el día en que se conocieron Chano y El Cabito.

Triste, solitario y final

Chano Pozo estudió la pizarra de la victrola. Introdujo una moneda en la ranura y marcó 3-D. Observó con cuidado cómo el brazo mecánico volaba sobre la hilera de discos y escogía exactamente uno, con una precisión que siempre le pareció un arte de magia. Esperó a que el disco girara, hasta caer sobre el plato. Entonces, por la bocina del reproductor empezaron a desfilar, atropelladamente, las notas salvajes y agresivas de una melodía nacida en el corazón de África, cinco siglos atrás. «Manteca» inundó el Rio Cafe and Lounge y Chano Pozo, su autor, cerró los ojos: «Ahora estás en La Habana y tocas la bienvenida al manto rojo encendido de tu irascible padre africano, Changó, orisha mayor, dueño del fuego, del rayo, del trueno y de la guerra, pero también del baile, de la música, de la belleza y la fuerza viril, el que desata las tempestades... No sientes que tus pies tiemblan y empiezan a golpear el piso, una y otra vez, y otra vez, iniciando una danza ancestral traída por tus abuelos desde las selvas del país de los yorubas».

Entonces las puertas del Rio Cafe and Loungue se abrieron y, con el hombre, una bocanada de aire helado entró en el local. Las manos del recién llegado, ocultas en los bolsillos de su gabán. Eusebio Muñoz, alias El Cabito, un excombatiente puertorriqueño marcado por la sicosis de una guerra en la que fungió como francotirador entrenado para matar, observó a su desprevenida víctima, cuyos pies se movían en Nueva York, pero cuya mente estaba en un viejo barrio habanero, frente al altar de Changó.

—Fue por mujeres —opina Cala.

—Por desobediente, Changó se lo advirtió —me dice Petrona Pozo.

—Drogas, seguro —afirma Roberto Cortés Ibáñez.

—Fue la envidia —contesta categórico Mario Bauzá.

—Dinero, un lío entre hombres —asegura Herminio Sánchez, repitiendo la versión que Caridad Martínez, Cacha, dio a los periodistas.

Pero Cacha no conocía a su hombre. Sin embargo, su versión —confirmada por otros músicos cubanos entonces radicados en Nueva York— fue la más difundida: El Cabito le debía quince dólares a Chano, y Chano se los había reclamado en público, de una forma bastante agresiva... No obstante, al morir, el tamborero cubano tenía quince mil dólares en su casa. Pero El Cabito había sido ofendido ante los hombres...

—La noche del 3 de diciembre, Chano, Miguelito Valdés y yo estábamos citados para un debut en un bar, y yo estuve por la tarde cambiando unos cheques de viaje que tenía. Como todavía faltaba un rato, me quedé en la casa oyendo la pelota de Cuba, en un radiecito que tenía, cuando me llaman por teléfono y me dicen, Oye, Mario, acaban de matar a Chano. En Lennox, entre la 111 y la 112. En la barra del Rio Cafe.

»Entonces me puse a averiguar y supe que la muerte de él fue prefabricada por otra persona, por la misma envidia que volvió a despertar aquí, por haber triunfado y tener mujeres y dinero. Pero esa persona que fabricó su muerte la está pagando en vida, y el que lo mató, al que le decían El Cabito, nada más fue un instrumento para hacerlo, pues hasta le pusieron el revólver en la mano, pero también lo pagó. Me acuerdo que me vio un día, un tiempo después (el tipo salió absuelto porque decían que estaba loco), y me dijo que se iba de Nueva York porque no resistía la vergüenza por lo que había hecho. Pues se fue a Miami y allá sacó una discusión y el otro le dijo: "Tú no me vas a hacer igual que le hiciste a Chano", y ahí mismo le dio una puñalada.

Cuando Mario Bauzá termina su relato, me atrevo a preguntarle si cuarenta y cinco años después de la noche triste del 3 de diciembre de 1948 no se podía decir ya el nombre de «esa persona que fabricó su muerte».

—No puedo —me dijo.

—Chico, la verdad es que nadie quiso decir que fue un lío de drogas —recuerda el Chino Inclán, que suspende la sesión de masajes en esta parte de la historia—: El Cabito le vendió a Chano una hierba que no era buena, y Chano le metió una galleta en público y luego no quiso disculparse, aunque El Cabito dijo que si se disculpaba él se olvidaba de todo. Entonces El Cabito juró que lo iba a matar como a un perro. Lo más raro es que Chano lo sabía, y con la experiencia que tenía de la calle, no se ocupó más de eso. Era como si no le importara morirse, ¿verdad?

—Pero no fue marihuana —asegura, a su vez, Litico Rodríguez, en aquel entonces establecido en Nueva York con su trío de bailarines de swing—. El lío era más gordo, era coca: Chano le compró una capsulita que valía quince dólares, y solo se pueden pensar dos cosas: o Chano no supo usarla y no se sintió bien, o el Cabito de verdad quiso estafarlo, aunque cuando Chano le dio la galleta en el café El Prado, de Lennox, él dijo que también lo habían engañado. Entonces fue que le pidió a Chano que se disculpara con él o lo iba a matar. Y Chano no quiso disculparse. Lo raro es que después el Cabito lo haya cogido así, tan mansito.

Mientras, de frente a la victrola, Chano ponía a circular por sus venas toda la historia sagrada y guerrera de su sangre africana: «Tus manos dispersaban las penumbras del solar El África, tus pies pulían el cemento sucio de El Ataúd, tu voz profunda rompía las paredes enclenques de los cuartos de Pan con Timba, y volvías a vivir como siempre lo habías hecho, como único sabías vivir...».

Cuando Chano Pozo se giró, el recién llegado extrajo su revólver y disparó una vez. El ídolo de la música cubana cayó al suelo, con el corazón perforado. El Cabito se acercó entonces al cuerpo, que se movía en ese momento con el ritmo espasmódico de la muerte, y, sin prisas, disparó cinco veces más...

—Pepe Bequé, que entró en ese momento —cuenta Litico—, trató de meterse en el medio, pero el Cabito se viró y Pepe tuvo que salir corriendo y tirarse en el piso para que no le dieran los tiros que le soltó el Cabito. Cuando se paró, Pepe salió corriendo y gritaba «Fue el Cabito, fue el Cabito», y entró todavía corriendo al Small Paradise, donde yo estaba trabajando... Pero nunca condenaron al tipo, y total, ya el mal estaba hecho... Murió Chano Pozo, como dice la canción.

En un bar de Nueva York, junto a una victrola que cumplía la orden de cubrir todos los surcos del disco, yacía Chano Pozo, envuelto en su sangre y en su música, pero, en realidad, había muerto en su Habana, aunque la ciudad que lo hizo a su imagen y semejanza debió esperar ocho interminables días para cubrir con su tierra el cuerpo del más grande y triste de los tamboreros cubanos.

—Después de su muerte —recuerda el maestro Mario Bauzá— veo a Gillespie y me dice: «Oye, no quiero más congueros», y yo le insisto en que hay otros buenos y que sin tumbadora no hay afrocuban, y le mando a Marcelino Valdés, que andaba por aquí. Pero qué va, él no se conforma, y me dice otro día: «Oye, Mario, todas estas gentes son unos niños de teta al lado de Chano. En cada cosa que yo tocaba, él hacía algo que me cambiaba el ritmo, y eso no lo hace ninguno de estos. Sin Chano, esto ya no es lo mismo». Y tenía razón: nunca volvió a ser lo mismo.

Quedan, sin embargo, sus discos, memorables y reveladores de su grandeza; queda su leyenda, solariega, barriotera, violenta y triste; y queda su recuerdo, prendido a cada esquina de La Habana donde hoy, todavía, algún negro de manos grandes sepa quintear como los dioses sobre el cuero de un buen tambor. Queda la rumba.

Rumba, siento tu pena, Rumbero, lloremos esta pena.
En el barrio de Pueblo Nuevo, donde nació y se crio,
La Habana lo hizo famoso, su nombre lo consagró.
arrase naturaleza, vocabulario de inspirador.

Chano Pozo a tu memoria canto esta rumba,
como homenaje a tu labor.
Que Dios te acoja en su seno
y te ofrezca su bondad,
Y que el Espíritu Santo
te acompañe a descansar.

Chano Pozo, Chano Pozo, Cuba y la rumba te lloran.
Coro: Chano Pozo, descansa, Cuba y la rumba te lloran.

Que todo el mundo está llorando, cómo murió ese hermano.
Coro: Chano Pozo, descansa, Cuba y la rumba te lloran.
Que todo el mundo está llorando, cómo murió
[ese hermano mío...

«Murió Chano Pozo». Cantada por Miguelito Valdés

Queda la rumba, Chano Pozo...

1985

11
Chori

La casa colonial de Egido 723 ya no existe. Sus paredes, lamidas por el tiempo, el abandono y el salitre del puerto cercano, tuvieron al fin grietas insalvables, y la casona, antes aristocrática y ventilada, transformada después en bulliciosa cuartería, lanzó sus últimos gemidos en el acto irreversible de la demolición. Caía vencida, con pena y sin gloria, como unos pocos años atrás, durante el incomparable verano de 1974, murió allí el Chori, el más famoso y querido de sus vecinos...

Porque el día que murió, nadie lo supo. Su vida irregular y bohemia, a pesar de los setenta y cuatro abriles achacosos y maltratados con que ya contaba, no permitía que nadie le siguiera las huellas.

A la mañana siguiente de su muerte, alguien debió de preocuparse: él siempre se dejaba ver, todas las tardes, al menos durante un rato. Pero al segundo día la fetidez temible que se escapaba de su cuarto advirtió a los vecinos y entonces fueron violadas las puertas de aquel pequeño santuario, aquella accesoria de solar barato donde había vivido y bebido, llorado y gozado, a lo largo de más de cuarenta años.

Definitivamente rígido en la cama encontraron el cadáver de aquel hombre que había venido a la tierra para alegrar a los demás. Las paredes preñadas de fotos célebres y recortes de periódicos, en los cuales se le veía sonreír, daban un grotesco ambiente de carnaval a una escena de muerte. En su pequeño altar de caoba, con su manto punzó y el rostro duro de siempre, santa Bárbara había visto también el final de ese hijo suyo, un hombre de muchos amigos, pero que había muerto solo como cualquier olvidado de la tierra.

Los rostros del Chori

> Chori es, ante todo, un espectáculo visual. Chori es algo más que un excelente payaso (...) Con su voz ronca, gastada, decadente y con su retahíla de timbales, botellas, sartenes, es un fenómeno musical: un ejemplo vivo de intuición creadora.

Revista *Bohemia*, agosto 12 de 1961

De Santiago a Marianao

Cuando Silvano Shueg Hechevarría llegó a La Habana, procedente de su oriental Santiago de Cuba, estaba tan desnudo como el día de su muerte. Aquel joven, que vivía para soñar con la fama, solo traía consigo la juventud y el amor por la música, aunque en su memoria también guardaba el recuerdo de su amistad y los tragos bebidos con Sindo Garay y Manuel Corona, el dolor del hambre que lo hizo emigrar y el sonido de su apodo de niñez: Choricera

Nadie recuerda ya aquel mediodía de domingo de 1927 cuando hizo su fugaz debut en la academia de baile de Marte y Belona. Los bailadores, preocupados por su propio virtuosismo y por las nalgas de las mujeres ajenas que se insinuaban al ritmo de un son, no pudieron notar que un nuevo timbalero, feo e inquieto, había ocupado la tarima con la olvidada orquesta de turno. Allí el Chori, como Silvano prefirió llamarse para siempre, exhibía sus facultades sin que nadie lo aplaudiera y, por ello, decidió volar hacia donde pudiera ser lo que él necesitaba ser: el centro de todo.

Por eso, una noche, a bordo de un tranvía y con las baquetas en un bolsillo, salió a probar suerte en los bares de la playa de Marianao, donde todo era posible. Guiado por su intuición, se dirigió al club Los Tres Hermanos y pidió un *time* para demostrar quién era. El dueño —el menor de los tres hermanos— asintió sin embullo pero despreocupado, pues sus borrachos habituales soportaban cualquier cosa.

Lentamente, el Chori preparó su número definitivo. Llenó con agua, hasta distintas alturas, varias botellas de cerveza que colocó sobre una mesa, profirió entonces un grito terrible, abrió los ojos desorbitados, sacó la lengua larga y ancha y con sus baquetas empezó a extraerle una música recóndita y única a la inconcebible hilera de botellas.

Los borrachos habituales del lugar, involuntariamente despabilados, vieron así la primera presentación en grande del que llegaría a ser el más célebre y singular timbalero cubano de todos los tiempos... Doce canciones después, Los Tres Hermanos se convertía en el cuartel general del Chori y en el bar más visitado de la playa de Marianao.

Los rostros del Chori

—En la década de 1940 yo toqué con el Chori en El Ranchito. Cuando aquello, yo era bongosero y tumbador, y el grupo solo tenía un tres, una guitarra, un bajo, la tumba y al Chori con sus sartenes, botellas y cuanta cosa diera música. Y daba gusto verlo tocar, por mi madre que sí. Él se paraba muy serio, como pensativo, delante de los instrumentos y de pronto empezada a sonar y cantaba, y mientras cantaba, se metía con la gente y decía todo lo que se le ocurría, porque además de buen músico era un tipo ocurrente.

»Vaya si era ocurrente. Una vez, entre las mil gentes famosas que iban a vernos, cayó por el bar Cab Calloway, el jazzista americano. Se sentó pegadito a la tarima y estaba embobado con la música del Chori, que también tenía una voz tremenda. Y de pronto empieza Chori con sus monerías y le agarra con dos dedos, así, como si fuera una tenaza, la nariz a Cab Calloway y sigue tocando con la otra mano, y Cab Calloway sin poder zafarse de los dedos del Chori. Y bueno, pa qué contarte, se acabó la amistad del Chori y Cab Calloway. ¡Qué Choricera ese!

»Pero no lo juzguemos solo por eso. Creo que lo mejor de Chori era su corazón. Ese ganó miles de pesos y nunca se preocupó por tener nada, ni siquiera una máquina o una buena casa, y sin embargo, ayudaba a todo el mundo y por eso tenía muchos amigos. El dinero para él solo servía para el ron y para sus socios. Así era él.

(Sabino Peñalver, bajista de la orquesta Chapotín)

La cumbre

En pocos años el destino del Chori cambió y, con el suyo, el de media docena de bares de Marianao. En este ambiente sin lujos ni grandes escenarios, realizó toda su carrera musical. Le gustaba caminar por las calles más oscuras de la playa, oyendo la música sin fin de los guitarristas callejeros, envuelto en el olor a emparedados, fritas y cervezas, escuchando el sonido opaco del tiro-al-blanco y respirando la brisa nocturna del mar.

Se sabía rey en aquellos bares que debían su nombre al talento del Chori. El Pennsylvania, El Niche Club, El Paraíso, Los Tres Hermanos, y el que se convirtiera en su cueva durante diez largos años: La Taberna de Pedro, un rincón con piso de cemento, paredes de tablas y techo de zinc.

Allí, sobre la plataforma con barandas, se lucía el Chori. Cada noche, cuando «la cosa se ponía buena», sus admiradores lo veían subir, con un pañuelo rojo atado al cuello, del que también pendía una gran cruz de madera, nunca de oro. Entonces se dirigía a su orquesta diminuta y empezaba el imprevisible show.

Cuentan los que lo vieron que «un inexplicable talento musical guiaba los oídos y las manos de este hombre para sacar armonía de objetos disímiles como timbales, botellas, sartenes y bocinas», mientras cantaba «Hayaca de maíz», «La Choricera», «Frutas del Caney» y «Enterrador, no la llores».

Y allí lo fueron a ver todos. Lo vieron Imperio Argentina, Agustín Lara, Rita Montaner, Cab Calloway, Gary Cooper, Chano Pozo, Toña la Negra, Ernesto Lecuona, Berta Singerman, Bola de Nieve, Ernest Hemingway, María Félix, Barbarito Diez, Josephine Baker. Lo vio Errol Flynn, que le entregó, hipnotizado, un papel para su filme *La pandilla del soborno,* rodada en La Habana. Y lo vio también Marlon Brando, su amigo y protector desde el primer encuentro, el único hombre que estuvo a punto de sacar al Chori de Cuba.

Los rostros del Chori

—La voz del Chori. Era una voz gruesa, así, profunda, de este gordo, y hacía uno de los mejores segundos que he oído en mi vida y yo he oído bastante. Y eso que cuando lo oí bien ya él estaba viejo. Y fue en los años sesenta, cuando nosotros coincidíamos mucho en la peña que tenía Sirique en su taller del Cerro, un lugar donde se reunían los mejores trovadores de Cuba. Hasta Sindo Garay iba. Allí conocí al Chori, lo oí cantar y lo vi tocar en un lugar que Sirique había preparado especialmente para él, con sus sartenes y botellas, y lo recuerdo como un hombre cómico, con un chiste siempre en la boca, aunque pensándolo bien, a veces se quedaba serio, pensativo, como si de pronto se pusiera muy triste.

(Hilda Santana, la Trovadora de Cuba)

Ni por aire ni por agua

Por un breve espacio de su vida, el Chori abandonó la playa para compartir con Miguelito Valdés la escena rutilante del Sans Souci, el más famoso cabaret-casino de la época. Los gerentes, además de un sueldo respetable, le habían asegurado la ropa elegante que debía usar en sus actuaciones, una habitación permanente en el hotel Plaza y un auto con chofer. Pero la Asociación de Músicos, a la cual no pertenecía el timbalero, logró terminar con aquel hechizo momentáneo: no pertenecer al gremio lo invalidaba para actuar en lugares de aquella categoría. Y el Chori regresó a sus bares queridos, repitiendo la promesa de no abandonar jamás aquel rincón donde era el cacique absoluto.

La noche que Marlon Brando lo fue a ver por primera vez a La taberna de Pedro, el Chori apenas se acordaba del episodio del Sans Souci. Vivía su existencia pacífica de rones baratos y noches de música despreocupada.

Pero el actor norteamericano, dueño ya de una carrera gloriosa y segura, vio en aquel excéntrico timbalero (que desde el primer día lo trató como un viejo amigo), infinitas posibilidades artísticas y le propuso llevarlo a Hollywood para que explotara allí su inmenso talento. No era la primera vez que un empresario le proponía al Chori buscar otras fronteras, siempre sin éxito. Brando, en cambio, logró más que los otros: consiguió trasladarlo hasta el aeropuerto.

El día que abandonaría La Habana, el agente teatral contratado por Brando lo condujo a Rancho Boyeros. Chori vestía el mejor de sus trajes y no llevaba maletas. En la Florida lo esperaba el actor con todo lo necesario para la nueva vida que emprendería. El solícito agente le chequeó el boleto y lo siguió al interior del aeropuerto. El Chori estaba inquieto, y cuando anunciaron la inminente salida del vuelo con destino a Miami, el Chori le dijo a su acompañante que iba a tomarse un café antes de montarse en el avión... Media hora después, el Chori estaba en su cueva, frente a un trago de ron, y diciéndole a sus amigos: «Ni por aire ni por agua voy a ningún lado».

Los rostros del Chori

—Si en Cuba ha habido un bohemio, ese era el Chori. Yo recuerdo haberlo visto por primera vez, allá por el año 1950, en el bar Rosal, que estaba en Ánimas y Crespo. Él iba allí mucho por la mañana, cuando bajaba de la playa y, antes de ir a acostarse, se tomaba unos rones en la barra con los *madrugadores*. Por suerte para él, incluso en los tiempos malos tenía la comida segura, pues antes de irse a trabajar, ya por la tarde, pasaba por La Zaragozana, donde el dueño del restaurante había ordenado que siempre le sirvieran un buen plato de comida, simplemente porque el Chori le caía bien. Y así iba viviendo.

»Una faceta del Chori que casi nadie recuerda es que hacía caricaturas. Con la misma tiza con que andaba por ahí poniendo su nombre, se tiraba en la calle a dibujar a la gente y lo hacía bien. Por ejemplo, una vez pintó a Lecuona con un sombrero de pajita, y cuando Lecuona lo fue a ver y le preguntó por qué lo había dibujado con sombrero, si él nunca lo usaba, El Chori le respondió: "Na, así estás más bonito".

»Y, como músico, hay que reconocerle la calidad indudable de algunas de sus composiciones. Como creador e intérprete fue un artista excepcional que abordó todos los géneros de su época en la música cubana. Y no se puede olvidar su extraordinario sentido del ritmo. El hecho de que agregara a los timbales otros objetos sonoros, indica claramente que no podía expresar, solo con los timbales, la cantidad de ritmo que su cerebro y sus manos producían.

(Jesús Blanco, musicólogo)

Adiós al show

Las lluvias del verano de 1974 empezaron a borrar los carteles de letra redonda y limpia que por toda La Habana había regado el Chori. «El artista se anunciaba solo», como decía su eslogan, únicamente necesitaba grabar su nombre en una pared: él mismo era el resto de su propaganda.

Hoy no quedan en La Habana las firmas del Chori. Como su mundo, el tiempo se las llevó, para dar paso a otro mundo, a otros tiempos.

La playa de Marianao también cambió su destino y allí nadie sabe del Chori, ni de su rival Teherán, el timbalero que compartió el Cotton Club con Duke Ellington y Cab Calloway; ni siquiera es posible localizar ya el rincón de las mulatas «bronceás», especialistas en bailar rumba de cajón.

Un día de 1963, el Chori abandonó el show. Pero él se realizaba y vivía del show, y entonces se fue apagando, se fue perdiendo y se le vio caminar con dos baquetas en el bolsillo y una tiza en la mano. El timbalero que había llegado de Santiago de Cuba en 1927 seguía soñando con la fama que una vez alcanzó y su nombre inscrito en las paredes de La Habana fue el testimonio de su incontenible nostalgia.

Ya no quedan en La Habana las firmas del Chori.

1987

Epílogo
La Habana llora

Muchos autores han sostenido, desde diversas perspectivas, que las ciudades son organismos vivos. Esa condición de ente palpitante, a juicio de arquitectos, urbanistas, sociólogos, escritores y artistas, parece ser una realidad constatable, que se manifiesta a través del crecimiento, de las transformaciones y hasta de las convulsiones no siempre deseables de la trama urbana, y pueden suceder ante nuestros ojos o, de manera evidente, en el plazo vital de una generación.

Manuel Vázquez Montalbán, que era un escritor rabiosamente urbano, aseguraba en los años finales de su vida que había nacido en una Barcelona y que, ya en el ocaso del siglo XX, moraba en otra que no era la misma siendo la misma. El novelista marcaba como frontera el salto olímpico de 1992. La adecuación de la capital catalana para la cita deportiva revolucionó la imagen de la ciudad y, al mismo tiempo, borró muchos de los sitios y comportamientos que habían devenido referenciales, marcas de identidad en la vida del escritor. Una Barcelona más abierta al mar, un barrio del Raval tan adecentado que extravió su carácter e incluso su nombre de Barrio Chino, unas Ramblas y un Barrio Gótico cada vez más adecuados como parque temático para turistas ciertamente habían adecentado la ciudad pero sustraído parte de un carácter casi ancestral. Para el creador de Pepe Carvalho, y para el propio personaje novelesco, se había iniciado un proceso que me gusta llamar de «ajenitud» y que ocurre cuando lo propio comienza a resultarnos extraño.

En *Las geometrías de la memoria*, la suma de entrevistas que realizó Georges Tyrás, el novelista reflexionaba sobre la imagen que al paso del tiempo nos legan las ciudades: «Igual como rasgamos las fotos que no nos gustan y guardamos las que más nos satisfacen, la ciudad tiene una manera selectiva de hacer lo mismo. Al fin y al cabo en una ciudad ves lo que corresponde a los mejores momentos de su historia, que suelen ser aquellos en los que abundaba el dinero», aseguraba. Y Barcelona, como Madrid, París, Praga u otras capitales, aun sufriendo los embates de la modernidad, han tenido la fortuna de guardar en pie muchas de sus mejores fotos, preservadas en un álbum armado por memorias individuales y colectivas.

Mi ciudad, La Habana, también posee esa colección de imágenes magníficas que advierten de lo que fue, y todavía es: una urbe suntuosa y coqueta que, incluso, figura entre las dotadas de alma propia.

Pero la misma idea, tan bella y romántica, de que las ciudades son organismos vivos y móviles puede provocar también una reacción inquietante: la ciudad en la que nací, habito y donde desde hace casi medio siglo escribo, ha sufrido ante mis ojos un proceso de «ajenitud» distinto al que percibió Vázquez Montalbán. Y si aceptamos su condición de organismo sintiente, hoy La Habana debería estar profiriendo alaridos de dolor. Lamentos que yo escucho con angustia intelectual y pesimismo ciudadano, pues algunos ya son estertores agónicos.

La otrora deslumbrante capital cubana que a inicios del siglo XX se propuso convertirse en la Niza de América, es una ciudad con una biografía peculiar. Urbe que durante los primeros tres siglo coloniales se pobló de más fortalezas militares que de grandes iglesias (no en balde su escudo de armas exhibe tres bastiones almenados), su gran crecimiento urbano se comienza a producir en el siglo XIX cuando en la isla, por supuesto, abundaba el dinero —en buena parte debido al espurio comercio de esclavos y al trabajo de estos en las plantaciones cañeras—. Y es entonces cuando se produce en su espacio físico e imaginario un singular proceso de doble vía, pues mientras se concreta el de su construcción física, con sus edificios públicos y privados, calzadas y plazas, también se potencia y hasta financia una intencionada escritura de las novelas (narrativas) que fijarían en el ámbito imaginario una trama humana y psicológica capaz de singularizarla. Semejante proyecto, impulsado en la primera mitad del XIX por mecenas burgueses, resultaba una condición necesaria en la conformación de la imagen propia de un país que aún no poseía la condición de Estado, pues políticamente aún era un territorio del ya desvencijado imperio español de ultramar.

Con palabras y con piedras se forja desde entonces la fisonomía de la ciudad que entra en el siglo XX como capital de la nación independiente y lo hace con ínfulas de modernidad y suntuosidad, cada vez más dispuesta a posar para esas fotos que ni el tiempo ni las desidias han logrado rasgar.

Pero los organismos vivos, como debe ser, corren diversos riesgos intrínsecos a su condición: enfermedad, afeamiento, envejecimiento. Su espíritu, por su lado, puede estar aquejado de depresión, desidia, deterioro moral. Y todos esos padecimientos, lamentablemente, hoy los sufre La Habana.

Con la notable excepción de una parte de su casco antiguo, esa Habana Vieja donde en las últimas décadas se concretó un proyecto de rescate de su fondo físico, mi ciudad ha sufrido un visible proceso de deterioro o deconstrucción en virtud del cual se han ido borrando o deformando demasiados sitios de referencia. Ha sido un tránsito en el que los edificios en distintos niveles de deterioro y aquejados por la atávica falta de pintura han sido acompañados por la devastación de las vías, el empobrecimiento de espacios públicos (parques, plazas), el florecimiento de vertederos de desperdicios. Ha sido un fenómeno generado por una mezcla de precariedad económica y desidia institucional y que ha tenido además el efecto de contaminar con su invasiva presencia los comportamientos individuales que se manifiestan en una alarmante pérdida del sentido de urbanidad y de pertenencia ciudadanas, abocando a la villa a ese doloroso estado que provoca sus alaridos.

Junto a esas ruinas, La Habana de hoy exhibe otros rostros que acentúan esa sensación de extrañamiento o «ajenitud». El florecimiento de pequeños negocios privados es una de esas señales: desde cafeterías y establecimientos de cierto lujo hasta *candongas* callejeras de resonancias tercermundistas. En las casas, mientras tanto, ahora pululan los carteles ofreciendo la venta de inmuebles que nadie compra, pues los que pudieran hacerlo prefieren emigrar, como los que ofertan sus casas a precios casi ridículos.

Como cualquier organismo vivo, las ciudades reclaman afectos y desde hace décadas La Habana ha recibido pocos con la abundancia exigida. Hoy, tal vez, recibe menos caricias que nunca. Y mi sentido de pertenencia sufre con ese proceso que me hace preguntarme incluso si alguna vez, de tan ajena y por momentos hasta tan hostil, de tan desfigurada y con el alma en pena, yo también dejaré de sentir que La Habana todavía es mi ciudad.

S/T, 2024
El Malecón

◂ *Pescadores*, 2018
El Malecón

S/T, 1992
El Malecón

Cine Florida, 2024
Santo Suárez

S/T, 2024
Paseo del Prado

Productos españoles, 1992
Centro Habana

El caminante, 2010
Calle Industria, Centro Habana

S/T, 1992
Centro Habana

S/T, 2024
Calzada de Diez de Octubre

Sagrado corazón, 1996
Centro Habana

S/T, 2024
La Habana Vieja

Carretilleros, 2024
La Habana Vieja

◂ *S/T*, 1994
El Malecón

S/T, 2024
Calle Zulueta, Centro Habana

Villa Manuelita, 2017
Casa de Juan Gualberto Gómez, Mantilla